KB215228

오 싱

하시다 스가코 원작 김 균 옮김

흉성

6

청조사

국립중앙도서관 출판시도서목록(CIP)

오싱 6 / 원작 : 하시다 스가코 / 옮긴이 : 김 균 -- 개정 4판 --   서울 : 청조사 2013
  p. ; cm

원표제: おしん
원저자명: 橋田壽賀子
ISBN 978-89-7322-345-9 04830 : ₩ 12000
ISBN 978-89-7322-346-6(세트) 04830

일본 문학[日本文學]
833.6-KDC5
895.636-DDC21   CIP2013020933

원작 | 하시다 스가코(橋田壽賀子)
1929년 한국에서 태어난 일본인으로서 일본여자대학, 와세다대학 문학부를 졸업했다.
1950년 일본 송죽영화사에 입사해 TV시나리오 작가로 활약했다. 대표작으로 〈대가족〉
〈오싱의 딸〉 〈이혼〉 〈부부〉 등이 있다.

옮긴이 | 김 균
1933년 서울에서 태어나 서울신문·신아일보 사회부 기자, 조선일보 미주 논설위원을 지냈다.
옮긴 책으로 〈대통령과 임금님〉 〈대가족〉 〈오싱의 딸〉 등이 있다.

 (6)

개정 4판 2013년 11월 15일

원작 | 하시다 스가코
옮긴이 | 김 균

펴낸이 | 최혜숙
펴낸곳 | 청조사
주소 | 04206 서울시 마포구 마포대로 204 마포SK허브블루 2007호
등록 | 1976년 9월 27일 (제 1-419호)

전화 | 02-922-3931
팩스 | 02-926-7264
메일 | chungjosapress@naver.com

차례

기공식

    드디어 셀프서비스 시스템 방식을 채택한 다노쿠라슈퍼의 기공식이 내일로 다가왔다.

    하쓰코로부터 편지를 받은 노소미는 한눈에 다노쿠라상점의 변화를 알아볼 수 있었다. 가게가 어떤 식으로 개축이 되며 운영 방식은 어떻다는 것, 그리고 기공식 날은 다노쿠라 집안의 크나큰 경사이니 부디 참석해 달라는 내용이었다. 아울러 다노쿠라 여인들은 한결같이 유리의 신상에 관해 걱정과 격려를 아끼지 않는다는 걸 강조했다.

    노소미를 통해 편지를 읽은 유리는 무척 명랑한 목소리로 말했다.

    "노소미상, 다노쿠라 댁의 여러분께 진심으로 고맙다고

말씀 전해 주세요. 노소미상도 아시다시피 이곳 선생님과 사모님에게 귀염받으며 잘 지내고 있잖아요?"

"그게 진심이야?"

"진심이고 말고요. 천성적으로 전 장사와는 거리가 먼 것 같아요. 여기 전원 생활이 정말 마음에 들어요. 모두들 예술적인 정열을 가지고 열심히들 몰두하고 있으니 저도 마음이 포근해지곤 해요."

유리는 마치 꿈을 꾸는 듯한 얼굴로 말을 이었다.

"이 흙 내음 얼마나 좋아요. 작업장에서 물레를 돌릴 때의 팽팽하게 긴장된 분위기, 그리고 가마에 불을 넣었을 때의 그 불빛…… 그 너울거리는 불꽃은 황홀할 정도로 아름다워요. 여기서 생활하는 덕분에 삶의 보람이 어떤 건가를 비로소 깨닫게 되었어요. 과거는 다 잊었어요. 평생 여기서 살고 싶어요."

노소미는 흐뭇한 눈길로 유리의 맑은 눈을 바라보았다.

"유리, 내 꼭 어머니와 하쓰코에게 그렇게 전할게. 유리의 행복을 진심으로 바라는 분들이니까. 아마 무척 흡족해 하실 거야. 그럼 내 다녀올게."

"네, 잘 다녀오세요."

노소미가 다노쿠라상점에 들어서자마자 히토시가 반색을 하며 손을 번쩍 치켜들었다.

"여어, 왔구나! 고마워."

"수고가 많았겠네. 다노쿠라의 큰 경사인데 열 일 제쳐 놓고 와 봐야지. 나도 엄연히 다노쿠라의 한 식구인데."

둘은 밝게 웃으며 안으로 들어갔다. 오싱과 하쓰코가 누구보다도 반가워하며 노소미를 맞았다. 하쓰코는 노소미가 오싱에게 인사할 여유도 주지 않고 유리의 안부부터 물었다.

"유리는 그곳 생활에 매우 만족하고 있어요. 선생님이나 사모님에게도 귀여움을 받으며 건강하게 잘 지내고 있으니까 이젠 유리 걱정은 안 해도 돼요."

"유리가 잘 지내고 있다니 정말 잘됐네."

노소미는 이때야 겨우 숨을 돌리고 오싱에게 인사를 했다.

"어머니, 그동안 안녕하셨어요. 끝내는 히토시의 끈기에 지셨군요."

"오냐, 처음엔 히토시의 성화에 못 이겨 마지못해 시작했는데 이젠 내가 정말 이 사업에 도전할 마음이 생겼단다. 나 혼자의 힘으로 해 보겠다. 이 엄마의 인생에 있어서 마지막 결전이 될 거다. 반드시 멋진 결과를 이루고 말 거다."

오싱의 얼굴은 밝고 희망에 차 보였다. 센조가 집안과 가게에서의 영향력을 노리고 자금을 제공하겠다고 제의한 것에 대한 오기로 시작했으나 언제부터인가 오싱은 온 정열과 온몸으로 부딪쳐 가고 있는 자신을 발견했다.

그것이 쉰다섯이 된 오싱에게 다시 새로운 인생의 발걸음을 내딛게 한 계기가 되었다.

　히토시와 노소미는 전야제라는 구실을 붙여 술판을 벌였다. 하쓰코가 술을 데워 오고 안주도 마련하면서 빈틈없이 시중을 들어주었다.

　오싱이 음식점에 전화를 걸어 다음 날 쓸 음식에 대하여 의논하는 것을 본 노소미가 짐짓 놀라며 말했다.

　“어휴, 호화판이로군요.”

　“호화판은 무슨 호화판이냐. 원래는 집에서 음식을 장만해야 하는 건데 돈이 무서워 도시락으로 하는 거다.”

　“난 어머니가 셀프서비스를 싫어하시는 걸로 생각했어요. 그런데 모처럼 집에 와 보니 어머니가 더 열성이신 것 같군요. 며느리를 얻게 되니까 안 그럴 수 없었나 보지요?”

　옆에서 듣고 있던 히토시가 끼어들었다.

　“어어, 오해하지 마. 우리 가게와 내 결혼은 전혀 별개의 문제야.”

　“그렇지만 사돈 되실 분이 적극적으로 권했고 자금까지 융통해 주겠다고 했다지 않나?”

　그러자 오싱은 조금 으쓱해 하며 말을 잘랐다.

　“동전 한 푼 안 빌렸다. 전부 내가 마련했다.”

　“그래요? 전부는 아니더라도, 그래도 히토시는 자금 융통에 메리트가 있어 결혼하기로 한 걸로 아는데요.”

그 말에 떨떠름한 표정이 된 히토시 대신 오싱이 말했다.

"글쎄, 히토시가 그랬는지는 모르겠다만, 내 가게를 하는데 남의, 그것도 사돈될 사람의 신세를 질 게 뭐 있겠니?"

"그렇다면 어머니가 좀 무리를 하셨겠군요?"

"그건 그렇다. 지금 조달도 무리였던 게 사실이고 또 남보다 빨리 새로운 방식을 도입한다는 것이 조금은 위태로운 모험인 줄도 알아. 그런데 사람의 마음이란 참 이상한 것이더라. 처음엔 오기로 시작했는데 막상 나서서, 융자액이 많다고 꺼리는 은행을 설득하려고 계획을 설명하고 새 가게의 장래성을 역설하다 보니 그 사람들보다 나 자신이 먼저 설득당한 꼴이 되더구나. 그러다 보니 부랴부랴 마케팅 공부도 했고 꼭 성공하리라는 신념도 생겨나더라. 지금은 새 가게 내는 게 좋고 재미있어 죽을 지경이란다."

오싱은 신명이 난 목소리로 말을 이었다.

"이 나이에 이렇게 일생을 건 모험을 하려는 게 타고난 팔자나 성미 때문이라는 걸 안다. 그런데 히토시의 장인될 분이 안 나섰다면 아무리 셀프서비스의 장점이나 장래성을 알았다고 해도 선뜻 결심하지 못했을 거다. 그런 뜻에서 오기를 부리게 한 그분에게 감사를 해야겠지."

히토시는 재미없다는 얼굴로 술만 마셔 댔다.

"어쨌든 이 나이에 죽기 아니면 까무러치기로 일에 덤빌 수 있다는 것, 나 자신의 능력에 도전한다는 것이 내가 살아 있다는 증거가 아니겠느냐? 난 그걸 알게 되어 기쁜 거야."

노소미가 너스레를 떨며 술잔을 높이 들었다.

"어머니, 술 한잔 받으세요. 자아, 축하합니다. 어머니의 새 가게, 의욕, 젊음을 위해!"

"고맙다. 반드시 해낼 거야!"

오싱의 표정에는 기필코 해내고 말겠다는 의지가 역력했다.

다음 날 기공식은 성대하게 치러졌다. 설계와 건축 관계, 금전등록기 관계, 은행, 이웃 등 많은 사람이 왔고 다노쿠라의 전 가족은 물론 센조도 미치코와 함께 참석했다.

외부의 손님들이 돌아가고 나자 가족들만의 오붓한 술자리가 마련되었다.

이 자리에서 센조가 오싱에게 축하 인사를 다시 했다.

"아주 성황리에 기공식이 끝났습니다. 날씨도 좋아 다행이었습니다."

"멀리까지 와 주셔서 정말 고맙습니다. 별로 차린 건 없지만 천천히 드세요."

"아닙니다. 우리는 곧 일어나겠습니다. 최종 설계가 나왔으면 그걸 봤으면 싶습니다만……"

"아직 최종적인 것은 아니지만 설계를 맡은 히라다상, 등록기의 다카바야시상과 충분히 연구해서 매장 배치를 해 봤습니다. 뭐니 뭐니 해도 저희 가게의 오랜 이미지도 있고 하니 식료품 중에서도 생선과 채소에 중점을 뒀습니다. 그리고 일반 식료품, 조미료, 과자, 잡화, 주방용품, 문방구 순으로 했고, 앞으로는 전자제품에도 신경을 쓰겠습니다."

"그럼 의류품 코너는 어떻게 됐습니까?"

센조가 정색을 하고 신중하게 물었으나 오싱은 단호하게 잘라 말했다.

"이번에 제외하기로 했습니다. 아무리 줄이고 줄여도 기존의 상품으로도 꽉 차서 그럴 만한 공간이 없더군요."

"아니, 그러면 약속과 틀려지는 게 아닙니까?"

"글쎄요, 저는 아무런 언질도 드린 기억이 없습니다만……좌우간 저는 의류에는 자신이 없습니다."

"점원은 경험 많고 유능한 여자아이를 수배해 드리겠습니다."

"의류는 자리를 많이 차지하는 데 비하여 그리 많이 나가는 품목이 아닌 걸로 알고 있습니다만……"

"그럴수록 많이 파는 게 장사가 아닙니까? 메이커에서 도매상을 거치지 않고 직접 오는 것이니 어느 곳보다 싼값으로 낼 수 있는 장점이 있습니다. 고급품을 중간 마진을 대폭 줄여 싸게 파는 게 슈퍼마켓의 매력 아닙니까. 나한테 상의도 해 보시기 전에 효율이 좋고 나쁘고 운운하시는 건 좀 성급하신 판단 같습니다 그려."

이 분야의 장사에 관록이 붙어 능구렁이 같은 센조이지만 오싱의 날카로운 판단과 영업적 센스 앞에서는 좀처럼 씨가 먹혀들지 않아 진땀을 뺐다.

히토시가 보다 못해 조심스럽게 끼어들었다.

"어머니, 매장 배치는 다시 검토하는 걸로 하지요."

오싱은 끝까지 버티는 것이 사돈 앞에서 결례가 될 것도 같아 슬그머니 양보하는 척 여운을 남겼다.

"글쎄, 파격적인 값에 내준다고 보장하신다면 한번 생각해 볼 문제구나."

"어머니, 그럼 그 일은 장인어른과 더 상세히 의논을 하고 난 다음 결정하도록 해요."

이날도 결국 센조는 오싱의 콧대에 눌려 버리고 말았다. 한 푼도 출자하지 못한 그로서는 더 이상 어찌해 볼 도리가 없었다.

화가 머리끝까지 오른 센조는 미치코와 히토시를 근처 다방으로 데리고 들어갔다. 센조는 자리에 앉자마자 히토시에게 거의 최후 통첩에 가까운 선언을 했다.

"히토시군, 슈퍼마켓 얘기는 원래 내가 꺼낸 게 아닌가? 그런 나를 이렇게 완전히 무시해도 되는 건가? 자네 어머니는 너무 심하시네. 미치코와의 혼담은 아무래도 원점으로 돌아가서 다시 생각해야겠네."

그 호령에 히토시는 기어드는 소리로 변명을 늘어놓았다.

"어머니는 아무것도 모르기 때문에 금전등록기 회사의 직원이 하자는 대로 하시는 바람에 이렇게 된 겁니다. 정말 죄송하게 됐습니다."

옆자리에 앉아 있던 미치코가 자신만만하게 나섰다.

"아빠, 걱정 말아요. 내가 히토시 곁에 있으면 두 번 다시 이런 일은 없을 거예요."

"저도 모르는 사이에 이렇게 전격적으로 계획이 바뀌었습니다. 아직 최종 결정을 한 것은 아니니 너무 심려하지 마십시오. 어떻게 해서든지 어머니를 설득해 보겠습니다."

쩔쩔매는 히토시에게 미치코가 제안을 했다.

"좋은 수가 있어요. 매장에 여유가 없다면 우리 침실로 설계하고 있는 곳을 매장으로 쓰면 되잖아요? 새로 짓는 이층을 잡화 코너로 쓰면 좋겠는데요."

"그렇겠군. 전자제품은 이층에 둬도 될 거야. 날마다 사야 할 물건도 아니고 꼭 필요한 사람이 올 테니까 눈에 별로 안 띄는 데 있어도 상관없지. 히토시군, 그렇게 연구해 보게. 의류품은 눈에 잘 띄는 곳에 진열을 해야 구매 욕구가 생기는 거니까 일층에서도 좋은 자리가 필요하네."

"미치코상, 그럼 우리는 어디서 살지?"

"아빠가 가게 근처에 집을 한 채 사 주시겠대. 거기서 다니면 되잖아? 오늘 알아봤더니 마침 팔려고 내놓은 집이 있대. 온 김에 보고 가려고 하니까 같이 가요."

"그렇지만……"

"히토시군, 핵가족이라는 게 유행 아닌가? 오붓하고 좋지 뭘 그래. 하하하."

센조는 비로소 기분이 좋아졌는지 너털웃음을 터뜨렸다.

그 무렵 노소미와 하쓰코는 열심히 오싱을 설득하고 있었다. 하쓰코는 별로 나서지 않았으나 노소미의 말에 일일이 긍정하는 몸짓을 했다.

"어머니, 히토시는 어떤 일이 있어도 미치코상과 결혼하기로 마음먹고 있어요. 그런데 그 장인될 분을 어머니가 너무 서운하게 만드시면 히토시의 입장이 곤란해질 거예요."

"알고 있다. 하지만 너무 속이 들여다보여서 그런다. 남의 일에 사돈이 끼어드는 게 못마땅해서 좀 쐐기를 박아 두었을 뿐이다."

"어떻든 그쪽에서 그만큼 부탁을 하니 매장을 좀 내주는 게 어때요?"

"나도 결국은 그렇게 될 것으로 생각은 하고 있다. 하지만 처음부터 너무 물렁하게 보였다가는 나중에 깔고 앉으려고 할 테니 따끔한 맛을 보여 준 거야. 애초에 세게 나가야 하니까."

"아무튼 두루두루 잘하셔야 할 거예요. 어머니가 사돈댁하고 사이가 좋지 않으면 괴로운 건 히토시니까요. 참, 신혼부부는 여기서 살 겁니까, 별거할 겁니까?"

"별거라니, 어림도 없는 소리다. 가게 하는 집 며느리가 딴 집 살림을 해서야 어떻게 가게를 꾸려 간단 말이냐. 가게를 키우면 종업원도 늘려야 하고 살림도 커지게 마련이다. 히토시의 색시도 소중한 노동력이니 잘 거들어야 해."

"그렇다면 더욱 사이좋게 지내셔야 할 거 아니에요?"

"제기랄, 요즘은 시어머니가 며느리 눈치를 보며 비위를 맞춰야 하는 건가. 참, 세상 바뀌어도 많이 바뀌었구나."

"요즘은 모두들 그렇게 사는걸요. 난 어머니가 걱정돼서 드리는 말씀이에요. 집안이 조용하질 못하면 결국 어머니 속이 편할 수 없잖아요?"

"내가 며느리로 고생한 게 엊그제 같은데 벌써 시어머니가 되는구나."

쓴웃음으로 말끝을 흐리는 오싱의 얼굴에 쓸쓸한 빛이 어렸다. 새 가게의 완성과 함께 히토시를 결혼시키기로 내심 작정하고 있었으므로 오싱의 심경은 여러 가지로 착잡하기만 했다. 아직까지 모험으로 여겨지는 새로운 스타일의 장사를 시작함으로써 예견되는 어려움과, 고부간의 갈등에서 오는 심로(心勞)를 무시할 수 없기 때문이다.

그러나 어려우면 어려울수록 투지를 불태우는 오싱이다. 오싱은 공사에 지장을 주지 않는 범위 내에서 매장을 한구석으로 옮겨 영업을 계속하는 한편 슈퍼마켓 경영을 열심히 공부했다.

그렇게 바쁘게 뛰어다니던 어느 날이었다. 도쿄에서 열린 세미나에 참석하고 돌아오던 오싱은 집에 오자마자 언짢은 광경을 봐야 했다. 오후 주문 시간인데도 종업원인 지로우와 유키오, 두 사람 모두 빈둥거리고 있는 게 아닌가.

"유키오상, 주문은?"

"히토시상이 이제 주문을 안 돌아도 된다고 했습니다. 새 가게를 시작하면 결국 안 하게 될 일이라면서요."

오싱은 어이가 없었다. 잔뜩 화가 치밀어 안으로 들어가려는데 히토시가 가게로 나와 인사를 했다.

"이제 오세요? 그래 도쿄의 세미나는 어땠어요?"

오싱은 대뜸 날카로운 소리로 힐책했다.

"넌 왜 네 마음대로 주문 도는 걸 그만둬라 마라, 하는 거냐? 가게를 열 때까지는 종전대로 하자고 분명히 내가 말했을 텐데?"

"사람이 모자라 쩔쩔매는데 이익도 박한 일을 일부러 만들어 할 건 없잖아요? 어머니는 안 계시지, 난 도매상에 드나들어야지, 또 하스코 누나는 목수나 일꾼들 시중 들어야죠…… 설사 주문을 받아 와도 그걸 처리할 사람이 없어요."

"내가 잠시만 비워도 이 꼴이니……"

"이제 제발 그런 주문은 그만둬요. 어머니는 단골집에 가셔서 앞으로는 주문받으러 다니지 못한다는 말과 가게를 확장 개업하게 됐다는 인사나 하시지요."

잔뜩 화난 얼굴로 가게를 살피던 오싱은 또 마음에 들지 않는 광경을 보았다.

"아니, 저 시금치는 정말 형편없구나."

"저런 것밖에 없었어요."

"그럼 안 들여놓으면 되잖니? 한번이라도 안 좋은 물건을 팔면 우리 집 신용이 떨어지는 거야. 지로우상, 전부 내다 버려요."

"질이 안 좋은 건 싸게 팔면 되는데 왜 버려요? 어머니, 좀 안 좋길래 싸게 산 거예요. 보기엔 좀 그렇지만 먹는 데는 지장이 없어요. 싸게 샀으니까 싸게 팔면 손해볼 거 없단 말이에요."

"그걸 말이라도 하는 거냐? 여태까지 내 밑에서 장사를 배웠다는 게 고작 그거냐? 그렇게 장사하라고 가르친 적 없다. 설혹 거저 주는 거라도 우리 가게에서는 질이 안 좋은 상품은 취급하지 않는다."

따끔하게 일침을 놓고 나서 오싱은 찬바람을 일으키며 안으로 들어갔다. 설거지를 하고 있던 하스코가 반겨 맞았다.

"어머니, 이제 오세요? 고단하시지요? 지금 막 일꾼들 새참을 줬어요."

"혼자 고생하는구나."

"안 계신 동안 별일 없었어요."

"내가 자리만 비우면 금방 히토시가 제멋대로 하는구나."

"어머니, 히토시짱도 이제 어린애가 아니에요. 자기 나름대로 깊이 생각해서 하는 일이에요. 이제 어머니도 히토시의 의견을 웬만큼은 받아들여 줘야지요."

"잔소리 들을 일만 골라 저지르니까 그렇지."

"그래도 어머니 안 계신 동안에 생선, 야채 구입도 잘했고 장사도 별 탈 없이 했잖아요?"

"두 번만 잘했다가는 숫제 망해 먹겠더구나."

"자꾸 그렇게 몰아붙이지 마세요. 결혼 문제만 해도 처가 쪽이 다노쿠라상점에 어울린다고 생각했기 때문에 결심한 거래요. 아버지가 안 계시니까 장인이라도 좀 마음 든든한 사람이면 좋겠다 싶은가 봐요. 그런 뜻에서 미치코상의 아버지는 좋은 후견인이 되어 줄 거예요."

"후견인이라니? 히토시를 조종해서 다노쿠라를 제 맘대로 하려는 게 무슨 놈의 후견인이란 말이냐?"

"아이 참, 어머니도…… 만사를 그렇게만 보시면 한도 끝도 없어요. 서로 덕을 본다는 마음으로 돕고 살아야지요."

"알았다, 알았어. 가와베의 제품 코너를 만들어 주면 될 게 아니냐? 제기랄, 히토시란 녀석, 나 없는 사이에 하스코를 제 편으로 끌어들였군."

"아이, 어머니도…… 편은 무슨 편이에요. 노소미도 어머니와 가와베상의 사이가 불편해질까 봐 걱정했잖아요? 그리고 결혼식 얘긴데요. 새 가게를 열고 난 후라면 좀 시기가 안 좋을 것 같아요. 눈코 뜰 새 없이 바쁜 판에 결혼식까지 겹치면 곤란하지 않을까요? 오픈하기 전에 미리 해 두는 게 나을 것 같은데요."

"그것도 히토시가 그렇게 말해 달라고 부탁하더냐?"

"부탁도 부탁이지만 저도 그게 나을 거란 생각이 들어요."

"처녀들이 수두룩한데 하필 죽어도 그 애하고만 결혼하겠다니 할 수 없구나. 이왕 결혼을 할 거면 아무 때고 어떠냐. 그건 상관없다."

"신혼부부가 들 방을 빨리 꾸며서 식을 올리지요. 그러면 미치코상도 오픈할 때까지 우리 집 사정에도 좀 익숙해질 테니까요."

"그건 그렇겠다. 이번에 가게를 오픈하면 하쓰짱에게 가게 일을 맡길 작정이니까. 그 전에 하쓰짱이 집안 살림을 이것저것 가르쳐 주는 것도 괜찮겠지."

"어머니, 앞으로 미치코상을 귀여워해 주셔야 해요. 부잣집에서 외동딸로 곱게 자랐는데 낯선 식구들 틈에 오려니 얼마나 불안하겠어요?"

"그건 그럴 거야. 나도 처음 사가의 시댁에 들어가서는 날마다 울고 싶은 일뿐이었단다. 모두 낯선 사람뿐인데다가 생활 방식이나 인습이 달라서 혼이 났었지. 어떤 일에도 흔들리지 않을 거라고 장담했었는데 하는 일마다 흉잡힐 일만 했단다."

"설마, 어머니가 그랬어요?"

하스코는 믿어지지 않는다는 눈으로 바라보았다.

"하긴 누구나 새색시로 시댁에 들어가기란 겁나는 일이지. 미치코라고 다를 게 있겠니?"

처음으로 미치코의 입장을 생각해 주는 오싱이었다. 그러나 이 모처럼의 분위기는 건축기사 히라다의 출현으로 금방 무산되고 말았다.

"잘 다녀오셨습니까? 이번 세미나는 어땠습니까?"

"가서 자꾸 듣고 보고 하니까 뭘 좀 알 것 같기도 하고 그러면서도 겁이 나기도 하는군요."

"그럴 겁니다. 우리나라에는 아직 생소한 스타일이어서 잘 아는 사람이 별로 없으니까요. 우리도 웬만큼 시행착오도 겪어 가며 배우는 지경인걸요. 참, 이층의 매장에 관해 말씀 드릴 것이 있습니다."

"이층 매장이요? 이층에 무슨 매장입니까?"

"처음에 신혼부부의 침실로 설계했던 것을 매장으로 고치기로 하시지 않았습니까?"

"그게 무슨 소립니까? 설계 변경 같은 것은 없어요."

"이상하네요. 히토시상이 그렇게 고친다고 하기에 두 분이 사전에 충분한 의논을 하셨나 보다 생각했는데요."

오싱은 대꾸도 없이 금방 점포로 뛰어나갔다. 그 기세가 하도 험해서 하스코는 안절부절못하며 따라 나갔다.

"히토시, 나 좀 보자."

심상치 않은 오싱의 기색에 히토시는 눈을 크게 뜨고 어머니를 바라보았다.

"네가 이층을 매장으로 쓸 거라고 했느냐?"

"네, 조금이라도 매장이 넓은 게 낫지 않아요?"

"그건 네 방으로 쓸 게 아니냐?"

"괜찮아요. 우리들이 살 집은 따로 구했어요."

"뭐라고?"

"좀 떨어져 있긴 하지만 출퇴근이 불편할 정도는 아니에요. 더 가까운 데를 구하려고 했는데 마땅한 게 없었어요."

순간 오싱의 양미간이 찌푸려졌다.

"따로 살겠다는 거냐?"

"상식이에요, 요즘은……"

"미치코가 그렇게 하자고 하던?"

"미치코도 미치코지만 나도 그렇게 생각해요. 같이 살면 말썽이 일어나게 마련이에요."

"말썽이라고?"

"집 때문에 어머니한테 걱정을 끼치지는 않을게요. 처가에서 사 주기로 했어요."

"알았다. 미치코한테 내일 나 좀 보자고 해라. 알았지?"

"무슨 일인데요?"

"미치코는 이 집 며느리가 될 사람이다. 서로 미리 알아

두고 또 얘기할 것도 있지 않겠니?"

당장 미치코를 만나겠다는 어머니의 말에 불안해 하면서도 히토시는 다음 날 미치코를 이세의 어느 다방으로 불러 냈다.

미치코는 뾰로통한 얼굴을 하고 나타났다. 왜 매번 자신이 이세로 와야 하느냐고 히토시에게 따지듯 덤볐다.

못마땅해 하는 미치코를 겨우 달래서 히토시는 가까스로 집으로 데려갔다.

미치코를 맞는 오싱의 표정은 의외로 상냥했다. 그런데 오싱은 처음의 상냥하고 예의 바른 어조를 조금도 바꾸지 않은 채 여전히 미소 띤 얼굴로 미치코에게 폭탄선언을 했다.

"두 사람이 따로 살겠다고 하기에 미리 얘기해 두려는 거야. 미치코, 내 생각을 확실히 밝혀 두겠어. 나는 별거를 반대 아니, 반대하는 정도가 아니라 절대로 별거는 시킬 수 없다."

미치코와 히토시는 순간 얼굴이 파랗게 굳어 버렸다.

"요즘 세태가 결혼하면 당연히 분가하는 것으로 되어 있는지는 모르겠다. 만약 히토시가 평범한 샐러리맨이라면 그래도 괜찮겠지. 하지만 히토시는 장사꾼이야. 장사하는 사람이 가게와 떨어져 살 수는 없는 거다. 더구나 장사꾼의 아내는 집안일을 하다가도 가게가 바쁘면 금방 나와서 도와야 해. 가게에서 함께 살지 않으면 결국 가게와는 관계없는 생활을 하게 되는 거야. 장사하는 집 며느리가 어떻게 장사와 관계

없는 생활을 할 수 있겠어?"

조목조목 논리적으로 따지고 드는 오싱의 말에 미치코는 벌써 주눅이 들어 버렸다.

"얼마든지 종업원을 둘 만큼 자금 사정이 좋다면 굳이 미치코의 노동력을 바라지는 않을 거다. 아니, 노동력 이전에 이 가게는 히토시와 히토시의 아내 것인 만큼 그 아내되는 사람은 가게 운영을 철저히 알아야 해. 나 몰라라 하고 마음 놓을 만큼 크지도 탄탄하지도 못한 실정이란 얘기다. 전 가족이 달라붙어 전력을 기울여야 될 그런 조그만 가게야. 다들 알다시피 모든 걸 빚으로 시작하고 있잖느냐."

미치코는 고개를 떨어뜨린 채 잔뜩 굳어진 표정으로 장차 시어머니가 될 사람의 얘기에 귀를 기울이고 있었다.

"한가하고 호화스런 생각으로는 이 집 주부로서 견뎌 나갈 수 없을 거야. 그리고 지금까지는 모든 집안일을 하쓰짱이 맡아서 해 왔지만 앞으로는 미치코가 맡아서 하는 게 당연할 거야. 다노쿠라가의 여주인은 오로지 미치코 한 사람뿐이니까."

히토시가 어머니와 미치코의 눈치를 번갈아 살펴보며 울상을 지었다.

"어머니, 이제 와서 그런 말씀하시면 어떻게 해요? 우린 벌써 집 계약금까지 치렀잖아요."

"언제 나와 상의를 하고 계약을 했더냐. 계약금을 치렀는지 중도금을 치렀는지 어민 깜깜 모르는 일이다. 두 사람의 얘기가 어떻게 됐든, 우리 식구가 될 생각이라면 함께 살아야 한다. 그러기 싫다면 이 집 며느리가 될 수 없다."

오싱의 선언은 단호했다. 미치코는 상기된 얼굴을 들어 히토시를 흘겨보았고, 히토시는 쩔쩔매기만 했다.

숨막힐 듯한 분위기를 못 견디겠다는 듯 미치코가 인사도 하는 둥 마는 둥 뛰어나가자 히토시도 허겁지겁 쫓아 나갔다.

그러나 오싱은 태연한 얼굴로 차를 홀짝거리고 앉아 있었다. 하스코가 그런 오싱에게 걱정스레 말을 걸었다.

"아무래도 대놓고 너무 심한 말씀을 하신 것 같아요. 만일 혼담이 깨지면 어떻게 하려고 그러세요?"

"걱정 마라. 미리 내 생각을 일러두어야 해. 오냐 오냐, 하고 끌려다니다가 결혼을 해 봐라. 그땐 더 말썽이나 분쟁의 소지가 많아지는 거야. 말할 건 미리 말해 둬야지. 이런 일로 깨어질 결혼이라면 처음부터 안 하는 게 낫다."

"그렇지만 히토시짱이……"

"여자가 하자는 대로 끌려다닐 위인이라면 뻔한 거 아니냐. 어미 말이 못마땅해서 집을 나가겠다면 절대 붙잡지 않겠다. 난 그런 못난 아들에게 다노쿠라상점을 맡길 생각은 없으니까."

"어머니, 아무리 그렇지만 처음부터 너무 지나치게 강경하셨던 것 같아요."

"아니다. 그 정도로 따끔하게 해 둬야 한다. 지금 하는 싹

을 봐선, 그대로 오게 했다간 온 식구 사이가 갈라지고 속을
썩이게 된다. 그렇게 얘기했는데도 받아들이고 오겠다면 그
만한 각오를 하고 오는 것이니, 그만큼 집안의 말썽이 줄어
드는 게 아니겠니?"

　누구보다도 오싱을 잘 이해하는 하스코였지만 그 옹골차
고 빈틈없는 언행에는 그만 기가 질려 버리고 말았다.

신식 며느리

그날 밤 미치코의 집에서는 소동이 났다. 울고불고하는 미치코의 넋두리에 어머니 나미에는 한술 더 떠서 펄쩍펄쩍 뛰었다.

"아니, 그 집에서는 남의 귀한 딸을 어떻게 생각하고 그렇듯 마음대로란 말이냐. 애, 걷어치우자. 그런 시어머니와 함께 살다간 들볶여 죽을 거다. 단념해라."

잠자코 뭔가 생각에 잠겨 있던 센조가 갑자기 웃음을 터뜨렸다. 남편의 느닷없는 태도에 나미에가 발끈해서 쏘아붙였다.

"아니, 뭐가 그렇게 우스워요?"

"잘 생각해 보니 그 할망구 말이 이치에 맞는 얘기야. 가게를 하는 집에 시집을 가면 가게에서 함께 일해야 하는 건 아주 당연한 것이지."

"여보!"

"그게 싫으면 히토시군과 깨끗이 헤어지는 수밖에 없겠어. 딴 신랑감이 수두룩하니 편히 살 데를 찾는 게 나아."

"아빠, 그런 무책임한 말이 어디 있어요?"

"미치코, 그건 네가 결정할 일이다. 시집갈 당사자는 바로 너야. 시어머니와 같이 지내며 견뎌야 할 사람은 바로 너란 말이다."

"아빠가 다노쿠라의 어머니한테 다시 분명하게 말하세요. 꼭 별거를 해야 한다고 말이에요."

"무슨 소리냐? 상대방에선 함께 살지 않으려면 결혼할 수 없다고 딱 잘라 말하고 있지 않느냐? 시어머니와 함께 살기 싫으면 결혼을 포기하는 길밖에 없겠다."

"아빠, 난 별일 있어도 히토시와 결혼하고 싶어요."

"정 그렇다면 시어머니와 살아야겠구나."

"아빠! 왜 자꾸 그러세요?"

"그 집은 지금 모든 걸 걸고 새로운 스타일의 가게를 시작하는 거야. 다노쿠라의 가족이 되면 응당 모든 식구와 힘을 합쳐서 새 가게를 일으켜 세우려고 노력해야 한다. 입장을 바꾸어 내가 다노쿠라의 여주인이라 해도 당연히 그런 며느리를 원할 것이다. 그런 마음가짐이 없다면 거절당하는 게 당연한 일이지."

옆에서 듣고 있던 나미에가 파르르해서 덤볐다.

"아니, 요즘 세상에 며느리 얻어 시집살이시키고 부려 먹으려는 시어머니가 어디 또 있답니까? 원, 세상 물정을 몰라도 유분수지."

"그게 못마땅하면 그 집에 시집을 보내지 말아야지."

"아빠, 아빠는 도대체 누구 편이에요?"

"널 생각해서 하는 말이다. 그 할망구의 오기와 고집엔 이 애비도 두 손 들었지만, 근성이 만만찮은 사람이더구나. 요즘 나이 든 사람들은 그저 젊은 것들 눈치 보느라 할 얘기도 못하고 지내는데, 불러 앉혀 놓고 딱 부러지게 못을 박다니 대단한 여자지 뭐냐, 하하하…… 얘, 애시당초 그만둬라. 너까짓 건 아주 상대도 안되는 할망구다. 집어치워."

미치코 모녀는 오히려 오싱의 편을 드는 듯한 센조의 태도에 그만 울화통이 터졌다. 그러나 함께 살기 싫으면 결혼하지 말라는 말에는 뭐라 반박할 말이 없었다.

이만큼 엄포를 놓았으니 히토시가 결국은 집을 나가게 될 것이라 오싱은 각오했다. 그러나 후회하지는 않았다. 자기 인생을 스스로 열기 위해 집도 가족도 버린다면 그것 또한 배짱 있는 사나이의 삶일 것이라고 여긴 것이다. 그러면서도 막상 히토시 없이 혼자서 새 가게를 꾸려 나가야 한다고 생각하니 일말의 불안을 느끼지 않을 수 없었다.

1950년대의 일본에서, 아직은 생소한 셀프서비스 시스템을 시도하려는 것은 실상 커다란 도박이었다. 성패의 확률을 점찍을 수 없는 도박에 여자 혼자 몸으로 과감히 도전해야 하는, 실로 중대한 기로에 선 것이다.

류조와 유의 사진이 걸려 있는 불단 앞에 앉은 오싱은 파란 연기 너머로 아른거리며 보이는 남편과 큰아들이 이때만큼 애절하게 그립고 원망스러운 적이 없었다.

다음 날 새벽, 생선을 가득 실은 트럭이 여느 날과 조금도 다름없이 제 시간에 가게에 도착했다. 허름한 작업복 차림의 오싱이 운전대에서 내려왔다. 지난밤에 보인 나약함과 불안이 말끔히 가신 억척스런 오싱으로 돌아와 있었다.

청소를 마치고 기다리고 있던 하스코가 짐을 풀기 시작했다.

생선 상자를 다 내려놓고 오싱과 하스코가 집안으로 들어가자 거실의 식탁 앞에서 파자마 바람으로 우두커니 앉아 있는 히토시의 모습이 보였다.

하스코는 아침을 준비하기 위해 부엌으로 들어갔고 오싱은 못 본 척 손을 씻었다.

어머니의 옆모습을 바라보던 히토시가 정색을 하고 말했다.

"어머니, 미치코를 단념하겠어요. 어머니의 옹고집엔 못 견디겠어. 동거하면서 착실하게 살 일꾼 아내를 찾아보기로 했어요. 어머니나 집을 외면하면서까지 내 고집대로 결혼할 생각은 없으니까요."

"애, 넌 무슨 남자가 이랬다 저랬다 그러냐? 정말 미치코하고 결혼하고 싶으면 왜 여자 하나 납득시켜서 함께 살 생각은 못하느냐 말이다."

"다 귀찮아요. 처음부터 어머니는 가와베상이 못마땅했어요. 양쪽 집안 어른이 탐탁지 않게 여기는데 결혼한들 원만히 살 수 있겠어요? 중간에서 나만 괴로울 게 뻔해요. 아예 깨 버려야겠어요. 그리고 처음엔 처가에 좀 의지해 보려는 마음으로 결혼 얘기가 시작됐는데 이젠 우리 힘으로도 해 나갈 수 있게 됐으니, 꼭 결혼해야 할 이유도 없어졌구요."

이렇게 말하고 나서 히토시는 휙 나가 버렸다. 오싱과 하스코는 히토시가 집을 나가서라도 뜻을 관철하리라고 믿었던 터였다. 그래서 히토시의 결정에 놀라 한동안 입이 얼어붙은 듯 서로 얼굴만 쳐다볼 뿐이었다.

한참만에야 하스코가 먼저 입을 열었다.

"어머니, 보세요. 히토시짱은 저렇게 착하지 않아요? 얼마나 효자예요?"

"효자는 무슨 효자야? 정말 좋아하는 여자와 살고 싶으면 반대를 무릅쓰고라도 나가서 살 패기가 있어야 해. 데릴사위가 싫으면 다노쿠라와도 가와베와도 인연을 끊고 막노동을 해서라도 살아갈 용기가 있어야지. 히토시는 한마디로 겁쟁이야."

"어머니! 히토시의 생각은 그게 아니에요. 차마 어머니와 집을 버리지 못하는 거예요. 심성이 착하기 때문이지요."

"글쎄다……"

이때 가게의 지로우가 들어와서 센조가 왔다고 알렸다.

"어머, 이렇게 일찍 웬일이실까? 어머니, 여기 좀 치워야겠어요."

"딸 역성을 들려고 온 것이겠지. 나이 먹은 양반이 왜 팔불출 짓이나 하려드는 걸까."

하스코는 이층의 히토시에게 미치코의 아버지가 왔으니 빨리 내려오라고 소리치고는 식탁과 주위를 치우느라 급히 서둘렀다.

시무룩한 얼굴로 내려온 히토시가 오싱에게,

"어머니가 만나서 말하세요. 난 외출 중인 걸로 해 두세요."

하고 잘라 말하고는 다시 이층으로 올라가 버렸다.

히토시의 뒷모습을 바라보고 서 있던 오싱이 가게로 나가자 밖에서 공사 중인 건물을 살피고 있는 센조가 보였다. 인기척으로 오싱이 나온 것을 안 센조가 가게로 들어서며 인사했다.

"안녕하십니까. 공사가 탈 없이 잘 진행되고 있군요."

오싱의 예상은 완전히 빗나갔다. 험상궂은 얼굴일 것으로 예상했던 센조가 뜻밖으로 밝고 명랑했다.

"네, 염려해 주시는 덕분으로……"

하고 얼떨결에 입안으로 우물거리는데 센조가 여전히 웃는 얼굴로 말을 이었다.

"이른 시간에 실례인 줄 압니다만, 이런 일일수록 빨리 결말을 지어야 할 것 같아서 아침부터 서둘렀습니다."

그러더니 밖에 대고 소리쳤다.

"얘! 거기서 뭣하고 있느냐? 어서 들어와라."

일이 자꾸 예상 밖으로 되어가 오싱이 갈피를 못 잡고 있는데 미치코가 들어와 전에 없이 공손한 태도로 인사를 했다.

"안녕히 주무셨어요. 어제는 제가 버릇없이 굴었습니다."

"아니야. 어제는 내가 실례를 한 게 아닌지 모르겠군."

멋쩍어하는 미치코와 오싱을 번갈아 바라보다가 센조가 잔뜩 점잔을 뺀 얼굴로 말했다.

"다노쿠라상, 사실은 그 일로 온 겁니다. 저희들 뜻을 알려 드리려고요. 어제 저녁에 우리 집에서 한바탕 큰 소란이 있었습니다, 허허허……"

"아이, 아빠!"

"참, 히토시군이 안 보이는군요."

"네, 볼일로 잠깐 외출 중입니다."

"그럼 그냥 말씀을 드려야겠군요."

"이럴 게 아니라 안으로 들어가시죠."

오싱이 그들을 안내해 안으로 들어갔다. 불의의 일격으로 다소 수세에 몰렸던 오싱이 평소의 냉정을 되찾고 선수를 쳤다.

"곱게 키우신 따님인 만큼 그 댁에서도 바라시는 게 많으리라는 점 충분히 알고 있습니다. 하지만 아시다시피 우리 집은 겨우 구멍가게를 면하는 작은 점포입니다. 온 식구가 달려들어 애를 써도 될까말까한 상태입니다. 그렇기 때문에 미치코에게 함께 살아 주길 바란다고 말했습니다."

"저도 다노쿠라상의 생각에 전적으로 동감합니다."

차 시중을 들던 하스코도 센조의 의외의 말에 하던 일손을 놓고 귀를 기울였다.

"요즘 젊은이들은 그저 편하게만 지내려고 해서 정말 문제입니다. 자식이 귀엽다고 저도 그만 그동안 팔불출이 되었군요."

센조는 멋쩍게 웃으며 말을 이었다.

"사실은 제 안사람이 갓 시집와서는 심한 시집살이를 했습니다. 밤낮 눈물 마를 날이 없었지요. 그래서 미치코가 시집 갈 나이가 되자 그 사람은 저 애만은 절대로 시집살이 안 시킨다 안 시킨다, 하고 입버릇처럼 말해 왔답니다."

"우리 세대는 누구나 같은 고생을 겪었지요. 저도 아주 지독한 시집살이를 했습니다."

"호오, 다노쿠라상도 그러셨군요."

"사실은 저도 제 딸만은 시어머니 없는 집안에 보내야겠다
고 생각하고 있답니다. 그런 제가 아들과 며느리는 한집에
데리고 있길 원하니 넉살 좋은 얘기지요. 하지만 새 가게를
열려는 마당이라 어쩔 수가 없군요. 제가 세태에 동떨어진
엉뚱한 요구를 하고 있는지도 모를 일이지요. 우리 애와의
혼담을 깨자고 하셔도 할 수 없는 일입니다."

오싱은 말이 나온 김에 확연하게 선을 그어야겠다는 결심
으로 다부지게 잘라 말했다.

"만일 지금껏 끼친 폐로 위자료를 요구하겠다면 어떻게든
해 드리겠습니다."

"그게 무슨 말씀입니까. 미치코도 이 댁에서 어머니를 모
시고 살아야 한다는 것을 납득했습니다. 뒤늦게나마 동거를
하지 않으면 며느리 자격이 없다는 걸 알게 된 모양입니다.
물론 우리 부부도 이의는 없습니다."

"그럼?"

"외동딸이라고 제멋대로 키운 아이라 마음에 안 차실 겁니
다. 저놈을 곁에 가까이 두고 사시려면 역정날 일도, 속상할
일도 많으실 겁니다. 아무쪼록 다노쿠라상께서 너그럽게 봐
주십시오."

"정말 의외의 말씀을 듣게 되어 기쁩니다. 미치코가 내 뜻

을 받아들이겠다니 정말 고마운 일이군요. 가와베상, 고이 기르신 따님을 주시는 건데 박대를 해서야 벌을 받겠지요. 내가 겪은 괴로움을 다시는 다른 사람이 겪는 일이 없어야 한다고 굳게 마음먹어 오고 있습니다."

"감사합니다. 그런 고생을 하신 분이니 며느리를 이해하려고 애쓰실 걸로 생각합니다. 이제 안심하고 저 애를 보낼 수 있겠습니다. 여러 가지로 부족한 아이지만 오래오래 귀엽게 여기시고 거두어 주십시오."

"네, 감사합니다. 이제 마음의 무거운 짐을 덜었습니다."

한바탕 입씨름이라도 치러야 할 것으로 생각되던 이날 아침은 화기애애한 시간으로 변했다.

엉뚱하게 전개되는 화해극에 멍해 있던 하스코가 살며시 일어나 밖으로 나갔다.

방을 나온 하스코는 발소리를 죽여 이층으로 올라갔다. 히토시는 그때까지 이불을 뒤집어쓴 채 누워 있었다.

"히토시짱, 미치코상이 여기서 같이 살겠다고 다짐했어."

"뭐라고?"

후닥닥 일어난 히토시가 방문께로 뛰어가는 것을 하스코가 당황해서 말렸다.

"잠깐, 히토시짱은 지금 외출한 걸로 되어 있어. 어딜 가려고 그래?"

"아 참, 그렇구나."

"창밖으로 나가서 공사용 발판을 타고 내려가. 구두는 내가 갖다 줄게."

"응, 고마워. 그런데 용케 동거를 승낙했네?"

"그래! 어머니도 처음엔 너무 뜻밖이어서 정신을 못 차릴 정도였다니까. 미치코상이 훨씬 더 사랑하나 봐. 히토시짱이 간단하게 단념하려 한 데 비하면 말이야. 오죽하면 그렇게 싫어하던 동거도 선뜻 받아들이겠어?"

"어이쿠 누나, 그 얘기는 죽어도 입 밖에 내서는 안돼."

"알았어. 어유 얄미워."

하스코의 눈꼬리에 재미있어 못 견디겠다는 듯한 웃음이 번졌다.

벽을 타고 내려간 히토시가 외출에서 돌아오는 양 시침을 떼고 집안으로 들어섰을 때 오싱과 센조는 제법 진척된 얘기를 나누고 있었다.

"그럼 가게 오픈 전에 저 애들이 살림을 할 수 있게, 서둘러 이층 손질부터 해 주십시오. 허허…… 여러 가지로 바쁘시겠습니다."

"네, 히토시가 돌아오면 그렇게 상의하겠습니다."

그때 히토시가 방 안으로 들어서며 능청을 떨었다.

"아니, 어떻게 이렇게 일찍 오셨습니까?"

오싱은 어안이 벙벙했다. 히토시는 처음 듣는 얘기인 양 놀란 얼굴로 센조의 설명을 경청했다.

부엌에서 찻잔을 씻는 척하며 그 광경을 지켜보던 하스코는 쿡쿡 터져 나오려는 웃음을 참느라고 애를 먹어야 했다.

갑자기 이층 방에 관심을 보이는 미치코의 성화에 못 이겨 히토시는 그녀를 데리고 이층에 올라가 구경을 시켰다.

"지금은 이렇게 휑하니 멋대가리가 없지만 잘 꾸며 놓으면 괜찮을 거야. 양식이 나을까 일본식이 좋을까? 여긴 미치코의 왕국이니까 미치코가 정하도록 하지."

"끝내 여기서 살게 되고 말았군."

"잘 생각했어."

"나도 스스로 놀랐어. 나, 생각보다 히토시를 더 사랑하고 있었나 봐."

"미치코, 정말 고마워."

"날 위해 주지 않으면 벌받을 거야."

"그럼."

"모르는 사람들 틈에서 의지할 수 있는 사람이란 오로지 히토시뿐이야."

"알아."

"날 감싸 주지 않으면 당장 집으로 가 버릴 테야."

"걱정 마. 시집살이시킬 사람들이 아니야."

"누가 고분고분 당하기나 한대? 며느리가 일방적으로 당하며 숨어서 우는 것은 옛날 애기야."

그 말을 듣는 히토시의 얼굴에 언뜻 불안한 빛이 비쳤다.

미치코는 동거하기로 한 것이 무슨 큰 양보라도 되는 양 으쓱해서 재잘거렸다.

아래층에서는 센조가 끝없이 이런저런 얘기를 끄집어내고 있었다. 채소를 구입하러 가야겠다는 오싱에게 센조는 마지막으로 결혼 날짜와 식장 관계 등의 얘기를 시작했다.

"네, 저도 그리 자주 올 수 없는 처지니 내친김에 얘기해 보도록 하죠. 결혼식이랑 피로연에 관해 무슨 계획이라도 있으신지요?"

"아니요. 아직 거기까지는 구체적인 생각을 못하고 있습니다. 단지 우리는 친지도 별로 없고 하니 아주 조촐하게 치를 생각입니다. 게다가 슈퍼에도 돈이 너무 드니 비용도 최소한으로 아껴야겠고요."

"결혼식이나 연회 비용을 저희 쪽에서 부담하는 게 어떻겠습니까? 우리는 이래저래 손님도 꽤 많고 웬만큼 격식을 갖추자면 간단하게는 안될 것 같군요."

"네, 그야 가와베상은 사업도 크게 하시고 하니까 초대할 손님도 많으시겠지요. 하지만 신랑 쪽에서 준비하는 게 예의가 아니겠습니까?"

"그야 통상적으로 그렇게들 하고 있지만, 그렇게 하자면 지금 다노쿠라상네 사정으로는 아무래도 무리가 될 것 같아서 드리는 말씀입니다."

"글쎄, 말씀은 고맙지만 결혼 비용을 너무 크게 잡는 건

낭비가 아닐까요. 조촐하게 하더라도 정말 축복의 마음이 담긴 식을 하는 게 더 뜻 깊으리라 생각됩니다만……"

"그래서 비용 이야기를 꺼낸 겁니다. 사돈댁의 사정을 잘 알기에 말입니다. 지금 실정으로야 단 한 푼이라도 가게에 쏟는 게 원칙이겠지요. 하지만 일생에 한 번 있는 일이니 그 애들 결혼식을 웬만큼 성대하게 올려 주고 싶군요. 이게 못난 부모 마음인 모양입니다."

"하기야 저는 간소하고 조촐하게 하고 싶지만 히토시가 어떻게 생각하고 있을지 모르겠군요. 결혼은 제가 하는 게 아니고 그 애가 하는 거니까 히토시의 의사도 존중해 주어야겠지요."

오싱은 만사를 자기 페이스로 끌고 가려는 센조의 태도가 불쾌했다. 말로만 상의를 한다는 것이지 꼭 자기 주장을 관철하고야 말겠다는 그런 태도였다.

그때 히토시와 미치코가 내려왔다. 오싱의 미묘한 심중을 헤아리지 못한 채 히토시는 신이 나서 떠벌렸다.

"어머니, 이층에 조그만 요리대를 만들어 달라고 설계사에게 부탁해야겠어요. 간단한 음식 같은 걸 만들고 싶을 때 일일이 여기까지 내려오기가 번거롭지 않겠어요?"

센조가 히토시의 말을 가로챘다.

"아, 히토시군, 지금 어머님과 결혼식 문제를 상의하고 있었네."

"네, 미치코에게 들었습니다. 식은 나고야에서 올리기로 했다면서요?"

그 말을 들은 오싱이 어이가 없어 눈을 껌벅이고 있는데 미치코가 더욱 화를 돋우는 소리를 했다.

"히토시, 생각해 봐요. 아빠 손님에다가 내 친구도 얼마나 많아요? 이런 데까지 오랄 수도 없고 또 여기엔 그렇게 많은 손님이 들어갈 식장도 없잖아? 그래서 아빠하고 어젯밤에 그렇게 정했어요."

히토시는 오싱에게 떼를 쓰듯 졸랐다.

"어머니, 우리는 친척이라고 꼭 초대해야 할 사람도 별로 없으니 굳이 여기서 결혼식을 올리지 않아도 되잖아요? 나고야에서 올리도록 해 주세요."

그러고 나서 히토시는 더 이상 어머니의 눈치를 볼 필요가 없다고 단정한 듯 대뜸 센조에게 말했다.

"저어, 아버님하고 미치코 좋을 대로 하시면 되겠습니다."

잠자코 듣고 있던 오싱이 말 한마디도 하지 않고 돌아서 나갔다. 히토시가 어머니를 불렀으나 오싱은 들은 척도 하지 않았다. 그녀의 감정을 눈치챈 센조가 나섰다.

"히토시군, 어머니께서는 아까부터 채소 구입을 하러 가셔야 한다고 말씀하셨네."

그러자 이번에는 미치코가 센조에게 다른 말을 못하도록 화제를 바꾸었다.

"아빠, 배고파요. 히토시는 아직 아침도 안 먹었대요. 아빠, 어디 가서 맛있는 거나 사 줘요, 네?"

세 사람은 무슨 경사라도 난 듯 웃고 떠들며 근처의 식당으로 나섰다.

그들과는 대조적으로 조반도 거른 채 빈속으로 핸들을 잡고 시골길을 달리는 오싱의 마음은 무겁기만 했다. 어쩌다 보니 오싱의 주장대로 미치코가 함께 살겠다고 굽히고 들어오기는 했지만 하는 짓마다 못마땅한 며느리와 앞으로 한 지붕 아래서 살아갈 일을 생각하니 암담하기만 했다.

또 조금 전까지만 해도 단념을 하겠다던 히토시가 아무리 어미 앞이라고는 하지만 언제 그랬느냐는 듯 '미치코, 미치코' '네, 아버님, 아버님' 하며 허둥대는 꼴도 역겨웠다. 아무튼 만사가 못마땅한 오싱이었다.

어쨌든 그들의 결혼 계획은 차츰 구체적으로 진행되어 1955년도 저물어 가는 12월 어느 날 오싱은 아들 히토시의 결혼식이 바로 다음 날로 다가온 밤을 착잡한 심경으로 맞고 있었다.

불단 앞에 앉아 멍한 얼굴로 류조와 유의 사진을 바라보며 이런저런 상념에 빠져 있을 때 노소미가 왔다.

"어머니, 안녕하셨어요."

"오냐, 왔구나."

"큰일들이 겹쳐서 고생하셨습니다. 히토시는 나고야에 갔다면서요?"

"그래, 미리 준비할 게 많다면서 갔단다."

"혼자 보내도 되는 건가요?"

"처가에서 다 해 준다더라."

노소미가 불단에 향을 피우고 나서 오싱을 위로하는 뜻으로 말했다.

"아버지가 살아 계셨으면 무척 기뻐하셨을 거예요."

순간 오싱의 얼굴에 짙은 우수의 그림자가 드리워졌다.

"아버지가 살아 계셨다면 이런 결혼은 하지도 않았을 거다."

"어머니……"

"유가 살아만 있다 해도 히토시 같은 아이에게 의지할 일도 없었을 것이다. 어쩌다 그 못난 것에게 목을 매게 됐는지……"

"어머니, 그렇게 생각하지 마세요. 물론 유 형은 훌륭했지만 살아서 돌아왔더라도 어떻게 변했을지 모를 일이에요. 지옥 같은 전쟁을 겪은 뒤 모든 사람들이 변했어요. 또 변하지 않으면 살아남지 못했구요. 앞으로도 유 형 생각은 하지 마세요."

"나도 되도록 유 생각은 안 하려고 한단다."

"그런데 어떻게 식을 나고야에서 하게 됐지요?"

"그 녀석, 그저 색시나 색시 집에서 말만 하면 네, 네, 하

면서 하자는 대로란다. 줏대도 배알도 없는 녀석이야. 매사
에 반대하는 것도 귀찮아서 입 다물고 있기로 했다. 제가 하
는 결혼식인데 저 하고 싶은 대로 하랄 수밖에."

"어머니, 너무 그렇게 외곬으로만 생각하지 마세요. 어머
니답지 않아요. 어머니는 보통 어머니들보다 도량이 훨씬 크
신 분 아니에요?"

"안 그래야지 안 그래야지, 하면서도 못마땅하게만 보이
니 어쩌겠니? 조금만 기다려라. 어서 저녁 차려먹자."

모처럼, 그래도 마음이 맞는 노소미와 겸상으로 저녁을 먹
고 나자 오싱의 거북하던 마음이 조금은 풀렸다.

식사를 끝낸 노소미는 오랜만에 만난 데이와 이런저런 얘
기들을 나누었다.

"데이짱, 아주 몰라보게 숙녀가 됐구나. 요즘 방학이냐?"

"응, 히토시 오빠의 식이 끝나면 그 길로 하숙집에 들렀다
가 스키 타러 갈 거야."

"야, 신나겠구나."

"그럼, 지금 놀아 두어야지. 시집가서 우리 엄마 같은 시
어머니라도 만나면 스키 같은 거 엄두나 내 보겠수?"

데이가 공연히 오싱의 비위를 건드렸다.

"야, 이젠 너까지 엄마를 못된 시어머니로 여기는 거냐?"

"엄마, 미치코상한테 미움 안 사도록 하세요. 요즘 세상에
시집살이하겠다는 며느리 눈을 씻고 찾아 봐도 없을 거예요.

괜히 잔소리나 하고 그러면 금방 집을 뛰쳐나갈 테니까요."

"어이구, 빌어먹을 세상…… 내가 젊었을 때 시어머니는 절대적이었다. 말대답은커녕 제 생각조차 입 밖에 내지 못했단 말이다."

"그런 가족제도의 인습을 깨부수지 않으면 여자의 자유와 평등이란 되찾을 수 없을 거예요."

노소미가 말을 가로챘다.

"어머니, 이 모양이니 고생하시게 생겼습니다. 전후의 젊은 여자는 모두들 이렇게 변했으니 어쩌겠어요."

"웃어넘길 일이 아니구나. 우리 때는 시어머니에게 죽었습니다, 하고 지내 왔다. 그런데 이제 우리가 시어머니 차례가 되니까 며느리의 눈치를 보고 비위를 맞추어야 하는구나. 이런 불공평한 일이 어디 있니."

"시대가 그렇게 바뀐 걸 어떡해요. 결국 엄마는 불운한 시대에 태어난 거예요."

데이의 말에 오싱은 그만 말문이 막혔다. 그런 오싱에게 재차 확인을 시키듯 데이는 더 심한 소리를 했다.

"미치코상은 훌륭해요. 엄마가 고맙게 생각하셔야 해요. 난 절대 시어머니와 함께 살지 않을 거예요. 아무리 좋은 자리고 사랑하는 신랑이라 해도 시어머니 밑에서 시집살이만은 절대 안 할 거란 말이에요."

남의 자식

다음 날 아침, '금일 휴업'이란 쪽지를 붙인 다노쿠라상점
은 새벽부터 분주했다. 가장 큰 경사가 있는 이날 아침, 오싱
은 기분이 썩 좋지는 않았지만 그래도 이것저것 준비하느라
분주했다.

"하쓰짱, 팁으로 줄 봉투는 한 스무 개쯤 만들어야겠지?"

"그럼요. 생각지도 않던 사람에게 줄 일도 생길 거예요.
그 정도는 가져가야 할 것 같아서 어제 은행에서 빳빳한 새
돈으로 바꿔 두었어요."

"그것까지는 미처 생각을 못했구나. 고맙다."

옆에서 듣고 있던 노소미가 한마디했다.

"저렇게 매사에 빈틈없는 누나하고 같이 살아야 할 히토

시 색시가 안됐군요. 만사가 비교되어 점수만 깎일 테니 말이에요."

"누군들 하스짱만하겠니. 나도 그 정도는 안다."

"이젠 어머니 마음에 들 여자란 없어요. 그렇게 아셔야 해요."

"오냐, 각오하고 있다. 처음부터 그러려니 하고 접어 두면 화낼 일도 없을 거다. 내참, 그렇게 여자가 없었나."

"어머니, 또 그러시네."

"그래 그래, 알았다. 이젠 말 않으마. 그저 같이 살아 주는 것만도 감지덕지해서 한구석에서 웅크리고 지내마.

오싱에겐 히토시의 결혼이 큰 꿈이었다. 그러나 처음부터 내키지 않던 이 결혼은 결국 오싱과 하스코, 노소미와 데이가 별로 중요하지 않은 하객이나 되는 것처럼 겉도는 채 식이 치러지고 말았다.

그들을 알아보는 손님은 하나도 없었다. 오싱이 기껏 아는 사람이라야 이 날의 주인공인 미치코와 손님들 틈에서 눈코 뜰 새 없는 센조뿐이니 자연 그들은 한구석으로 밀려나 쓸쓸한 고독을 맛보아야만 했다.

경사스런 날에 언짢은 기색을 안 보이려고 오싱은 무척 애를 썼다. 그런 오싱의 감정과는 상관없이 결혼식은 치러졌고 신랑 신부는 북해도로 신혼여행을 떠났다. 며칠간 스키도 타고 놀다 온다는 것이다.

결혼식을 끝내고 시종 말이 없는 오싱과 노소미, 하스코의 귀갓길은 좀 우울하고 쓸쓸한 것이었다.

노소미는 그런 오싱과 하스코를 집에 남겨 두고 떠나기가 안쓰러웠지만, 가마를 너무 오래 비울 수도 없는 일이라 착잡한 심정으로 다노쿠라상점을 나섰다.

가마에 가까워지자 이번에는 새로운 걱정이 고개를 치켜들었다. 자신을 배반한 첫사랑 남자의 결혼식이 즐거운 일은 아닐 것이다. 유리에게 오늘 결혼식을 무슨 말로 어떻게 설명해야 할까를 궁리하며 걷는 그의 발걸음은 무거웠다.

그러나 노소미를 맞이하는 유리는 뜻밖에도 밝은 표정이었다. 말수가 적은 그에게 오히려 이것저것 캐물었고, 전혀 가식 없이 다노쿠라 집안의 경사를 축하했다. 노소미는 다시 한번 유리의 끝없이 착한 성품을 엿보았고 그녀가 입었던 상처도 이제는 말끔히 아물었음을 알 수 있었다.

"참, 선생님이 노소미상 돌아오길 기다리고 계셨어요. 어서 들어가 보세요."

"그래, 우선 인사부터 드려야지."

안채의 거실에 들어가서 인사를 마친 노소미는 스승 에이조로부터 5년 넘게 아니, 도자기에 매혹된 후부터 꿈에도 그려오던 반가운 말을 들었다.

"이제까지는 내 의도대로 작품을 만들었으나 이제는 순수하게 너만의 작품을 만들어 보아라. 물론 네 이름을 넣고 말이다. 좋은 작품이 나오면 내년 봄 전람회에 출품할 생각이다."

노소미는 도무지 실감이 나지 않는 듯 상기된 표정으로 스승의 말에 귀를 기울였다.

"아직 좀 이른 것 같기도 하다만 남에게 배울 수 있는 것은 다 배운 걸로 판단되기에 하는 말이다. 말하자면 제작상의 기술은 다 습득했다는 뜻이지. 작품은 기능공의 손으로 만들어지는 게 아님을 너도 알겠지. 재능은 가르쳐서 되는 게 아니므로 네 재능을 시험한다고 생각하고 열심히 해 보아라. 그리고 미리 알아 둘 게 있다. 좋은 작품이 안 나온다면 가마에 넣을 수 없다."

"명심하겠습니다. 선생님, 감사합니다."

노소미의 얼굴엔 감사의 마음과 끝까지 해 보이겠다는 굳은 결의가 역력히 떠올랐다.

히토시와 미치코의 신혼여행이 끝나, 그들 신혼부부가 돌아오기로 된 날이 왔다. 오싱과 하스코는 아침부터 신방은 물론 온 집안을 치우느라 법석을 떨었다.

신방엔 새 가구가 들어찼고 오싱은 환영의 뜻으로 꽃꽂이를 화사하게 해 두었다. 일을 마친 그들은 오후 영업시간에 맞추어 매장으로 나갔다.

가게 안은 몹시 붐볐다. 눈코 뜰 새 없는 몇 시간을 보낸 다음 오싱은 겨우 식탁 의자에 지친 몸을 앉혔다. 그리고 부엌에서 무언가 분주히 요리하던 하스코에게 말했다.

"오늘 일도 이래저래 끝났구나. 하스코, 고단할 텐데 너도 좀 쉬어라."

"네, 다 됐어요."

오싱이 손을 씻고 옷을 갈아입고 나온 사이 하스코는 장만한 음식을 식탁에 차리고 얌전하게 식탁보까지 덮어 놓았다.

"애들이 늦는구나."

"그러게요. 저녁엔 온다기에 저녁밥 늦어질까 봐 걱정을 했는데 오히려 기다리게 됐군요."

"올 시간이 지난 거 같은데……"

"오면 금방 목욕할 수 있게 물을 데워 놨는데 어머니가 먼저 하시지 그래요?"

"아니다. 오늘은 특별한 날이니 그 애들이 먼저 쓰게 하자. 저녁도 그 애들이 온 다음에 함께 먹자."

"하지만 시장하실 텐데요."

"모처럼 차린 음식인데 모두 함께 먹고 싶구나. 오늘은 그 애들이 주인공이 아니냐."

"그래요, 어머니. 도미도 새우도 좋은 걸 썼어요. 전복도 아직 살아 있어요. 자, 한번 보세요."

하고 하스코가 상보를 들춰 보이자 오싱은 이것저것 살폈다.

"호오, 하스짱의 솜씨가 점점 느는구나. 이제 어느 요릿집 숙수에게도 뒤지지 않겠다."

"미치코상에겐 별로 신기한 게 못되겠지만, 그래도 내 성의를 보여 주려고 열심히 했어요. 앞으로 평생 함께 살아가야 할 텐데 미치코상과 친해져야지요. 쫓겨나면 큰일이게요."

"그게 무슨 바보 같은 소리냐? 넌 이 집 딸이야. 자기 집에서 사는데 누구 눈치를 본단 말이냐."

"알았어요, 어머니. 아, 지금 도착하는 전차가 있어요. 그걸 타고 오나 봐요."

그러나 기다리는 사람 대신 전화가 걸려 왔다. 미치코가 몹시 고단해 하므로 나고야에서 묵고 가겠다는 히토시의 전갈이었다.

전화를 받은 하스코가 오싱에게 바꿔 주려는 사이 전화는 끊어졌다. 오싱의 노여움은 대단했다. 바로 나고야에 전화를 걸어 호통을 쳐야겠다는 오싱을 하스코가 겨우 말렸다.

"아니, 신혼여행 다녀와서 처가부터 먼저 들르는 법이 어디 있단 말이냐?"

"오는 길목이니 들렀겠지요. 내일 오겠다고 했어요. 이렇게 매사에 화를 내시면 어떻게 해요?"

"정말 기가 막히는구나. 일껏 네가 정성 들여 만든 음식이 소용없게 됐구나. 생선회를 내일 어떻게 먹겠니?"

"우리가 다 먹지요. 평소에는 맛있는 걸 만들어도 우리 차례가 오지 않잖아요? 오늘 실컷 먹어요. 제가 따라 드릴 테니 약주도 하시구요. 자, 기분을 푸세요."

무엇인가 포기해 버렸을 때의 허탈한 표정으로 오싱은 푸짐한 음식들에 그냥 눈길을 쏟을 뿐이었다.

"어머니, 미치코상은 어머니와 세대도, 자란 환경도 달라요. 오늘 친정부터 들른 것도 별로 잘못이 아니라고 생각하는 거예요. 그저 그러려니, 생각하세요."

"그래, 그 애는 그렇다 치자. 그런데 히토시 녀석도 그렇고, 또 능히 알 만한 어른들이 그렇듯 제멋대로 하게 내버려 둔단 말이냐. 이건 너무 경우가 없는 짓이야."

"요즘은 시댁이나 친정 어느 쪽으로 먼저 가든 상관없는 세상이 됐어요. 노여워하시면 오히려 속 좁다는 말을 들을지 몰라요. 앞으로도 함께 생활하다 보면 서로 생각의 차이 때문에 화낼 일이 많을 텐데 그때마다 펄쩍 뛰다간 명대로 오래 사시지 못해요. 그러니 제발 어머니가 생각을 바꾸세요. 자, 기분 푸시구요."

그러나 씨근거리는 오싱의 표정은 좀처럼 풀어지지 않았다.

다음 날 점심때가 되어서야 히토시와 미치코가 돌아왔다. 오싱이 구입해 온 야채를 트럭에서 내리고 있을 때였다.

히토시와 미치코는 제법 공손하게 다녀온 인사를 했으나 오싱은 못 본 체했다. 멋쩍은 얼굴로 안으로 들어가려는 두 사람의 등에 대고 오싱이 차갑게 말했다.

"할 얘기가 있으니 안방에서 좀 기다려라. 내 손 씻고 곧 들어가겠다."

미치코와 히토시의 얼굴에는 싫은 기색이 완연하게 비쳤고 하스코는 걱정이 되어 안절부절못했다.

방에 들어가 앉자마자 미치코는 연신 종알거렸다.

"오자마자 옷도 갈아입을 사이도 없을 만큼 급할 게 뭐람. 우리가 뭐 도망이라도 칠 건가? 어머님 왜 그러신대요? 인사도 안 받으시고?"

"우리가 집으로 곧장 오지 않고 나고야에 들른 게 못마땅해서 그러실 거야. 이럴 땐 그저 잠자코 듣고만 있으면 돼."

"그게 무슨 말이에요? 우리가 못 갈 데를 갔나요? 부모 집에 들른 게 뭐가 나쁘단 말이에요?"

"어머니는 그런 법도에 까다로운 양반이야."

잠시 후 오싱과 하스코가 들어왔다. 오싱은 가급적 싫은 기색을 보이지 않으려고 한껏 목소리를 부드럽게 했다.

"그래 신혼여행은 어땠느냐?"

"네, 덕분에 잘 다녀왔어요. 참, 어머니랑 하스코에게 선물을 사 왔는데…… 트렁크에 있으니까 꺼내 드릴게요."

"괜찮다. 미치코가 피곤하겠구나."

"예. 그래서 마침 오는 길이라서 어제는 나고야의 처가에서 하룻밤 쉬었어요."

"어제 너희가 올 줄 알고 하스짱이 정성껏 음식 장만을 해 놓고 기다렸단다."

"누나, 정말 미안하게 됐어."

"아니야. 내가 지레짐작으로 어제 오는 줄 알고 준비하는 바람에 그렇게 된 건데 뭐."

오싱은 하스코의 말을 가로채어 위엄 있게 말했다.

"결혼식도 신혼여행도 무사히 마치고 집에 왔으니 이제부터 미치코는 다노쿠라의 사람이 되었다. 이 집안의 당당한 여주인이 된 거야. 지금까지는 집안일을 하스짱이 전부 해 왔으나 이제부터는 미치코가 맡아 주어야겠다. 미치코, 하스짱한테 이것저것 물어서 하루빨리 살림을 혼자 맡도록 해라."

시어머니의 이만한 엄명이라면 웬만한 여자는 주눅이 들어 눈도 똑바로 못 뜰 지경인데 미치코는 당돌하게 물었다.

"저어…… 그러면 하스코상은 뭘 하게 되는 겁니까?"

"하스코는 가게 일을 봐야 돼. 금전등록기를 맡아야 하기 때문에 앞으로 그에 관한 공부도 해야 되고."

"제가 가게 일을 보고 지금까지처럼 하스코상이 집안일을 보면 안될까요?"

미치코가 표정 하나 바꾸지 않고 그렇게 묻자 히토시는 슬그머니 응원을 하고 나섰다.

"그렇게 해요, 어머니. 장모님도 미치코가 집안 살림을 모른다고 퍽 걱정하셨어요. 그래서 집안일은 누나가 다 하니까 염려 없다고 말씀드렸어요. 누나, 그렇게 할 거지?"

하스코가 뭐라 대답할 겨를도 주지 않고 오싱이 말했다.

"히토시, 하스짱은 식모가 아니야. 주부인 내가 장사 때문에 집안일을 못하니까 도와주었을 뿐이야. 이제 어엿한 주부가 생겼는데 왜 하스짱이 집안 살림을 대신하겠느냐? 하스짱은 새 가게에서 일할 거야. 주부에겐 그 집안을 대표하는 권리와 집안을 꾸려 나갈 책임이 있는 거다."

오싱은 미치코에게 눈길을 돌리고 또렷하게 일렀다.

"미치코, 처음부터 척척 잘 해내리라곤 기대하지 않는다. 이것저것 해 나가는 동안에 차차 늘게 되는 거야. 청소, 빨래, 부엌일, 모든 것을 앞으로는 미치코가 해야 돼. 내 일, 내 집이라고 생각하면 고생스럽지만은 않을 거야. 열심히 하다 보면 그런대로 살림의 재미라는 게 붙게 마련이다."

"하지만 어머니……"

하고 히토시가 또 끼어들려고 하자, 오싱은 준엄한 목소리로 쏘아붙였다.

"넌 가만 있어. 남자가 참견할 일이 아니야. 미치코, 새 가게를 열려면 아직도 시간이 많이 있다. 그동안에 집안일을 손에 익혀서 오픈할 때는 가게도 좀 돕게 되었으면 하는 게 내 욕심이다. 하스짱이 그동안 어떻게 살림을 해 왔는지 잘 가르쳐 줄 거다. 또 한 달 생활비는 어느 정도며 하루 얼마쯤 써야 한다는 것도 알려 줄 거다. 물론 그건 참고로 하라는 소리지, 꼭 그대로 하라는 건 아니다. 이젠 미치코의 다노쿠라가 되었으니 미치코 특유의 방법대로 꾸려 나가야 할 거다."

미치코의 안색이 차츰 굳어져 가고 있음을 놓치지 않았으나 오싱은 전혀 내색을 하지 않고 말을 맺었다.

"자, 그러면 그리 알고…… 미치코는 올라가서 옷 갈아입어라. 히토시도 빨리 옷 갈아입고 내려와야겠다. 가게가 지금 몹시 바쁘니까."

히토시와 미치코가 방을 나가자 하스코는 오싱을 나무라는 투로 말했다.

"참, 어머니도…… 꼭 들어서자마자 그런 소릴 하실 게 뭐예요?"

"언젠가는 할 얘기니 처음부터 단단히 일러두는 거야. 물론 나도 웃는 낯으로 좋은 소리만 하고 싶단다. 하지만 며느리로서의 자각도 일깨우고 앞으로 해야 할 일을 가르쳐 주는 건 친절한 일이지 결코 시어머니의 심통은 아니다. 너도 달가운 역할은 아니겠지만 잘 가르쳐 주어라."

오싱은 이렇게 말을 끝맺었다.

한편 이층의 침실로 들어간 미치코는 소파에 털썩 주저앉았다. 히토시는 그런 미치코의 기분을 맞춰 줄 방법이라도 찾아내려는 것처럼 새로 꾸민 방 안을 돌아보며 왔다갔다하면서 짐짓 환한 표정을 지었다.

"아주 살기 좋게 꾸며졌는데…… 이봐, 미치코, 어머니가 이렇게 예쁘게 꽃꽂이까지 해 주시지 않았어? 어머니랑 하스짱은 우리를 위해 이만큼 신경을 많이 쓰고 있는 거야."

"아아, 집에 가고 싶어."

미치코는 늘어지게 기지개를 켜며 뚱딴지같은 소리를 했다.

"무슨 소리야? 이제부턴 여기가 미치코의 집이야."

그러나 미치코의 귀에는 히토시의 그런 말이 들어오지 않았다.

"이런 게 아니었는데…… 결혼을 하면 출근하는 남편을 배웅하고, 따뜻한 양지쪽에 앉아 느긋하게 뜨개질도 하고 또 음악을 들으며 차를 마시면서 포근한 마음으로 남편을 기다린다고 상상했어. 그런데 어머님 말을 들으니 이건 이 집에 마치 식모로 온 거야. 어유, 이 일을 어떡하지."

"이제 와서 그런 소릴 하면 어떡해."

"난 아무래도 다노쿠라의 며느리 노릇을 못할 것만 같아."

"해 보기도 전에 어떻게 알아? 모든 여자는 조금씩 차이야 있지만 결혼하면 크든 작든 집안 살림을 꾸려 가고 있어. 미치코라고 못할 게 뭐 있어. 천천히 배워 가면 돼."

"난 아무래도 살림엔 자신 없어. 집안일을 하스코상이 맡아 줄 수 없을까? 어머님한테 다시 한번 부탁드려 봐요."

두 사람은 곧 옷을 갈아입고 매장으로 내려갔다. 오싱에게 뭔가 말을 붙여 보려고 쭈뼛거릴 때 오싱이 먼저 입을 열었다.

"미치코, 주문이 많이 들어와 하스짱이 손을 쓸 수가 없구

나. 가게 식구와 목수들한테 차 대접 좀 해 주지 않겠느냐?"

히토시는 어머니의 눈치를 슬금슬금 살피다가 기회는 이때다 싶어 넌지시 말을 꺼냈다.

"어머니, 그렇잖아도 의논하려고 했는데요, 미치코가 아무래도 집안 살림은 자신이 없대요. 역시 집안일은 종전처럼 누나가 맡는 게 나을 것 같아요."

오싱이 말없이 자신의 위아래를 훑어보자 히토시는 내친 김에 다그쳐 말했다.

"괜찮은 생각 아니에요? 아무것도 않고 놀겠다는 게 아니라 가게에 나와서 일을 하겠다는 거니까요."

오싱은 히토시를 밀어내는 시늉을 하며 말했다.

"알았다. 넌 저리 가거라. 미치코는 생선을 만질 줄 아느냐?"

느닷없는 말에 미치코는 뭐라고 대답해야 좋을지 몰라 우물쭈물했다.

"새 가게를 오픈할 때까지는, 아니 오픈을 하고 나서도 생선은 계속 취급할 거니까 만져야 된다. 생선장사는 깨끗한 옷을 입고 한가하게 서서 하는 장사가 아니야. 아무리 추운 날에도 생선비늘 투성이가 되어 찬물을 만져야 한다. 그래도 집안 살림보다 가게가 낫다고 생각한다면 한번 걷어붙이고 해 보려무나."

미치코는 기가 질려 할 말을 찾지 못하고 얼굴만 벌개졌다. 그런 며느리의 속마음을 빤히 들여다보면서도 오싱은 시치미 뚝 떼고 한마디 덧붙였다.

"새로 오픈하게 되면 가뜩이나 일손이 부족하고 궂은 일도 안살림보다 더 많은데 자진해서 가게 일을 도와준다면 그보다 고마운 일이 어디 있겠느냐."

어떻게 해서든지 자질구레한 집안 살림에 손을 대지 않고 가게에 나가서 적당히 시간이나 때우고 보자는 히토시와 미치코의 계산은 오싱의 능수능란한 말 앞에서 처참하게 무산되어 버렸다. 미치코는 참담한 기분이 되어 부엌으로 들어가서 땅이 꺼질 듯이 한숨을 내쉬었다.

한참 후 하스코가 부엌에 들어가니 미치코는 넋이 나간 표정으로 식탁 앞에 앉아 있었다.

"어휴, 이제야 겨우 끝났어요. 미치코상이 배고플 텐데 점심이 늦어졌네."

미치코는 엉거주춤 일어서서 겨우 입을 열었다.

"뭘 해야 하는 건지 몰라서 그냥 이러고 있었어요."

"됐어요. 내가 할게. 미치코상, 당분간 내가 부엌일도 할 테니까 이것저것 내가 하는 대로 보고 배우기만 하면 돼요. 조바심 낼 거 없어."

"조바심이 안 날 수가 없군요."

"우리 집 아침은 좀 이른 편이야. 어머니가 6시면 포구로 나가시거든. 조반은 다녀오셔서 들지만 차라도 마시고 가게 해 드리려면 최소한 5시쯤엔 일어나서 불을 피우고 물을 끓여야 할 거야."

미치코는 몹시 놀라는 투로 반문했다.

"5시에 일어나야 해요?"

"어머니가 오시기 전에 청소하고 아침밥을 지어 놔야 해. 할 수 있으면 빨래도 널고."

"빨래까지요?"

"너무 그렇게 겁먹은 얼굴 하지 않아도 돼. 나는 가게 일을 보니까 시간이 없어서 그랬지만 미치코상은 쉬엄쉬엄 해도 충분해. 밥만 지어 놓고 청소나 세탁은 오후에 짬 봐 가며 천천히 해도 되지 않겠어?"

하스코는 미치코의 눈치를 살피며 말을 이었다.

"11시 반엔 점심 준비를 시작해야 돼. 저녁밥은 가게가 끝난 다음이니까 대개 8시쯤이면 돼. 생각보다 그렇게 엄청난 일은 아니야. 남는 시간은 미치코상의 시간 아니겠어? 난 가게 일도 겸해서 했지만 그렇지 않았거든. 미치코상은 너끈히 해낼 수 있어. 그러니 너무 걱정 말아."

"어머님도 하스코상도 그렇게 일을 많이 해 오셨어요?"

"그럼요. 보통 가정집의 아내라면 그 정도의 일은 하면서 살고 있잖아. 날마다 메뉴 짜기도 힘들겠다 싶겠지만 어머니나 히토시짱은 반찬에 그다지 까다롭지 않으니 쉬워."

미치코의 안색이 서서히 굳어져 가고 있음을 하스코는 놓치지 않고 지켜보았다.

엄청난 일 더미에 깔릴 것만 같아서 미치코는 얼이 나가 버리고 말았다. 하스코의 얘기는 듣기조차 겁이 났다.

거의 무의식 상태로 멍하니 앉아 있는데 오싱이 들어왔다. 무성영화에서 유성영화로 갑자기 바뀐 듯 그녀의 귀에 그제야 시어머니의 말소리가 들려왔다.

"미치코, 배고플 텐데 기다리게 했구나. 하지만 바쁠 때면 점심을 3시, 4시까지 못 먹을 때가 허다하단다. 장사란 이처럼 힘든 거란다. 자, 어서 먹자."

그때까지도 미치코는 정신이 몽롱한 것 같아 보였다. 그런 미치코를 하스코는 불안한 눈초리로 지켜보고 있었다. 오싱이 말을 이었다.

"오늘 저녁엔 모처럼 찌개를 맛있게 끓여 먹을까? 미치코, 나중에 생선과 야채를 들여보낼 테니 손질만 해 둬라."

"네? 네…… 넷."

미치코는 제정신이 아닌 사람처럼 허둥댔다.

그날 저녁도 매장은 손님으로 들끓었고, 어지간히 손님이 빠지자 오싱과 하스코는 찬거리를 만들어 안채로 들어갔다. 그런데 미치코가 안 보였다. 처음에는 대수롭지 않게 여겼으나 온 식구가 저녁을 먹으려고 모일 때까지도 끝내 모습을 나타내지 않았다.

허둥지둥 부엌으로 들어온 히토시가 하스코에게 말했다.

"없어. 아무 데도 없는데……"

"아까 찌개거리를 갖고 들어왔을 때부터 안 보였어. 난 어디 볼일이 있어 잠깐 간 건가 하고 아무렇지도 않게 생각했는데 어딜 간 걸까?"

하스코는 고개를 갸웃거리며 혼잣말처럼 중얼거렸다.

"지금 생각해 보니까 미치코상은 낮부터 좀 이상했어. 혹시 가출한 게 아닐까?"

그러자 안절부절못하던 히토시가 대뜸 전화기 앞으로 달려갔다.

모든 식구들이 둘러앉은 식탁에서 오싱은 느닷없이 맹렬한 기세로 히토시에게 퍼부었다.

"히토시! 전화할 생각 말아라. 만일 친정으로 갔다면 가만 있어도 그쪽에서 기별이 올 텐데 뭘 그렇게 허둥대느냐?"

"나한테까지도 아무 말 없이 나가다니, 대체 어쩌려는 걸까?"

히토시는 수화기 앞에서 엉거주춤 선 채로 길게 한숨을 내쉬었다.

오싱의 예상은 적중했다. 잠시 후에 걸려 온 가와베로부터의 전화 내용은 미치코가 친정으로 왔다는 것이었다. 아직 자세한 말을 듣지 못해 그 까닭은 모르겠으나 가족들이 걱정할 것 같아서 우선 알린다며 센조는 전화를 끊었다.

센조로부터 걸려 온 전화를 받고 나서 히토시는 조금 멋쩍어 하며 뒤통수를 긁었다.

"어머니, 미치코는 나고야에 가 있대요."

"참, 기가 차서 말이 안 나오는구나. 신혼여행에서 돌아온 지 반나절도 안돼서 친정으로 가 버리는 새색시라니……"

"집도 낯선데다 나도 바빠서 상대를 못해 주니까 못 견딜 만큼 쓸쓸했던 모양이지요. 내일 데리러 가서 잘 타이르겠 어요."

"그 얼간이 같은 소리 좀 작작해라. 그래, 제멋대로 뛰어 나간 걸 사내가 머릴 숙이고 모시러 가겠다는 소리냐?"

"그렇게라도 데려오지 않으면 영영 안 올지도 모르는데요?"

"오고 싶지 않으면 오지 말라고 하면 그만 아니냐."

"어머니!"

"우리 식구 모두의 운명을 걸고 장사를 시작할 판이야. 그런데 그렇게 자기밖에 모르는 며느리가 어떻게 장차 다노 쿠라를 이끌어 가는 여주인이 되겠느냐? 마음대로 하라고 해라."

오싱은 발딱 일어나서 안으로 들어가 버리고 말았다.

며느리 하나 들어오는 일이 이렇게도 힘든 것인가 하고 오 싱은 어이가 없었다. 더구나 그런 미치코에게 쩔쩔매기만 하 는 히토시가 역겹고 화가 치밀었다.

이층 방에서 이불을 뒤집어쓰고 누워 있는 히토시를 살피 고 내려온 하스코가 오싱에게 다가왔다.

"어머니, 히토시짱이 좀 가엾어요. 그 어려운 고비를 넘기고 겨우 결혼을 했는데 아마 미치코상이 너무 겁을 먹은 것 같아요. 내일 히토시짱을 나고야에 가게 하세요. 확실한 이유라도 알아야 덜 답답할 게 아니에요."

"미치코는 제 발로 나간 거다. 집에 다시 오고 안 오고는 별 문제로 치더라도 가출한 이유는 응당 가와베쪽에서 먼저 알려 와야 한다."

"그야 그럴지 모르겠지만 히토시짱이 불쌍하잖아요."

"제가 제 무덤을 판 꼴이지 뭐냐."

"그렇지만 이제 와서 헤어질 수도 없지 않아요?"

"당사자가 돌아올 마음이 없다면 할 수 없는 노릇이다."

"어머니, 너무 극단적으로 생각하지 마세요."

"내가 너무 극단적이라고? 역시 나만 케케묵은 노인네 취급을 받는구나. 마음에 안 든다고 쪼르르 친정에 가 버리다니, 이는 상상도 못할 일이다. 아무리 세상이 바뀌었다고 해도 그런 처사는 그냥 넘길 수 없다."

말을 마치고 입을 다무는 오싱의 얼굴엔 어두운 그림자가 짙게 드리워졌다.

어떤 결혼

다음 날 새벽, 오싱이 트럭의 시동을 걸어 놓고 엔진의 열이 오르기를 기다리고 있는데 히토시가 부스스한 얼굴로 나와서 나고야에 가겠다고 했다.

"미치코는 내 아내예요. 집을 나갈 때는 뭔가 그럴 만한 이유가 있었을 테고 그걸 들어주는 게 남편된 사람의 도리라 생각해요. 어머니가 무어라 하든 난 가 봐야겠어요. 가능한 한 빨리 돌아오겠어요."

말을 마치자 히토시는 주저 없이 나가 버렸다. 곁에 있던 하스코에게 오싱이 어이없다는 투로 푸념을 했다.

"저 못난 꼴 좀 봐라. 온 식구가 아무리 바쁜 일로 새벽부터 설쳐 대도 이렇게 일찍 일어나 본 일이 없던 녀석이 저렇게 부지런을 떠는구나."

"그럼 며칠 전 결혼한 색시가 소중하지 않겠어요? 당연히
그래야지요. 안 그렇다면 어떻게 평생을 함께 살아가겠어요."

"그게 사내 대장부가 할 짓이냐? 여편네의 뒤꽁무니나 쫓
아다니는 게…… 예전 같으면 아무 말 없이 집 나간 여자는
그날로 이혼감이야."

하스코는 화풀이나 하듯 엑셀을 밟고 요란스럽게 떠나는
오싱의 뒷모습을 불안한 눈초리로 바라보았다.

안으로 들어간 하스코가 조반 준비를 하고 있을 때 난데없
이 불쑥 미치코가 들어왔다.

"안녕히 주무셨어요?"

"아니, 미치코상?"

놀라서 눈을 동그랗게 뜬 하스코에게 미치코는 제법 정중
하게 허리를 굽혔다.

"어제는 걱정을 끼쳐 드렸습니다."

"잘 왔어. 그런데 히토시짱은 만났어?"

"네?"

"어머, 히토시짱은 새벽에 나고야로 갔는데……"

"그이가요?"

"아마 첫차로 갔을 거야. 길이 엇갈렸나 봐?"

"정말이에요? 히토시가 날 데리러 갔다고요?"

"그럼. 소중하고 소중한 아내인걸. 자, 어서 들어와. 어머

니 오실 때가 됐어. 아직 식사도 못했겠네? 어머니 오시면 우리 다 함께 들도록 해."

그런데 미치코는 혼자 온 것이 아니었다. 친정아버지 센조가 함께 와 있었다.

오싱이 생선을 구입해 가지고 돌아오자 어색한 인사가 오고 간 다음, 센조는 딸을 가진 부모로서의 입장과 사과의 말을 했다.

"이거 말씀드리기도 부끄러운 일이지만 저희들의 교육이 부족했던 탓으로 예의도 무엇도 모르는 아이로 키웠습니다. 어제 갑자기 집에 와서는 다노쿠라가의 며느리로서 실격이니 결혼을 취소하겠다고 느닷없는 말을 하지 않겠습니까. 글쎄 본인이 정 그렇게 생각한다면야 하는 수 없는 일이겠지요. 그런데 차근히 얘기를 들어 본 즉 아무 말도 없이 시댁에서 나왔다고 하더군요. 그래 자신의 입으로 확실한 이유를 말씀드려야 한다고 이렇게 일찍 찾아뵌 겁니다."

센조는 흘끔 오싱의 눈치를 살피고 나서 말을 이었다.

"여러 가지로 폐가 될 것은 잘 알고 있습니다만, 결혼 생활이란 주위 사람으로선 어떻게 해 볼 수 없는 문제가 돼서요."

그리고 센조는 미치코를 향해 짐짓 엄격한 목소리로 말했다.

"미치코, 네가 직접 진솔하게 말씀드리도록 해라."

미치코는 단정한 자세로 말문을 열었다.

"죄송합니다. 저도 히토시상이 다노쿠라상점의 후계자라는 걸 알고 결혼했습니다. 장사하는 사람의 아내가 되기로 결심도 했었습니다. 그래서 동거 문제도 요즘 드문 일이지만 말씀대로 따르기로 했었어요."

미치코는 잠깐 심호흡을 하고 나서 새초롬한 눈을 내려깐 채 차분히 말을 이었다.

"신혼여행에서 돌아오고 나서 하스코상으로부터 다노쿠라가의 며느리로서 앞으로의 역할을 들었습니다. 저는 도저히 그 일을 해낼 자신이 없었습니다. 아무리 노력을 한다 해도 말씀대로의 일을 제대로 해낼 만한 능력이 제겐 없습니다. 저는 생각하고 또 생각해 봐도 이 댁 며느리로서는 어울리지 않습니다."

여기서 불쑥 오싱이 말허리를 자르고 짤막하게 물었다.

"미치코가 하고 싶은 얘기는 그것뿐인가?"

"이제 와서 제멋대로 한다고 역정을 내시겠지만 겪어 보지 않고는 모를 일이었고, 지금 마음을 정하지 못하면 앞으로도 두고두고 다노쿠라 댁에 풍파와 상처를 남기게 될까 봐 겁이 났습니다. 그렇게 된다면 물론 제 자신도 고통과 상처를 입게 될 것으로 생각됩니다."

"그럼 히토시에 대한 감정은 어떤가?"

오싱의 딱 부러진 질문에 미치코도 당돌하게 잘라서 대답했다.

"좋아합니다. 그렇지만 아무리 서로 사랑한다 해도 제가 어머님의 마음에 안 들면 결국 가정 불화가 일고 서로 미워하게 될 겁니다. 그렇다면 무엇 때문에 결혼을 한 것인지 모르게 될 겁니다."

"알았다. 아직도 히토시를 사랑한다면 그걸로 됐군. 무엇보다도 그게 제일 중요하니까."

뜻밖에도 오싱의 대답은 선선하게 나왔다.

"난 앞으로 절대 아무 말도 안 하겠다. 미치코가 할 수 있는 데까지 힘이 미치는 정도까지만 하면 그것으로 충분해. 다노쿠라가의 주부가 됐다는 각오를 가지고 미치코가 우리 집안을 이끌어 가면 되는 거야. 꼭 이 집에서 해 오던 대로 억지로 따라갈 필요도 없다. 청소를 하루 걸러 한 번씩 해도 좋고 사흘에 한 번씩 해도 좋아. 반찬에 많은 돈을 쓰든 단무지로만 지내든 상관 않겠다. 언제 일어나고 언제 자든 그건 이 집 주부의 자유야. 어제도 난 분명히 미치코가 앞으로 미치코의 방식대로 다노쿠라를 이끌어 가라고 말했는데, 아마 듣는 쪽에서 그 뜻을 제대로 받아들이지 못한 모양이다. 또 말은 그렇게 하면서도 내가 겪은 시집살이를 답습시키려는 듯한 분위기를 느끼게 했는지도 모르지."

옆에서 듣고 있는 사람들의 표정이 차츰 숙연해지기 시작했다.

"아무튼 처음부터 이래라 저래라, 하고 말한 게 잘못일지도 모른다. 앞으로는 모든 집안일을 미치코에게 전적으로 맡기고 간섭하지 않겠다. 그러면 됐지?"

"어머님, 고맙습니다."

미치코는 몹시 감격한 듯 허리를 굽혔다.

"오냐, 잘됐다. 속마음을 탁 털어놓길 잘했다. 하마터면 큰일을 저지를 뻔했구나."

센조 역시 감격스럽기도 하고 곤혹스럽기도 한 표정으로 말을 더듬었다.

"다노쿠라상? 아니 사돈, 사돈께서 진심으로 하시는 말씀입니까?"

"예, 진심입니다. 법도니 가풍이니 하는 일로 사랑하는, 그것도 정식으로 결혼한 젊은 사람들 사이를 갈라놓을 수야 있겠습니까? 지금은 늙은 사람들의 시대가 아니니까요."

눈에 차지 않는 며느리지만 히토시를 사랑한다는 그 한마디에 추상같던 시어머니의 노여움도 눈 녹듯 사라져 버리는 애틋한 모정…… 아무리 강인하고 외곬인 오싱도 자식 앞에서만은 어쩔 수 없이 지극히 평범하고 나약하기 이를 데 없는 보통의 어머니에 불과했다.

저녁 무렵이 다 되어서야 멋쩍은 표정으로 돌아온 히토시는 하스코로부터 자초지종 설명을 듣고 나자 갑자기 생기가 도는 얼굴로 되물었다.

"미치코가 얌전히 집에 돌아왔단 말이지? 그럼 그냥 집에 있기로 한 거란 말이지?"

"그래. 가서 미치코상에게 직접 물어 봐."

"난 나고야에서 영영 돌아오지 않을 줄로만 생각했는데, 미치코가 잘 생각했구나."

하고 기뻐하는 히토시에게 오싱이 쏘아붙였다.

"히토시, 오늘도 주문이 많이 밀려 있다. 수선은 그만 피우고 얼른 일이나 해라."

"알았어요, 어머니. 장모님은 미치코가 다시 올지 모르니 나고야에서 더 기다리라고 했지만 가게가 걱정돼서 온 거예요. 옷 갈아입고 금방 내려올게요."

하고 히토시는 쏜살처럼 안으로 들어갔다.

"원 저런 못난 녀석을 봤나. 그저 말끝마다 미치코, 미치코, 어떻게 하다 저렇게 모자라게 키웠을고."

"아이 어머니, 또 그런 말씀……"

자신도 모르게 다시 고개를 치켜든 시어머니 근성에 하스코와 오싱은 깔깔거리고 웃었다.

"미치코! 미치코!"

숨이 턱에 닿는 소리로 계단 밑에서부터 부르며 뛰어 올라온 히토시를 미치코는 걸레질을 하고 있다가 밝은 얼굴로 맞이했다.

"히토시, 고마워요. 정말 정말 고마워. 날 데리러 갔었다며? 참으로 감격했어. 그 마음만으로도 난 앞으로 잘 버텨 낼 거야."

"미치코?"

"나 일등 며느리가 되어야겠단 생각은 안 하기로 했어. 누가 뭐래도 못하는 건 못하는 거지 뭐. 잘하지도 못하는 걸 잘하는 척하지 않겠어. 내 나름대로 하고 그래도 쫓겨난다면 하는 수 없는 거 아니에요? 앞으로는 모든 일을 내 방식대로 해 나가기로 했어요. 어머님도 그걸 승낙하셨어요."

"잘됐어. 그런 각오로 해 나가면 뭐든 잘될 거야. 어머니께 고마운 마음을 갖고 잘해야 돼."

히토시는 겨우 안도의 한숨을 내쉬었다. 미치코도 어제 신혼여행에서 막 돌아왔을 때의 그 참담한 기분에 비하면 하룻밤 사이에 자신의 위치가 매우 확고해진 것 같아서 만족해했다.

오싱 역시 미치코가 돌아와 준 데 대하여 한시름 놓았다. 그러면서 앞으로 미치코에게는 아무런 기대도 걸지 않기로 작정을 했다. 둘 사이의 갭은 도저히 메워지지 않을 것 같았으므로 그저 집안에서 더 이상의 풍파가 일지 않기만을 바라며 웬만한 일에는 간섭하지 않고 맡겨 둘 심산이었다.

어쨌든 시어머니와 며느리가 원래 주장에서 서로 한걸음씩 양보함으로써 표면상으로는 별다른 마찰이 없는 것처럼 보이는 가운데 그해 연말을 맞이했다.

대목 장사를 하느라고 다노쿠라상점은 무척 바빠져서 눈코 뜰 새 없는 며칠을 보냈다. 그믐날 저녁 히토시와 미치코는 문을 닫기가 무섭게 스키를 타러 떠나고 하스코와 단둘이 남은 오싱은 다시 쓸쓸한 설날을 맞았다.

떡국을 먹으며 오싱은 정초부터 푸념을 했다.

"장가를 들이면 올 설날엔 새 며느리와 식구들이 좀 멋진 설을 보내겠구나 하고 기대했는데 모두 허사로구나."

"할 수 없어요. 요즘 사람들은 마치 신정 휴가에 스키를 타기 위해 일 년 동안 일하는 것처럼 설에는 꼭 스키 타러 가니까요."

"일은 반몫인데도 노는 건 한몫이구나."

"미치코상도 어쩌면 이번이 마지막 스키 여행일지도 몰라요. 아기가 생기면 꼼짝도 못할 거 아니에요?"

"하긴 그렇겠구나. 허! 그리고 보니 나도 곧 할머니가 되는 건가? 아직 할머니 노릇을 하긴 싫은데……"

"어머니야 손자가 태어나도 다른 할머니들처럼 한가하게 손자나 봐주고 계실 분이 아니시죠."

"그나저나 노소미가 올 때가 지났는데…… 데이는 스키 타러 간다니 어쩔 수 없고 말이다."

"제가 전화 걸어 볼게요."

하스코가 전화를 거니 수화기의 신호음이 떨어지자마자 바로 유리가 나왔다. 에이조 부처는 온천에 갔고 유리 혼자서 집을 지키고 있다고 했다. 노소미는 정초에 가마에 넣을 작품을 만드는 데 한창 몰두하고 있다는 말도 덧붙였다. 처음으로 노소미 자신의 작품을 만든다는 얘기에 오싱은 기쁨을 참지 못했다. 조금은 침울했던 방 안의 분위기가 갑자기 밝아지는 것 같았다.

"어머니, 끝내 노소미짱이 자기 작품을 만들게 됐군요. 대단하지요?"

"5년이나 고생을 했잖니. 빨리 도예가로 자리를 잡아야지. 정초의 첫 소식이 정말 반갑구나. 그런데 노소미도 못 온다면 우리끼리 너무 쓸쓸하게 됐구나."

"연휴가 끝나면 또 정신없이 바빠질 텐데 이럴 때 한가하게 푹 쉬는 것도 좋잖아요?"

"그래, 뒹굴뒹굴 누워서 보내는 정초도 나름 괜찮겠구나."

물레 근처는 온통 만들다가 버려둔 으깨어진 흙덩이가 수북이 쌓여 있다. 물레를 돌리는 노소미의 얼굴엔 송골송골 땀이 맺혔고 수염은 텁수룩한 채, 눈에는 핏발이 섰다.

그런 노소미를 작업장 문틈으로 지켜보는 눈이 있었다. 따끈한 차와 과자를 담은 쟁반을 들고 머뭇거리고 서 있는 유리였다. 이게 벌써 몇 번째인지 모른다. 열중하고 있는 노소미를 차마 방해하지 못하고 번번이 돌아가곤 했다.

눈싸움이라도 하듯 작품에 온 시선을 쏟고 있던 노소미가

한숨과 더불어 뒤로 물러나 앉았다. 그 순간을 틈타서 유리
는 그림자처럼 소리 없이 다가갔다.

작업대 위에 쟁반을 살며시 올려놓을 때까지도 노소미는
모르고 있다가 한참만에야 인기척을 느끼고는 고개를 들어
유리와 쟁반을 번갈아 바라보았다.

"고맙군."

"점심시간이 벌써 지났어요. 그렇게 안 잡수시면 어떻게
해요? 이리로 갖다 드릴까요?"

"괜찮아."

"조금이라도 드셔야 해요."

"유리짱, 난 괜찮으니까 어디 여행이라도 다녀와요. 설날
이 아닌가. 집은 내가 지킬 테니 염려 말고."

"미안해요. 너무 작품에 열중하느라 끼니도 거르니까 걱
정이 돼서 그만…… 이젠 방해하지 않겠어요."

"아니야. 설인데 내가 이러고 있으니 유리짱이 꼼짝 못하
는 게 안쓰러워 하는 소리야. 난 떡만 있으면 돼. 배가 고프
면 그때 그때 구워 먹으면 되니까."

"전 별로 가고 싶은 데가 없어요. 여기 있는 게 좋아요.
참, 하스코 언니한테서 전화가 왔었어요. 노소미상 오시길
기다리고 계시던데요."

"세배하러 가려고 했는데 마음에 드는 작품을 못 만들어서
못 가고 말았어. 어머니께 죄송하게 됐어. 지금은 내가 전문

도예가로 자리를 잡느냐 못 잡느냐가 판가름나는 중요한 때야. 내 전부를 쏟아부어 좋은 작품을 만들고 싶어. 설령 선생님의 눈에 못 드는 일이 있더라도 내 능력을 충분히 쏟아 넣은 작품이면 그렇게 단념을 해도 후회는 없을 거야."

"제가 도움되는 일이라면 뭐든지 하겠어요. 오늘 저녁은 꼭 드세요. 맛있는 걸 만들 테니까요."

하고 유리는 미소를 남긴 채 나갔다.

그런 유리의 뒷모습에 이끌려 웃음기가 번지던 노소미의 얼굴에서 어느덧 미소가 가셨다. 그의 눈은 다시 작품에 못 박혔고 얼굴은 긴장감으로 굳어졌다.

설날 오후, 술상을 사이에 두고 오싱과 하스코는 서로 권하며 제법 많은 술을 마셨다.

"하스코, 결국 우리 둘이 쓸쓸한 설을 지내게 됐구나. 너무 조용하지?"

"네, 하지만 이렇게 조용한 설도 앞으론 없을 거예요. 히토시짱은 이미 결혼을 했고 노소미짱도 데이짱도 곧 결혼을 해야 하니, 아마 몇 년 지나면 세뱃돈 받으러 오는 손자들로 바글거리지 않을까요?"

"그래서 조용하지 못하다면 다행이지만 새 가게가 잘 안되는 날이면 설이고 뭐고가 있겠니?"

"어머니답지 않게 왜 그런 약한 말씀을 하세요?"

"아무래도 일본에서 셀프서비스는 아직 이른 것 같다."

"어머니, 만일 실패하는 일이 있더라도 처음부터 다시 시작한다고 하셨잖아요? 저도 겁나는 거 없어요. 죽기보다 힘든 고비도 넘겨 온걸요. 게다가 어머니가 계시니 아무것도 두렵지 않아요. 어머니하고라면 소쿠리를 이고 하는 행상이라도 거뜬히 해낼 거예요."

"그렇지만 난 실패할 수 없단다. 어떻게 하든 성공해야 해. 나도 나이가 있잖니. 이제 비틀하면 다시 일어나기 힘들어. 이게 아마 마지막 승부일 거다."

거나하게 술기운이 오른 오싱의 톤이 차츰 높아졌다. 그리고 할 말은 끊임없이 이어졌다.

"내겐 책임져야 할 자식들이 많아. 하스코, 노소미, 데이…… 모두들 독립할 수 있는 터전을 잡아 주기 전엔 절대 실패할 수 없어. 난 노소미의 어머니에게 그 애의 장래를 맡겠다고 약속했어. 도예가로 성공하고자 한다면 그 길에 필요한 도움을 주어야 해. 그러니까 난 실패할 수 없단 말이다……"

뒷끝이 우물우물 입속말이 되는가 싶더니 오싱은 어느새 식탁에 엎드려 잠이 들고 말았다.

"어머니, 어머니, 괜찮으세요?"

오싱이 깊은 잠에 곯아떨어지자 하스코는 오싱을 조용히 자리에 눕히고 이불을 덮어 주었다.

겉보기에는 억세기만 한 오싱이 이렇듯 언제나 가족과 가게 걱정으로 마음 편할 날이 없다는 걸 아는 사람은 오직 하스코뿐이었다. 웅크린 자세로 누워 있는 오싱을 들여다보자니 그렇게 측은할 수가 없었다.

설 연휴가 끝나자 히토시와 미치코가 돌아왔고 점원들도 매장으로 복귀했다. 다노쿠라상점은 다시 활기를 되찾아 북적거리고 오싱도 바쁜 하루하루를 맞았다.

점포 공사가 거의 마무리될 즈음에는 오픈을 위한 막바지 공사로 밥 먹을 사이도 없이 바쁘게 지내고 있었다.

그러던 어느 날 유리로부터 전화가 왔다. 그동안 노소미가 만든 작품을 스승 에이조가 만족해 했고 그래서 가마에 넣고 굽게 됐다는 것이다. 앞으로 사흘 낮 사흘 밤을 불을 지피고 기다려야 한다는 것이다.

오싱은 노소미의 작품이 첫 관문을 무난히 통과했다는 소식에 더없이 기뻤다. 정말 좋은 작품이 되어 나오길 몇 번씩이나 마음속으로 빌었다.

유리는 부엌에서 주먹밥을 만들고 있었다. 에이조의 처 후미가 들어서다가 묻는다.

"주먹밥은 왜?"

"노소미상이 가마 곁을 못 떠나는 바람에 내내 굶고 있어요. 그래서……"

"원, 식사할 동안 누가 대신 좀 봐주면 되잖아?"

곁을 지나던 에이조가 그 소리를 듣고 참견을 했다.

"자기 작품이 처음 햇빛을 보게 된다고 생각하면 그렇게 되는 거라오. 또 그만한 정성 없이 좋은 작품이 나올 수도 없어. 유리짱, 밤참을 준비해 둬. 아마 밤을 꼬박 새울 테니까."

"네."

가마 곁에는 탁탁 장작 불꽃 튀는 소리가 간혹 들릴 뿐 온 세상이 정적과 어둠에 싸였다. 아궁이만이 새빨갛게 타오르고 있었다.

오랫동안 노소미는 조각처럼 미동도 하지 않은 채 아궁이 속을 쏘아보았다. 조심스런 인기척이 났고, 유리가 야식이 담긴 쟁반을 살며시 노소미에게 내밀었다.

"선생님께서 꼭 드시래요."

"유리짱, 아직도 안 잤어?"

"내일도 모레도 있는데 그렇게 한잠도 안 주무셔도 괜찮겠어요?"

"사흘쯤 새우는 건 아무것도 아니야. 자기란 불에 따라 좋게도 되고 나쁘게도 되는 거야. 말하자면 정성으로 굽는 거지. 한시도 눈을 떼서는 안돼."

유리는 갖고 온 물수건을 내밀었다.

"저어, 땀이……"

놀란 얼굴로 노소미가 수건을 받아 얼굴을 닦았다.

"어쩌면 불꽃이 저렇게 예쁘지요? 그렇게 말랑말랑하던

흙이 이 속에서 쇳소리를 내는 탄탄한 자기가 되어 나온다는
게 참 신기해요."

"유리짱은 도예가 좋은가?"

"네, 여기 오기 전에는 이런 세계가 있는 것조차 몰랐어
요. 그런데 흙을 주무르고, 돌아가는 물레 위의 흙이 손끝에
서 온갖 모양의 그릇으로 변해 가는 걸 보고, 또 가마에서 꺼
낸 도자기의 아름다움을 볼 때마다 차츰 알게 됐어요."

"젊은 처녀가 별나군. 유리짱은 괴짜야."

"저는 도저히 불가능하겠지만, 만일 저도 물레를 돌릴 수
있는 처지라면 노소미상처럼 그렇게 빠져들었을 거예요."

"할 마음만 있다면 못할 것도 없어."

"아니에요. 전 노소미상이 작업하시는 걸 도울 수 있는 것
으로 만족해요. 전 지금의 생활이 아주 행복해요. 가끔 행복
이라는 게 이런 거였구나 하는 생각이 들곤 해요."

불빛을 받아 장미 빛깔로 빛나는 유리의 얼굴은 참으로 만
족스럽고 평온하게 보였다. 노소미의 시선이 그 얼굴에 오랫
동안 머물렀다.

그때 제자 한 사람이 아궁이 곁으로 왔다.

유리와 야식 쟁반을 번갈아 보던 그가,

"미안, 내가 너무 오래 잔 게 아닌가? 이제 교대하세."

하고 말하자, 두 사람은 공연히 화들짝 놀랐다.

유리는 쟁반을 들고 그 자리를 도망치듯 얼른 나갔다.

"어어, 이거 내가 눈치 없이 온 게 아닌가?"

"무슨 실없는 소린가. 지금 농담할 땐가?"

노소미는 마치 화풀이하듯 장작을 아궁이에 던져 넣었다.

저녁 식사를 마친 오싱과 하스코는 이부자리를 펴고 있었다.

"노소미짱네 가마를 오늘쯤 여는 게 아닐까요?"

"글쎄, 유리짱이 전화한 후로는 소식이 없으니 궁금하구나. 작품이 안 좋았나? 실패했다면 노소미도 깨끗이 단념할 거야. 벌써 5년이나 고생했지만 노소미의 원을 푼 게 되니까 결코 시간을 허비한 건 아니라고 생각한다."

오싱은 오늘따라 유난히 노소미가 보고 싶었던 듯, 그날 하루 종일 노소미의 소식을 궁금해 했다.

"새 가게를 히토시하고만 꾸려 가기는 어쩐지 마음이 안 놓인다. 그 앤 꿈이 너무 커서 왠지 불안하구나. 노소미처럼 차분한 아이가 곁에 있으면 얼마나 좋겠느냐."

"어머니는 아직도 그런 생각을 하세요?"

"그 애들 둘이 힘을 합쳐 도와준다면 더 바랄 게 없지."

노소미를 상인으로 키워 보겠다는 오싱의 소망이 완전히 꺼진 게 아니었다. 그녀는 가요와의 약속을 어떻게든 이루고 싶었던 것이다. 도예가로 성공한 노소미보다는 장사로 성공하는 노소미를 보고 싶었던 것이다.

2월로 접어들자 가게의 윤곽이 차차 잡혀 가기 시작했다. 쇼케이스도, 조명기구도 자리를 잡았다. 쇼케이스의 배치 문제를 놓고 오싱과 히토시는 연일 티격태격했다.

"기성복 코너는 가와베상하고 약속한 일이니 더 말하지 않겠다. 하지만 문방구는 왜 들이자는 거냐? 바로 이웃에 커다란 문구점이 있는데 말이다."

"그 집은 그 집이고 우린 우리예요. 장을 보러 온 김에 그 자리에서 쉽게 사도록 하려는 게 뭐가 잘못이란 말이에요?"

"글쎄 그러면 옆집 손님을 우리가 뺏는 셈이 되지 않느냐."

"장사란 그런 것 아니에요? 남의 단골을 얼마나 내 손님으로 끌어들이냐가 수완이 아니겠어요?"

"네 말대로 하다간 미구에 우리 모자는 장사꾼들한테 큰코다치게 될 거다."

"그게 무서우면 어떻게 슈퍼를 하겠어요? 슈퍼란 될 수 있는 한 많은 종류의 상품을 가능한 한 싸게 파는 게 생명이에요. 물론 경쟁 업체 주인들이야 싫겠지요. 그렇지만 그게 자유경쟁 시대의 장사란 거예요."

번번이 이런 투로 나오는 히토시의 고집에 오싱은 할 말을 잃고 물러서고 말았다

"장인의 소개로 이제는 약간 구형이 된 가전제품을 싸게 살 수 있는 루트를 알았어요. 그걸 중점적으로 해야겠어요."

"다노쿠라는 생선, 야채가 간판 품목이어야 한다고 몇 번

이나 말해야 알아듣겠니?"

"어이구, 어머니, 팔아서 남는 거면 뭐든 팔아야 해요. 싸게 사다가 싸게 팔아서 손님이 좋아하면 되는 거예요. 손수건 한 장, 양말 한 켤레라도 남으면 팔아야 해요."

"히토시, 넌 대체……"

"어머니, 이만한 가게를 생선이나 야채 나부랭이만 파는 가게로 만들기는 너무 아까워요. 또 이 터를 준 가와무라상에게도 죄송한 일이고요. 너무 생선, 야채에 집착하지 마세요. 내 기어코 손만 많이 가고 이문도 박한 생선, 야채를 다루지 않아도 손님이 줄을 서서 들어오는 가게로 만들 테니두고 보세요."

말이 끝나기 무섭게 히토시는 쏜살같이 밖으로 나가 버렸다. 하도 퍼붓는 기세에 질려 오싱이 멍해서 서 있는데 미치코가 들어왔다.

"어머님, 저 오늘 저녁 히토시와 나고야에 좀 다녀오겠습니다."

이어서 미치코는 하스코에게 부탁인지 명령인지 모를 투로,

"하스코상, 미안한 부탁이지만 저녁밥 좀 해 주세요. 잘 좀 부탁합니다."

하고는, 오싱의 말은 듣지도 않고 나가 버렸다.

"원 이런 터무니없는 경우를 봤나. 가고 싶다고 말했으면

승낙을 얻는 게 원칙이 아니냐? 이건 숫제 제가 다 정해 놓고선 통보만 하는 거구만."

"그래도 가겠단 인사라도 해 주니 어디예요. 아예 말없이 나가는 게 당연한 세상이에요."

"그래 그래. 그렇게라도 생각하는 게 속 편하지. 말해서 고쳐질 것도 아니고……"

히토시와 미치코가 가고 난 다음 단둘이 남게 되자 오싱은 또 하스코에게 히토시에 대한 불만을 늘어놓았다. 그리고 얘기가 노소미에 대한 미련에 미치자 하스코는 노소미 본인이 싫어하기도 하거니와, 맞지도 않는 사람을 억지로 장사꾼으로 만들 수 있겠냐고 말렸다.

노소미가 도예가로서 실패하길 은근히 바라는 투로 말하던 오싱은 노소미로부터 소식이 없어 궁금하니 내일 가마에 가 보겠다고 말했다.

"내일 아침 일찍 갔다 올게. 노소미도 단념할 거면 하루라도 빨리 단념하는 게 나아. 그리고 가게에도 빨리 돌아올수록 좋고."

그런데 공교롭게도 그날 밤 늦게 노소미가 가게 문을 두드렸다. 노소미가 방에 들어와서 인사를 하고 나자 따라 들어온 하스코는 오싱과 노소미를 신기하다는 표정으로 번갈아 보았다.

"어머니하고 노소미짱은 정말 마음이 통하나 봐요. 노소미짱, 오늘 저녁 내내 어머니는 노소미짱 얘기만 하셨어. 내일은 가마에 가 보시겠단 말씀까지 말이야."

"어머니, 무슨 일이 있으셨어요?"

하스코가 대신 대답했다.

"아니야. 노소미짱이 아무 소식이 없으니까 그렇지."

"네, 죄송하게 됐습니다. 오늘내일 하고 미루다 보니 그렇게 됐습니다. 그런데 히토시는 어디 갔습니까?"

"응, 처가에 갔단다. 아직 저녁 안 했지? 마침 잘됐다. 하스짱이 요리한 거니 입에 맞을 거다. 미치코의 솜씨라면 목에 넘어가지 않겠지만 말이야."

"어머니 또……"

하스코가 곱게 눈을 흘겼으나 오싱은 내친김에 말을 이었다.

"밥물도 제대로 보지 못하니 더 말해 무엇하겠느냐? 음식 투정할 생각은 없다만 말이다."

"새 식구 들이기가 역시 힘든 거군요."

"그래도 난 요즘 입도 뻥긋 않는단다. 얼마나 양순한 시어머니가 됐다고."

"그러셔야지요."

"집안일은 걱정 안 해도 된다. 그럭저럭 잘 지내니 말이다. 그것보다 넌 어찌 되는 거냐?"

"네, 저도 그럭저럭 이 길로 먹고살게 될 것 같습니다. 이번에 구운 작품을 선생님께서 인정해 주셨습니다."

"그래?"

"앞으로도 제 이름으로 조금씩 굽게 해 주시겠답니다. 이제 겨우 이 길로 평생을 바칠 용기와 결심이 섰습니다. 바로 알려 드리고 싶었지만 또 한 가지 결심할 일이 있어서요."

"결심할 일이라니?"

"오늘에야 그 일을 마무리지었습니다."

차분히 말하는 노소미의 입을 오싱과 하스코는 약간 긴장한 눈길로 바라보았다.

"저, 결혼하기로 했습니다."

"뭐? 그게 정말이냐?"

"아직 살림을 차릴 처지는 못되지만 선생님께 말씀드렸더니 가마 근처에 작은 집을 빌려 주시겠다며 거기서 살라고 말씀하셨습니다."

"그래, 상대는 누구지?"

"유리짱이에요."

순간 오싱과 하스코는 자신들의 귀를 의심했다.

"유리라니? 집에 있던 유리 말이냐?"

"네."

"무슨 소리냐? 유리는……"

"어머니, 백번 천번 생각해 보고 정한 일입니다. 유리도 히토시와의 일로 제 청을 뿌리쳐 왔어요. 그런 까닭에 여태껏 말씀드리는 게 늦어졌습니다. 전 지난 일 같은 건 아무렇지도 않습니다. 중요한 건 현재 유리의 마음이에요. 유리는 저에게 헌신적으로 해 왔어요. 정초에도 늘상 곁에 있으면서 시중을 들어 주었답니다. 그것도 제 일에 방해가 안되도록 각별히 신경을 써 가면서 말이에요. 가마에 불을 넣었을 때도 사흘 낮 사흘 밤을 꼬박 저와 함께 있어 주었지요. 그게 그렇게 고마울 수가 없어요. 또 위로도 됐고요. 그때 이 사람을 평생 곁에 두어야겠다고 마음먹게 됐습니다. 또 유리는 여자로는 드물게 도예의 세계를 좋아하고 작업에 빠져드는 저나 다른 사람들을 이해해서 따뜻하게 보살필 줄도 알아요. 그런 뜻에서 유리는 절 위해 이 세상에 태어난 것 같아요. 그 동안 어떤 일이 있었건 이미 지난 일이에요."

오싱은 탄식처럼 길게 한숨을 내쉬고는 잠자코 노소미의 말을 귀담아들었다.

"유리에게 청혼하기 전에 어머니의 승낙부터 얻는 게 순서인 줄은 잘 알지만, 혹 어머니가 허락을 안 하시더라도 제 마음은 확고하기에 유리의 뜻을 먼저 물었습니다."

"네가 그 애를 좋아하게 될 줄이야……"

"유리는 정말 마음씨 곱고 착한 여자예요."

"네가 말 안 해도 알고 있다."

"그럼 허락하시는 겁니까?"

"하스코, 술상 좀 차리거라. 축하주를 들자꾸나."

오싱은 비로소 밝게 웃으며 노소미의 손을 붙잡았다.

"노소미와 유리짱이 결혼해서 서로 위해 주며 잘 산다면 그보다 더 좋은 일이 또 어디 있겠니? 잘됐다. 유리짱의 상처가 그대로 내 상처로 영원히 남을 것으로 생각했는데 네가 그걸 씻어 주고 행복하게 해 줄 수 있다면 얼마나 다행이냐. 정말 축하한다, 노소미."

"어머니, 고맙습니다."

술상을 차려 온 하스코도 노소미에게 축하 인사를 했다.

"노소미짱, 진심으로 축하해. 마음씨가 따뜻한 사람이 역시 마음씨 고운 사람을 알아보는 거야. 두 사람은 정말 다정한 부부가 될 거야."

"얘, 노소미. 내가 너희들에게 해 줄 수 있는 건 무엇이든 해 주겠다. 뭐든지 말해 봐라."

"그럼 유리를 한번 만나 주세요. 요 앞의 여관에 있어요."

"뭐? 함께 왔구나. 잘했다. 어서 가자."

오싱은 하스코를 재촉하여 노소미를 앞세우고 유리가 있다는 여관으로 달려갔다.

문을 열고 들어서는 오싱과 하스코를 본 순간 유리는 움찔했으나 하스코의 축하 인사를 받고 유리는 오싱 앞에 꿇어 앉았다. 뭔가 말하려 했으나 말이 되어 나오지 않았다. 그저 눈물만 쏟아 냈다. 그런 유리의 어깨를 토닥거리며 오싱이 먼저 얘기를 꺼냈다.

"유리짱…… 내가 유리짱한테 죄를 지었어. 이제 와서 사과를 한들 무슨 소용이 있겠니. 지난 일은 다 잊어버리고 노소미와 행복하게 살기만 바랄 뿐이다. 내가 어떤 일이든 힘이 되어 줄게. 유리짱은 처음부터 내 마음에 들었어. 역시 나와 깊은 인연이 있었던 거야. 정말 마음에 드는 며느리를 얻는구나. 노소미, 내일은 가요 아가씨의 산소에 가자. 아가씨한테 자랑삼아 보고해야지."

노소미를 사업가로 키우려던 오싱의 꿈은 깨어졌다. 가가야를 다시 일으켜 세우게 하려던 꿈도 사라졌다. 그러나 오싱은 착실하게 자신의 인생을 개척해 나가는 노소미에게서 그의 예술가로서의 가능성과 진실한 인간성을 보았다. 그것으로 만족하기로 했다.

셀프서비스 시스템

1956년 3월 15일, 마침내 오싱은 당시만 해도 아직 드물던 셀프서비스의 가게를 개점했다. 싸게 판다는 소문이 삽시간에 온 동네에 퍼져 오싱의 가게는 연일 대성황을 이루었다. 그 뒤에는 다쓰노리라는 숨은 주역이 있었다. 그는 히토시의 소년항공대 시절의 후배였다. 미국에서 슈퍼에 근무했던 경력을 인정받아 히토시의 강력한 권유를 받아들인 것이다. 그리고 대학의 봄방학을 모두 가게 일에 바쳐 가면서 금전등록기를 계속 두드린 데이의 힘도 컸다. 하스코도 가게와 집안일을 도맡아 열심히 뛰었다.

이렇듯 온 식구가 힘을 합쳐 개점 세일을 무난히 넘긴 것이 오싱은 무척 다행스러웠다. 그러나 미치코는 입덧을 핑계

삼아 그 분망 속에서 달아나듯이 친정으로 돌아가 있었다.

그러던 어느 날, 근처의 상인회에서 강력한 불만이 제기되었다. 이렇게 싸게 팔아서는 곤란하다는 상점주들을 오싱은 단호하게 물리쳤다. 손님들을 위해서 조금이라도 좋은 물건을 싸게 파는 것, 그것이 상인의 의무라고 잘라 말하는 오싱의 기세에 그들은 주춤할 수밖에 없었다.

그에 오히려 경쟁심을 자극받은 오싱은 잇따라 아이디어를 짜냈다. 그 중에서도 비닐로 포장된 반찬이 인기를 끌자 전용 조리장을 만들고 본격적으로 상품화하기에 이르렀다.

매일 북새통 속에서 사는 오싱에게 또 하나의 소동이 일어났다. 봄방학을 끝내고 대학으로 돌아갔던 데이가 의논도 없이 자퇴서를 내고 돌아온 것이다. 대학보다 가게에서 일하는 편이 훨씬 더 의미가 있다는 데이는 그야말로 장사꾼 오싱의 딸이었다.

그리고 데이는 자기 쪽에서 다쓰노리에게 프로포즈했다. 일에 몰두해 있는 그를 보고 데이는 자기 마음을 깨달았다는 것이다.

그런 가운데 미치코는 아들을 낳았다. 첫 손자의 이름은 류조의 류자를 따서 짓자는 오싱과의 약속을 히토시는 보기 좋게 배신했다. 센조의 주장대로 다케시라고 지은 것이다. 뿐만 아니라 안아 주면 버릇이 된다면서 미치코는 오싱에게 다케시를 안지도 못하게 했다.

오싱의 셀프서비스 가게는 모험이라는 말을 들으면서 이럭저럭 일 년을 버티고 1주년 기념 세일을 무사히 치렀다.

그 후로 어느덧 10년의 세월이 흘러 오싱도 이미 67세의 할머니가 되어 버렸다. 그 10년 동안에 1959년 황태자의 결혼, 1964년의 도쿄올림픽 등, 일본의 사회 정세를 크게 변화시킨 여러 가지 역사적 사건을 거치며 다노쿠라가도 여러모로 변모하면서 1967년 봄을 맞았다.

10년 전과 변함없는 다노쿠라상점의 부엌에서 오싱은 이미 40의 문턱을 넘어선 하스코와 함께 모처럼의 휴일을 음식 만드는 데 열중하고 있었다.

미치코가 갓 시집왔을 때는 절대로 딴살림을 내줄 수 없다고 고집을 부렸으나, 갈수록 가게가 비좁고 매사에 미치코의 눈치를 봐야 하는 하스코가 가여워서 오싱은 결국 아들 내외가 딴살림을 하도록 허락한 것이다.

"어머니는 이제 앉아 계세요. 나머지는 제가 할게요."

"괜찮아. 가게에 나가 일하는 것에 비하면 이쯤은 아무것도 아냐. 오히려 가만히 있는 게 불편한 것 같구나."

"어머니, 고기 2킬로면 족할까요?"

하스코는 화제를 바꾸며 쇠고기 꾸러미를 풀어헤쳤다.

"다른 음식들이 많으니까 괜찮겠지."

"어른만 해도 다섯이잖아요? 다케시도 한창 많이 먹을 때고요."

"그런데 그 애들이 뭣 때문에 온다는 걸까. 히토시도 그렇고 다쓰노리도 매일처럼 얼굴을 맞대고 있는데…… 할 말이 있으면 언제든지 할 수가 있을 텐데 말이다."

"가끔은 가족들 모두가 모여서 어머니를 위로하자는 배려이지요. 뭐니 뭐니 해도 어머니를 걱정하니까요."

"당치 않은 소리…… 공연한 걱정들이야. 오면 먹을 것도 준비해야 하고 오히려 일만 많아져. 나는 자식에 대한 기대를 옛날에 포기했어."

"어머니, 또 그런 말씀을……"

맥이 빠져 창 밖으로 힘없는 시선을 던지는 오싱을 보고 있기가 하스코는 왠지 민망했다.

오랜만에 어머니에게 갈 준비를 하느라 히토시의 집은 어수선했다. 열두 살이 된 아들 다케시 말고도 여섯 살, 네 살 난 두 딸 아카네와 미도리도 할머니 댁에 가기 위해 말쑥하게 차려 입혔다. 그러나 내키지 않는 듯 미치코만은 부은 얼굴로 마지못해 준비를 했다. 그 모습을 보던 히토시는 짜증이 났다.

"아직도 꾸물거리고 있어? 점심 시간까지는 간다고 했는데."

"엄마, 벌써 11시 반이에요."

아카네의 성화에 미치코는 기다렸다는 듯이,

"전 역시 안 갈래요. 미도리를 데리고 가는 게 예삿일이 아닌걸요. 당신이나 다녀오세요."

하고 시큰둥하게 내뱉었다.

"어쩌다 한번쯤은 어머니께 미도리의 얼굴도 보여 드려야 하잖아. 어머니도 보고 싶어 하시는데."

"그럼 당신이 미도리를 데리고 가세요. 나까지 갈 건 없잖아요?"

마치 기다렸다는 듯이 미치코는 발끈해서 소리쳤다.

그런 아내의 태도를 처음 대한 것은 아니지만 히토시는 어이가 없었다.

"무슨 소릴 하는 거야. 맏며느리면서 어머니를 하스코에게 다 떠맡기고…… 오늘 같은 날만이라도 기분 좋게 효도를 해서 나쁠 건 없잖아!"

"어머니는 저 같은 게 간다고 해서 기뻐하시지도 않아요. 당신과 손자의 얼굴만 보시면 그것으로 족하잖아요."

"오늘은 특별히 중요한 얘기가 있어. 당신도 함께 들어주었으면 하는 거야."

미치코는 유별스럽다는 듯이 히토시를 지켜보고 서 있기만 했다. 엄마의 그런 태도에 다케시도 덩달아 쭈뼛거리자 아카네가 새침하게 쏘아붙였다.

"오빠도 안 가면 손해 볼걸. 난 입학 선물을 받으러 가는 거야. 오빠에게도 용돈을 줄 텐데."

"아카네!"

히토시는 눈을 부릅뜨고 딸아이를 나무랐지만 아카네는 여전히 뾰로통한 얼굴이었다.

"그렇지 않으면 누가 그런 곳엘 가요. 할머니 집은 아무 재미도 없어."

당돌한 그 말에 히토시는 어이가 없어 입을 다물었다.

그 무렵 노소미도 네 살난 게이와 함께 막 외출 준비를 마치고 집을 나서려는 중이었다. 유리는 현관 밖에까지 노소미와 게이를 배웅했다.

"어머님하고 하스코상에게 안부 전해 주세요."

"음, 하지만 모두가 모인다고 해서 굳이 내가 갈 건 없는데 말이야. 하는 일이 다른 탓인지 전혀 대화가 통하지 않고 도통 나는 다노쿠라가의 사람이 아닌 것 같아."

"그런 말을 어머님이 들으면 얼마나 섭섭하시겠어요. 당신의 자식과 똑같이 길러 주시지 않았어요? 하스코상만 해도 그렇게 생각하고 있기 때문에 일부러 초대를 해 주신 거예요. 어머님도 게이를 보고 싶어 하실 텐데요."

"그건 나도 알지만, 다만 나는 언제 가도 빛이 나질 않아. 어머니한테서 일이 잘돼 가느냐 질문을 받을 때마다 주눅이 든단 말이야."

"왜 또 그런 말씀을 하세요? 도자기 굽는 일은 장사와는 달라요. 오랜 세월이 필요한 거예요. 이번 전람회에 출품할 수 있다면 나는 늦지 않았다고 생각해요. 신경 쓰지 말고 어서 다녀오세요."

하고 유리는 게이에게 시선을 돌렸다.

"게이짱, 착하게 굴어야 한다. 알겠니?"

"엄마는 안 가?"

"응, 엄마는 집을 봐야지."

"왜? 같이 가, 엄마."

그 말에 유리가 시무룩한 표정을 짓자, 노소미는 황급히 게이를 타일렀다.

"집에 아무도 없으면 곤란하잖니?"

그래도 두 눈을 말똥거리며 게이는 이상하다는 듯이 엄마를 바라보았다. 노소미는 황급히 게이의 손을 잡아끌었다.

다노쿠라슈퍼에는 집안 식구들이 하나 둘씩 모여들기 시작했다. 이미 데이의 식구들이 와 있었고, 하스코가 미처 음식 준비를 끝내기도 전에 히토시의 가족들이 들이닥쳤다.

하스코는 반갑게 그들을 맞이했다. 어수선한 기척을 느꼈던지 오싱도 거실에서 나왔다.

오싱은 아들 내외를 안으로 안내하며 노소미네가 아직 안 왔다고 무심코 얘기했다. 그러자 히토시가 의외로 정색을 했다.

"노소미도 와요?"

"오랜만에 다 모일 수 있는 좋은 기회지 뭐냐. 올해는 설날에도 따로따로 와서 서로 만나지 못했잖니."

"어머니 생각대로만 하시면 곤란한데요."

그 말을 듣는 순간 오싱의 얼굴에는 노기가 불끈했다.

"그게 무슨 소리냐. 노소미도 다노쿠라의 가족이야. 너희들과 싸움질도 하고 뒹굴면서 함께 자랐어. 모두들 모이니까 만나고 싶기도 한 게 당연하지 않니?"

오싱은 머쓱해 하는 아들을 향해 쏘아붙였다. 그러나 손녀딸 아카네의 말에 노기는 눈 녹은 듯이 사라졌다.

"할머니, 나 4월부터 학교에 들어가요."

"오냐, 오냐. 알고 있단다. 자, 다케시도, 아카네도 안으로 들어가자."

손자들을 데리고 거실로 들어온 오싱은 찬장 서랍에서 선물 꾸러미를 꺼내 자리에 앉았다. 데이의 아들들인 히로시와 하지메도 바짝 다가와, 할머니 앞에는 네 명의 손자 손녀들이 나란히 꿇어 앉았다.

그러나 네 아이들의 시선은 일제히 오싱의 옆에 놓인 꾸러미에 쏠렸다. 오싱은 그들의 호기심을 달래 주듯 얼른 선물을 나누어 주었다. 다케시에게는 진학을 축하하고 아카네에게는 입학을 축하하는 선물이었다. 그리고 하지메와 히로시에게는 용돈을 주었다.

"어머니, 올 때마다 염치없습니다."

아이들 부모들은 면목이 없다는 얼굴이었으나 오싱은 무척 흐뭇하게 손자 손녀들을 바라보았다.

"애들은 돈 타는 재미로 오는 거란다. 얘들아, 그렇지?"

"그럼 어머니, 노소미가 오기 전에 할 말을 하죠."

그리고 나서 히토시는 아이들을 밖에 나가서 놀라고 내보냈다. 하스코가 맥주를 들여오고 모두들 건배의 잔을 들 때까지도 오싱은 왠지 분위기가 이상하다고 느끼며 시들하게 물었다.

"얘기란 뭐냐? 대수로운 일은 아닐 테지?"

"어머니, 드디어 체인점을 내기로 결정했어요."

무엇인가 말하려는 오싱에게 틈을 주지 않고 히토시가 말을 이었다.

"이번에야말로 어머니의 반대를 물리치고라도 관철할 거예요. 다쓰노리하고 시장 조사도 했어요. 여러 가지 연구를 한 끝에 결정한 일이에요. 지금 놓치면 기회가 없어요."

오싱은 아무 대꾸도 하지 않았다.

"지금까지도 몇 번인가 기회는 있었어요. 그때마다 어머니의 반대로 단념했지요. 하지만 다노쿠라상점 개점 때의 빚도 올봄에 모두 갚았어요. 그러니 이제는 확장을 할 때예요."

못마땅한 듯 오싱은 고개를 설레설레 저었다.

"지금의 다노쿠라는 개점 당시보다 매장이 2배나 되고 종업원도 20명이나 되는 큰 점포가 되었다. 작지만 다쓰노리 네한테도 가게를 하나 내주었고…… 이젠 이 두 점포를 지키는 일에 열을 올려야지."

"확실히 지금의 다노쿠라는 대슈퍼가 되었어요. 매상도 순조롭게 늘었구요. 하지만 어머니, 이젠 한계에 다다랐어요. 이것만 가지고는 더 이상의 발전을 기대할 수가 없어요. 물론 지금 상태로도 어머니로서는 충분히 꿈을 이룬 셈이기는 하겠죠. 빚을 갚았을 뿐만 아니라 값이 쌀 때 사 둔 땅도 여기저기에 있고 하니까요."

"그 땅은 반드시 값이 오를 것이라고 내다보았으니까 투자하는 셈치고 사 둔 것이다."

"어머니는 부동산업이라도 할 셈이에요?"

"가게란 언제 어떻게 될지 모르는 거란다. 그렇지만 땅을 가지고 있으면 든든한 거야."

"하지만 그 땅을 이용하면 땅값이 오르는 것의 몇 배라도 벌 수가 있단 말입니다. 어머니가 사들인 땅은 모두가 노른자위예요."

"당연하지. 그런 곳이 아니면 값이 안 오르니까."

"어머니, 그 터에다 새로 가게를 지으면 값이 오르는 정도가 아니에요."

꿈쩍도 않는 어머니의 태도에 히토시는 가슴을 칠 만큼 답답했다.

　오싱이 셀프서비스 가게를 개점하고 일 년이 지나는 동안 일본은 기적이라고 일컬어질 만큼 눈부신 경제 성장을 이룩했다. 몇 해 전 황태자의 결혼식 특수로 텔레비전의 수요가 급증했을 때 다노쿠라상회는 텔레비전을 팔아 큰돈을 벌었다. 또한 1964년 도쿄올림픽 때의 호경기에도 편승하여 다노쿠라상회는 대슈퍼로 성장했다.

　히토시는 그와 같은 설명을 늘어놓으며 오싱을 설득하기 시작했다.

　"그때 다른 집들은 지점을 늘려 가며 고도성장의 물결을 탔어요. 하지만 우리는 지금의 가게에 충실한다는 명목으로 유감스럽게도 뒤지고 말았어요."

　"나는 말이다, 지금의 다노쿠라도 고맙게 생각하고 있다. 하찮은 생선가게로 시작하여 백화점 못지 않은 상품들을 취급하고 20명이나 되는 종업원을 부릴 만큼 되었다는 것이……"

　"어머니, 그 정도로 만족해선 안되지요. 나한테도 다쓰노리한테도 어린것들이 있어요. 그 애들을 위해서라도 지금 크게 비약하지 않으면 다시는 힘들 거예요."

　히토시는 자신의 말을 그냥 흘려보내는 어머니를 설득하기 위해 안간힘을 썼다.

　"어머니, 빚을 얻어서라도 점포를 늘리는 것이 유리한 시대예요. 당장 개점 때 빌린 돈만 하더라도 물가가 올라서 화폐 가치가 떨어지니까 갚기가 훨씬 쉬워졌어요. 앞으로도 마찬가지예요. 이자를 주더라도 지금 빌려서 그 돈으로 이익을 올리면 얼마나 유리한지 몰라요. 그 정도는 어머니도 아시잖아요."

"저희 친정아버지도 다노쿠라는 지금 상태로는 아깝다고 종종 말씀하세요."

"게다가 가게만 넓히고 어머니와 하스코가 사는 곳이 이렇게 좁아 가지고는 불편하시잖아요."

"그래요. 우리들만 새 집에서 살게 해 주시고……"

히토시와 미치코는 어떻게 해서든지 어머니의 마음을 돌려 보려고 안간힘을 썼다.

"어머니, 결단을 내리세요. 다쓰노리와 제가 있잖아요?"

그 자리에 모인 사람들은 한결같이 오싱에게 가게를 확장할 것을 종용하고 있었다. 데이도 마찬가지였다.

"엄마, 다케시도 그렇고 우리 히로시나 하지메도 곧 자라게 돼요. 그 애들에게도 각각 가게 하나쯤은 갖게 해 주고 싶어요. 안 그래요, 올케 언니?"

"그래요…… 하지만 어머님은 신중한 분이시니까요."

모든 사람들이 이야기를 일방적으로 몰고 갔지만 유일하게 하스코만은 오싱의 입장에서 얘기했다.

"그게 어머니의 좋은 점이에요. 그랬기에 여기저기 비슷한 가게들이 도산하기도 했지만 다노쿠라는 이럭저럭 살아 남을 수가 있었던 거예요."

"하지만 지금 하지 않으면 여태까지 뒤진 것을 영영 되 찾을 수가 없어요. 지금이라도 승산은 있으니까 늦지 않았 어요."

히토시가 마지막 다짐을 하듯 힘주어 말하며 어머니의 반 응을 살폈으나 오싱은 아무런 감정도 내보이지 않았다. 히토 시는 그만 질려 버린 듯했다.

"어머니!"

그때 무거운 분위기를 깨뜨리기나 하듯 전화벨이 울렸다. 하스코가 얼른 수화기를 들었다.

"네, 다노쿠라 댁입니다. 어머, 유리상……"

일동의 시선이 일제히 하스코에게 쏟아졌다.

"아니, 아직 안 왔는데…… 네, 모두들 건강해요. 네, 어마 나! 축하할 일이군요. 네, 알겠어요. 그럼 다시……"

하스코는 수화기를 놓고 환한 얼굴로 소리쳤다.

"전람회에서 노소미의 작품이 특선으로 뽑혀서 장관상을 받게 되었대요. 노소미가 집을 떠난 뒤에 소식을 알려 왔기 때문에 직접 전해 줬으면 해서 전화했대요."

"저런, 노소미가 드디어 해냈구나!"

그 기쁜 소식에 굳게 닫혀 있던 오싱의 입이 저절로 열 렸다.

"그것 참 굉장하군. 노소미도 이젠 일가를 이루었어."

"참 잘됐구나."

"마침 모두들 모였으니까 근사한 축하를 해 줄 수 있겠어요."

하스코는 마치 자기 일처럼 즐거워했다.

"이것으로 노소미도 독립을 할 수 있을 것 같군요. 하긴 가마를 가지려면 꽤 돈도 들 테지만."

"노소미상에게 그런 돈이 있을 까닭이 있겠어."

묵묵히 그들의 얘기를 듣고 있던 오싱은 한참만에 입을 뗐다.

"히토시…… 체인점 얘긴데, 너희들이 그렇게까지 하고 싶으면 해도 좋아."

"어머니?"

"단, 조건이 있다. 이 어미는 노소미가 독립을 하고 싶다면 가마를 갖게 해 주고 싶다."

주위는 찬물을 끼얹은 것처럼 조용했고 놀란 눈동자들이 오싱의 다음 말을 기다렸다. 오싱은 이미 오래 전부터 생각하고 있었던 듯 차분하게 또박또박 못을 박았다.

"그때 딴소리는 하지 말아 다오."

"어머니, 집 한 채 지을 돈이 한두 푼 든다고 생각하세요?"

"그러니까 딴소리하지 말라는 거야. 그렇게 하는 것이 이어미의 의무란다. 어미는 노소미에게 가가야를 재건시켜 주지를 못했어. 하다못해 독립이라도 시켜 주는 것이 가요 아가씨에 대한 사죄의 뜻이 될 테니까 말이다."

그때 게이가 쪼르르 달려들어왔다.

"게이!"

"안녕하세요?"

오싱은 반갑게 뛰어나오며 게이를 힘겹게 들어 안았다.

"게이짱, 많이 컸구나. 제법 무거운걸. 잘 왔다. 그런데 아빠는?"

할머니에게 안긴 채 게이가 현관 쪽을 향해 손가락으로 가리킬 때 마침 들어서는 노소미의 모습이 보였다.

"늦어서 죄송합니다."

"노소미……"

"어머니, 여전히 건강하셔서 다행입니다."

노소미를 바라보는 오싱의 눈에 어느덧 눈물이 글썽거렸다. 노소미는 깜짝 놀라 오싱을 쳐다보았으나 무슨 영문인지 모르고 어색해 했다.

오싱은 가난을 견디며 오직 외곬으로 물레를 돌려 온 노소미와, 말없이 그를 뒷바라지해 준 유리가 누구보다도 측은하고 또한 안쓰러웠다. 그런 만큼 노소미의 수상 소식에 유난히 기뻤다.

오싱에게 이끌려 안으로 들어온 노소미는 방금 전에 유리에게 전화가 왔다는 얘기와 수상 소식을 전해 들었다.

"정말 나는 상 따위와는 전혀 인연이 없는 사람이라서 아직도 믿어지지가 않는군요. 무슨 착오가 아닐는지 모르겠어요."

"틀림없이 유리상이 전화로 알려 왔다니까."

하스코의 다짐에도 노소미는 여전히 어리둥절한 얼굴이었다.

"노소미, 유리한테 전화를 걸어 줘라. 무척 기다리고 있을 텐데 말이다."

"아니에요, 어머니, 돌아가서 알아보죠. 그보다도 히토시, 데이한테서 이렇게 축하를 받다니 기쁩니다."

"모두들 모였을 때 통지를 받다니, 역시 인연이 있는 거야."

좀처럼 감정을 드러내지 않던 오싱이었지만 얼굴 가득히 기쁨을 감추지 못했다.

"이것으로 노소미의 작품도 관록이 붙어서 팔리게 될 테지. 독립을 하더라도 밥을 먹을 수 있게 된 셈이야."

히토시의 말에 노소미는 정색을 하며,

"원, 독립을 하다니요. 도자기는 일생의 수업이니까 앞으로 오랫동안 선생님 밑에서 신세를 지며 배워야 해요."

하고 여러 가족들에게 조심스럽게 말했다.

"아직 독립을 할 수가 없단 말이냐?"

"그렇게 간단하지가 않아요. 선생님의 허락을 받아야 하고 그보다도 우선 독립할 비용이 없는걸요. 저는 선생님의 일을 도우면서 제 작품을 만드는 것이 성미에도 맞아요."

노소미가 선선한 미소를 지었다.

"가마를 만들 돈은 어머니가 대 주시겠다고 했어."

"무슨 말씀이세요. 가마를 가지려면 그만한 땅도 필요하거든요. 그 근처만 하더라도 자꾸 땅값이 오르고 있어요. 어쩔 도리가 없어요."

"그래? 가마를 만들기 전에 땅을 사지 않으면 안된다는 말이지?"

히토시는 관심을 가지고 차근차근 따져 물었다. 그 얘기를 듣고 있던 오싱은 이미 생각하고 있었던 듯 딱 부러지게 말했다.

"노소미, 어떤 뒤치다꺼리도 다 해 줄 테니 진행시켜라."

"어머니, 무슨 말씀을 하시는 겁니까. 어머니나 하스코 누나는 지금도 이런 곳에서 살고 계시면서 제 일이 문제가 아니잖아요? 그럴 여유가 있으시면 우선 어머니와 하스코 누나가 살 집을 짓는 것이 우선이잖아요."

"아냐, 노소미. 어머니와 나는 이곳이 좋아서 눌러 있는 거야. 가게를 위해서도 여기가 편리하고 말이야."

"저는 다노쿠라를 나가서 도자기 구이에 뛰어들었을 때 평생 어머니나 누구에게도 신세를 지지 않을 각오였어요. 이제 와서 새삼스럽게 그러시면 몸 둘 바를 모르겠습니다."

"노소미……"

무슨 말인가 하려는 오싱을 가로막으며 노소미는 온화하고 밝은 웃음으로 말을 이었다.

"괜찮습니다. 저는 제 생각대로 해 나갈 겁니다. 그런 걱정은 안 하셔도 돼요. 그것보다도 온 식구가 모이신 것은 무슨 다른 문제가 있었던 게 아닙니까?"

"그 얘기는 이미 끝났어."

히토시의 대답은 명료했다. 그에 덧붙이기나 하듯 데이가 말을 거들었다.

"다노쿠라도 드디어 체인점을 내기로 했어요."

"그럼 마침내 어머니도 결심을 하신 건가요?"

하고 노소미는 오싱에게 눈길을 돌렸다. 오싱이 아무런 대꾸도 하지 않자 히토시가 얼른 대답했다.

"어머니는 완고하시니까…… 덕분에 다노쿠라는 뒤늦게 버스를 타게 되었지만 지금 같아선 아직도 방법이 있을 것 같아. 지금은 자동차가 보급이 되어서 농촌에서도 모두들 자동차로 물건을 사러 오는 시대거든. 그만한 구매 인구의 증가를 눈을 멀뚱히 뜨고 보고 있을 수만은 없으니까. 늘어난 손님을 계속 흡수할 수 있도록 곳곳에 지점을 만드는 거지. 좋은 물건을 값싸게 내놓으면 얼마든지 팔 수가 있어. 지금이 바로 그 기회야."

이렇게 말하는 히토시의 눈은 어느새 굳은 의지와 신념으로 불타고 있었다.

"그것 참 굉장하군요. 그렇다면 아무리 자본을 투자해도 부족하겠군요."

"은행이 도와주겠지. 돈을 빌려서 설비 투자를 하는 거야. 당장 대부받은 돈의 2배, 3배의 이익이 돌아온다는 것은 이 가게에서 이미 입증이 되었어. 지금은 자금을 모으고 나서 장사를 시작한다는 식의 돌다리를 두드리고 건너는 일을 해서는 언제까지나 가게 하나도 장만할 수 없을 거야."

"역시 히토시는 장사꾼이야. 나는 빚을 지기도 싫고 그럴 배짱도 없지만…… 물론 나 같은 사람에게 돈을 빌려 줄 은행도 없을 테지만 말이야. 그럼 오늘은 그 축하를 하지 않으면 안되겠군요."

"글쎄, 성공할지 어떨지 알 수가 없으니까 축하 운운할 기분도 아니다."

"어머니……"

노소미는 어머니를 위로하려고 했으나 무슨 말부터 해야 할지 몰랐다.

"한다고 결정했으면 나도 지금의 다노쿠라를 다시 한번 시작하는 셈으로 지점 경영에 달라붙어야겠지. 이제는 비슷한 가게가 계속 생겨날 테니까 잠깐만 방심을 해도 당장 망하고 말 테지. 단단히 마음을 다져 먹고 착수해야 돼."

"어머니, 염려 마세요. 남을 구렁에 떨어뜨리고라도 살아남을 정도의 억척을 가지고 착수할 겁니다."

히토시의 말을 받아 노소미는 웃는 낯으로,

"어머니, 이래서는 언제까지나 느긋하게 집안에만 들어앉지는 못하시겠어요."

하고 가볍게 말을 던졌다.

"누가 아니라니. 섣불리 앓지도 못할 판이란다."

"아무렴요. 우리들이 걱정을 끼쳐 드리는 동안은 건강하실 거야. 그것도 일종의 효도지."

"이렇다니까."

히토시와 오싱 사이에 오고가는 말을 들으며 모두들 까르르 웃음을 터뜨렸다.

오랜만에 모든 가족들이 모여 즐거운 한때를 가질 수 있었다. 오싱은 마음이 썩 내키지는 않았지만 히토시가 원하는 대로 체인점을 늘릴 것을 허락했다.

아들딸과 손자들이 한동안 법석대는 동안 모처럼 다노쿠라가는 사람 사는 집 같았다. 저녁이 되자 그들은 자리에서 일어나고 오싱은 아쉬운 듯 자식과 손자들을 배웅했다.

"어머니, 그럼 당장 내일부터 행동을 개시하겠습니다."

"적어도 연내에 두 점포는 개점할 수 있도록 분발할 겁니다."

다쓰노리도 히토시 못지 않은 포부를 밝혔다.

"너무 그렇게 조급히 서두르지 마라."

"하지만 어머니, 이왕 하기로 작정했는데 서둘러야죠. 언제 누가 진출해 올지 모르니까요."

"어디에 낼 것인지도 잘 의논해서 해라. 그리고 노소미, 일간 너한테 들를 테니까 그때 다시 여러 가지 의논을 하자."

"축하는 필요 없어요. 어머니는 바쁘시잖아요. 너무 신경 쓰지 마세요."

오싱은 대견하고 만족스런 눈빛으로 노소미를 바라보았다.

"그럼 어머니, 돌아가겠어요. 잘 먹고 갑니다."

"또 올게요. 그리고 하스코 언니, 어머니를 부탁해요."

미치코와 데이가 작별 인사를 했다.

"할머니, 안녕히 계세요."

"오냐, 게이짱. 엄마한테 안부 전해라."

초롱초롱한 눈을 반짝이며 게이는 꾸벅 인사를 했다.

그들이 시끌벅적하게 돌아가고 난 뒤 다노쿠라가는 다시 썰물이 빠져나간 듯 썰렁해졌다. 그들을 배웅하고 텅 빈 집 안으로 들어오는 오싱과 하스코의 마음은 전에 없이 허전했다. 그러나 그런 내색은 전혀 하지 않고 두 모녀는 서로의 손을 꼭 쥔 채 안으로 들어왔다.

의견 대립

　가족들이 몰려가고 난 뒤 하스코와 함께 뒷정리를 하던 오싱은 노소미가 가져온 보따리를 풀었다. 그러자 케이크 상자 위에 반듯하게 편지가 놓여 있었다. 그것은 유리의 편지였다.

　어머님, 이번에도 직접 찾아뵙지 못해서 죄송합니다. 어머님도 하스코상도 건강하시다니 그늘에서나마 축복을 드립니다.
　오늘은 노소미상과 게이가 페를 끼칩니다. 저는 찾아뵙지 못하지만 잘 부탁드립니다.
　뭔가 입에 맞으실 게 없을까 생각했지만 뭐든지 있으시니까 손수 만든 케이크를 조금 노소미상에게 들려 보냅니다. 요즘 게이를 위해 케이크 만드는 법을 배우고 있답니다. 게이에게는 아무것도 해 주지 못하지만 최소한의 엄마의 정성이지요. 애들의 입에나 맞는 것이지만 어머님과 하스코 형님에게도 맛을 보여 드리고 싶어서 이렇게 조금 보냅니다.

　어머님, 항상 오래오래 건강하시기 바라며 조만간 찾아뵐 것을 약속드립니다.

　편지를 읽어 가던 오싱의 눈에 어느새 눈물이 괴었다. 하스코는 깜짝 놀라 그런 어머니를 지켜보았다.

　"유리의 편지가 들어 있구나. 유리는 정말 착한 애로구나."

　하스코에게 편지를 건네주고 오싱은 상자를 열었다. 한눈에 보기에도 정성스럽게 싼 상자 안에는 파운드 케이크와 쿠키 등이 가지런히 담겨 있었다.

　"하스짱, 이것 좀 봐라. 정말 맛있어 보이는구나. 노소미도 게이도 행복하겠다. 비록 좀 가난하게 살더라도 이렇게 좋은 아내를 맞이했으니 얼마나 다행이냐. 미치코도 데이도 모두 빈손으로 왔는데 말이다."

　"어머니……"

　하스코는 씁쓸한 오싱의 안색을 살폈다.

　"난 괜찮아. 내가 그 애들한테 뭘 바라겠니. 하지만 우리 집에는 네가 있잖니? 어미인 내가 신세를 지고 있다는 걸 안다면 너한테 감사하는 마음쯤은 가져 줘야지."

　"저는 어머니의 딸이에요. 어머니를 보살피는 것은 당연한 일이고 히토시들도 그렇게 생각하고 있을 테니까요."

"그렇지 않아. 실컷 먹고 나서 뒤치다꺼리도 하지 않고 달아났는데 그에 비하면 유리는 얼마나 마음 쓰는 게 고마우냐."

"유리상도 어머니를 뵙고 싶겠지만 역시 히토시의 얼굴을 마주하기가 싫어서 오지 않는 것일 테죠. 그게 측은해요."

"정말이다. 유리한테는 아무리 사과해도 씻지 못할 죄를 저질렀구나. 하다 못해 노소미에게 힘이 되어 주고 싶지만, 노소미도 유리도 받아 주지 않으니 안타까울 뿐이다."

"노소미나 유리상은 서로 가장 잘 어울리는 짝을 만나 따뜻한 가정을 이루었으니까 어느 누구보다도 행복할 거예요. 그러면 된 거 아닌가요?"

"그야 그렇지."

"게다가 노소미도 여태껏 고생한 보람이 있어서 겨우 재능을 인정받은 거예요. 노소미와 유리네는 이제부터예요."

"그래, 이번에야말로 어미는 그 애들에게 할 수 있는 모든 것을 해 줄 참이란다. 하스짱, 너에게는 한동안 여기서 참아 달라고 해야 할 것 같다. 우리 집을 짓기에 앞서 어미는 노소미에게 가마를 갖게 해 주고 싶구나."

"네, 그렇게 하세요. 저는 여기도 충분해요. 여기서 어머니와 단둘이 누구의 눈치도 보지 않고 살 수 있는 것만으로도 저는 고맙게 생각하고 있어요. 노소미와 유리한테는 가능한

한 도움을 주세요. 부탁이에요, 어머니."

눈물이 글썽한 눈으로 오싱은 고개를 끄덕였다.

그로부터 며칠 후, 다노쿠라슈퍼의 좁은 사무실에서 다쓰노리가 서류를 보고 있을 때 히토시가 출근 인사를 하며 말했다.

"다쓰노리, 사장님은 아직 안 나오셨어?"

"아침 일찍 외출하셨대요."

"어딜 가셨을까?"

"글쎄요. 하스코상에게도 아무 말씀 안 하셨다는데 오늘 안으로 돌아오시기는 할 모양입니다."

"난처한걸. 어머니의 인장이 필요한데."

"은행 말인가요?"

"음…… 어머니가 담보로 잡고 돈을 빌려 주었다는 그 땅에 가게를 하나 내고 싶어."

"거긴 무리예요. 장모님의 오랜 친지이고 사업이 잘 안되는 사람에게 우정의 뜻으로 도와주고 있는 처지니까요. 담보라는 것도 형식상의 일일 거예요."

"그러나 입지 조건으로 볼 때 두 번째 점포로 승부를 내기에는 그곳이 제일 좋아."

"그야 그렇긴 하지만……"

"그 가게의 사업 내용을 조사해 보았어. 형편없더군. 제과점을 오래 한 모양이지만 지금의 젊은 주인이 도박에 빠져서 장사할 마음이 없는 거야. 그러니 일꾼들도 모두 그만두었지. 그래 가지고는 은행에서도 거들떠보지 않을 거고 어머니가 빌려 준 돈도 갚을 가망이 없어. 당장 이자도 지불되지 않고 있는 모양이야. 돈을 조금만 집어 주면 기꺼이 내놓을 거야."

"하지만……"

"그러는 것이 편리해. 그 돈을 융자받기 위해 오후에 은행 사람과 만나기로 했는데 어머니가 안 계시니 이거 곤란하군."

"그런 일은 사전에 사장님과 잘 의논해서 결정하시는 게 좋지 않습니까?"

"어머니한테 얘기하면 반대할 게 뻔하잖아. 정에 얽매여서는 장사를 할 수가 없어. 바로 그 점이 여자와 남자의 차이야. 지금은 어머니가 나설 계제가 아냐. 그만큼 세상이 냉혹해졌어."

다쓰노리는 이미 오래 전부터 생각하고 있었던 듯한 히토시의 빈틈없는 계획에 질리고 말았다.

"결국 그곳에 누군가가 진출할 거야. 그 전에 무슨 일이 있어도 우리가 선수를 쳐야 해. 그 마을 뒤에는 잠재 구매력이 엄청난 농촌이 도사리고 있어."

속이 타는 듯 히토시는 좁은 사무실 안을 왔다갔다하면서 안절부절못했다.

아침나절부터 히토시가 그렇게도 애타게 찾던 오싱은 도자기 마을에서 노소미의 스승 에이조를 만나고 있었다.

　"선생님 덕분에 겨우 노소미도 상을 받을 수 있게 되었습니다. 뭐라고 감사의 말씀을 드려야 할는지요."

　"아닙니다. 노소미군이 노력한 대가지요. 잠자코 나를 따라와 주었고요. 게다가 이 일만은 본인의 적성이 제일 중요하죠. 겨우 노소미군의 재능이 살아나기 시작한 거겠죠. 나도 맡아서 가르친 보람이 있었습니다."

　"그렇게까지 길러 주신 선생님께 이런 부탁을 드리기는 송구스럽습니다만 만일 선생님께서 승낙을 해 주신다면 노소미를 독립시켰으면 합니다."

　"독립을 시킨다구요?"

　"아직 독립하기에는 이르다고 말씀하신다면 단념하겠어요. 오늘은 인사도 드릴 겸 그 문제도 의논드리고 싶어서 이렇게 찾아왔습니다."

　에이조는 깊은 생각에 잠긴 채 귀를 기울였다.

　"변변히 은혜도 갚지 못하면서 주제넘은 말씀을 드려서 노여워하실지도 모르겠습니다만 제게는 노소미가 장차 입신을 할 수 있도록 뒷바라지해야 할 책임이 있습니다."

　에이조는 다음 말이 기대된다는 표정이었다.

　"실은 노소미는 제가 젊었을 때 더부살이를 하다가 독립을 하게 된 집의 외아들입니다. 그 가게가 망하고 양친도 돌아가셨기 때문에 제가 두 살 때부터 맡아서 길렀지요. 저로서는 큰 은혜를 입었기 때문에 아무쪼록 상인이 되어, 쓰러진 가가야 상호를 다시 일으켜 주었으면 했는데 전혀 다른 길로 들어가 버렸지요. 그건 어쩔 수 없는 일이라고 체념하고 있습니다만 그렇다면 이왕 시작했으니 훌륭한 도예가가 되도록 도와 주는 것이 돌아가신 분들에 대한 보은이라고 생각하고 있습니다."

에이조는 고개를 끄덕이며 오싱의 말에 귀를 기울였다.

"저도 올해 예순일곱이 됩니다. 언제 무슨 일이 일어날는지 알 수가 없어요. 어떻게든지 제가 멀쩡하게 살아 있는 동안에 가능한 모든 일을 해 주고 싶습니다. 저한테 만일의 사태가 일어난다면 노소미가 의지할 사람은 아무도 없습니다. 그래서 뻔뻔스러움을 무릅쓰고 이렇게 말씀드리는 겁니다."

"그랬었군요…… 노소미군은 좀체 말이 없어서 그런 사정이 있는 줄은 몰랐습니다. 제 눈치를 보실 필요 없습니다. 스승이랍시고 해 준 것도 없고 노소미군한테는 내가 고맙다는 말을 해도 모자랄 만큼 도움을 받았습니다. 독립을 하게 되면 힘든 점이 한둘이 아닐 테니 기꺼이 나도 힘이 되어 줘야지요."

"선생님!"

오싱은 뜨거운 감동으로 말을 잇지 못했다.

"노소미군이라면 독립을 하더라도 어떻게든 해 나갈 것입니다. 어떤 고생이라도 참을 수 있는 사람이니까요."

"감사합니다. 이것으로 저도 큰 짐을 하나 덜었습니다. 이제야 겨우 마음을 놓겠습니다."

잔잔하게 주름진 오싱의 눈가에 눈물이 그득했다. 에이조는 그 모습을 바라보며 부드러운 눈길로 고개를 끄덕여 보였다.

그 길로 작업장으로 간 오싱은 물레를 돌리고 있는 노소미에게서 눈을 떼지 못하고 먼발치에서 지켜보았다.

이제 언제라도 눈을 감을 수 있다…… 무심히 물레를 돌리고 있는 노소미를 바라보며 마음속으로 몇 번씩이나 중얼거리는 오싱이었다.

문득 눈길을 돌린 노소미는 현관 곁에 서 있는 오싱을 발견하자 물레를 멈추고 다가왔다.

"어머니, 언제 오셨어요?"

오싱은 만면에 웃음이 가득한 표정을 지었다. 노소미는 하던 일을 정리하고 그 길로 어머니와 함께 안채로 갔다. 현관을 들어서자마자 노소미가 소리쳤다.

"여보, 어머니가 오셨어!"

그러자 안에서 게이가 쪼르르 달려 나오며,

"할머니!"

하고 오싱의 품에 안겼다.

"게이짱!"

오싱은 게이의 머리를 쓰다듬었다. 얼른 쫓아 나온 유리도 반가움을 감추지 못했다.

"어머님, 어서 오세요!"

"이렇게 갑자기 찾아왔구나."

"찾아뵙지 못해서 죄송해요."

갑작스런 오싱의 출현에 놀란 유리가 노소미를 바라보며
어찌 된 일인지 눈으로 물었다.

"어머니가 선생님을 뵈러 오셨어."

"그랬었군요. 어머님, 어서 올라오세요."

유리는 오싱을 안으로 안내하고 그 곁에 다소곳이 앉아서
차를 끓였다.

"일전에 노소미 편에 보낸 케이크 고마웠다. 아주 맛있더
구나. 게이는 정말 행복한 애다. 엄마가 만들어 주는 케이크
를 먹을 수 있으니까 말이다. 요즘은 뭐든지 팔기 때문에 엄
마가 손수 만든 것을 먹는 어린이란 좀처럼 드물지."

그러자 유리는 수줍게 웃기만 했다.

"너희들이 경제적으로 어렵다는 것을 잘 알면서 나는 아무
것도 도와주질 못해서 항상 미안하게 생각하고 있다."

"무슨 말씀이세요. 어머님께 저희 부부가 여러 가지로 폐
만 끼쳐 드리는걸요. 더 이상 신세를 지면 벌을 받을 거예요.
어떻게 해서든지 저희들의 힘으로 살아가야죠."

"너희들이 그렇게 말해 와서 나도 보고만 있었지만 이번만
큼은 내 소원을 들어 줘야겠다."

무슨 말인가 싶어 눈을 껌벅거리는 유리에게 노소미가 대신 대답했다.

"어머니가 날더러 독립하라고 말씀하셨어."

"독립이라뇨?"

"선생님께도 말씀하셔서 허락을 받아 주셨어. 가마를 만들 땅도 선생님이 찾아 주신대."

"하지만 여보, 우리한테는 그럴 여유가 없잖아요."

유리가 어리둥절해 하자 오싱이 얼른 대답했다.

"비용은 내가 대기로 했다. 유리, 축하한다. 잘 참고 견디며 노소미를 받들어 주었어. 노소미가 지금까지 도자기 하나에 심혈을 쏟을 수 있었던 것도, 작품을 인정받을 수 있었던 것도 모두 네가 노소미를 잘 뒷바라지해 주었기 때문이야. 고맙다, 유리짱."

오싱은 유리의 두 손을 살며시 끌어 잡았다.

유리와 노소미의 따뜻한 대접을 받으며 그날 오후를 노소미의 집에서 보낸 오싱은 한밤중에야 다노쿠라상점으로 돌아왔다.

하스코의 도움을 받으며 오비를 풀던 오싱은 그간의 이야기를 들려 주었다. 하스코는 무척 반가워했다.

"그래요? 선생님이 허락해 주셨다니 참 잘됐군요."

"땅만 찾아내면 곧 가마를 만들고 작업장과 집을 지을 계획이다. 어떻게 해서든지 연내 완성을 목표로 지금부터 설계나 견적을 내도록 잘 이르고 왔다."

"땅만 해도 꽤 넓어야 할 테죠. 게다가 집까지 지으려면 그것도 큰일이군요."

"지금 있는 땅을 하나 처분하면 어떻게든 되겠지. 이런 때를 위해서 사 둔 땅이니까. 모자라면 은행에서 빌리면 되고 말이다."

"오싱은 결연한 태도로 결론을 내렸고, 하스코는 화제를 바꾸었다. 참, 어머니 오늘 히토시가 어머니의 도장을 빌려 달라고 하기에 급한 일인 것 같아서 꺼내 주었어요."

"왜 그런 일을 멋대로 했느냐?"

오싱은 화를 버럭 냈다.

"뭣에 쓴다더냐?"

"글쎄요……"

"그럼, 이유도 묻지 않고 내주었단 말이냐?"

"다른 사람도 아니고 히토시잖아요. 제가 일일이 따질 수가 있어야죠. 어머니도 앞으로 다노쿠라의 일은 히토시와 다쓰노리상이 해 나가면 된다고 말씀하셨잖아요."

하스코는 안타까워하며 말을 이었다.

"언제까지나 어머니가 다노쿠라를 쥐고 계시면 히토시나 다쓰노리상은 하고 싶은 일을 할 수가 없고 그러다 보면 의욕을 잃게 돼요. 이젠 젊은 사람들의 시대예요. 슬슬 두 사람에게 맡겨도 좋을 때가 됐잖아요."

"둘 다 아직은 어린애다."

"어머니도 이제는 다 맡기고 편히 사셔야죠."

하스코는 오싱의 마음을 풀기 위해 진땀을 흘리며 송구스러워했다.

다음 날이 되자 오싱은 사무실로 나가 히토시와 다쓰노리를 앉혀 놓고 다짜고짜 도장 일을 따져 물었다.

"은행에 새 점포의 건설비를 융자받는 데 도장이 필요했어요."

"나한테 한마디 의논도 없이 멋대로 했단 말이냐?"

"어머니는 새 점포를 내는 데 찬성하셨어요. 그 자금을 빌리는 데 일일이 어머니의 허락이 필요하단 말입니까? 그렇다면 우리는 아무 일도 할 수가 없잖아요?"

의외로 강경한 아들의 반발에 부딪치고 보니 오싱의 기세도 한풀 수그러졌다.

"물론 어머니는 다노쿠라의 사장님이에요. 사장님의 도장이 없으면 아무것도 할 수가 없고 도장을 받으려면 사장님의 결재를 받는 게 당연하겠죠. 하지만 그래서는 늦어 버릴 일이 많아요. 저희들을 믿고 맡겨 주지 않으면 일을 할 수가 없어요."

차근차근 따지고 드는 아들의 말에 고집스런 오싱도 대답을 할 수 없었다.

"그리고 미리 말씀드리지만요, 어머니가 노소미에게 무엇을 해 주시든 제가 왈가왈부할 자격은 없어요. 하지만 지금 은행에서 돈을 빌리지 않으면 연내 두 점포를 세우겠다는 목표를 이룰 수 없어요. 당장 노소미에게 돈을 쓸 여유는 없다는 말씀……"

"히토시!"

잔잔해져 가던 오싱의 얼굴에 어느새 불 같은 노여움이 일었다. 그러나 히토시는 막무가내로 푸념을 쏟아 놓았다.

"게다가 어머니가 노소미에게 자금을 잘못 대 주거나 하면 그야말로 얼마만큼 증여세를 뺏길는지 알 수가 없어요. 노소미는 노소미대로 돈을 융자받으면 돼요. 보증쯤은 얼마든지 해 줄 수가 있으니까요."

고집스럽게 입을 다문 채 오싱은 히토시에게서 얼굴을 돌려 버렸다.

"어머니가 노소미를 귀여워하시는 건 알지만 돈 문제를 분명히 해 두지 않으면 노소미도 그렇고 우리도 그렇고 서로 폐를 끼치게 되니까요."

오싱은 대꾸도 없이 출구 쪽을 향해 걸어갔다. 그 뒤에 대고 히토시는 다짐이나 하듯 덧붙였다.

"어머니, 이제 가게에 나오시는 것도 그만두세요. 지금 고무장화 신고 물을 만질 연세도 아니잖아요? 옛날의 다노쿠라라면 모를까, 지금은 대형 전자제품 하나만 팔아도 생선 매장의 하루 벌이와 맞먹어요. 구태여 사서 고생할 필요 없잖아요."

오싱은 뒤돌아 서서 분연히 아들을 쏘아보았고, 히토시는 말을 이었다.

"어머니, 싱싱한 생선을 싸게 팔아서 손님들을 기쁘게 해야 한다는 그 정신으로 벌이가 신통치 않은 생선, 식료품이나 야채부도 소홀히 하지 않는 거예요. 다만 젊은 사람들에게 맡겨 두면 모든 게 순조롭습니다."

오싱은 찬바람이 휑하니 느껴지도록 문을 닫고 사무실을 나갔다. 당황한 다쓰노리가 오싱을 불렀다.

"장모님, 모두가 장모님의 건강을 염려해서 하는 말이니 노여워하지 마십시오."

그러나 말끝을 채 맺기도 전에 오싱은 사라져 버렸다.

그처럼 분연히 뛰쳐나간 오싱은 생선 매장으로 가서 여전히 화가 풀어지지 않은 듯 거칠게 생선을 손질했다. 곁에서 생선을 진열하던 하스코는 그런 어머니를 조심스럽게 살폈다. 오싱은 거칠게 물을 쏟아부으며 투덜거렸다.

"나도 그만 들어앉아야 할 모양이다. 아들한테 나이 타령을 듣게 되면 나도 끝장이야."

어이없이 오싱을 바라보며 하스코는 한 평범한 어머니의 모습을 엿볼 수 있었다.

입신양명

자식이란 언제까지나 품 안의 자식일 수는 없다. 하지만 다노쿠라를 지탱해 오던 기둥이나 다름없는 오싱으로서는 히토시의 얘기가 몹시 서운하게 와 닿았다.

그리고 보니 히토시도 나이 40을 눈앞에 두고 있음을 생각해 내고 오싱은 그날 온종일 방 안에서 꼼짝도 하지 않았다.

저녁 무렵, 하스코가 집안으로 들어오다가,

"어머니, 막 손님이 붐비기 시작했어요…… 어머니, 기분이 언짢으세요?"

하며 오싱의 안색이 심상치 않음을 살폈다.

"무슨 일이세요?"

"오늘 밤부터 가게에 안 나가겠다. 어젯밤도 생각했지만 이젠 늙은이가 나설 때가 아닐지도 모른다. 내가 버티고 있으면 히토시도 다쓰노리도 해 나가기 어려울 거다."

"어머니……"

"어제도 금전등록기를 맡은 여자애가 손님을 응대하는 태도가 나빠서 말투를 곱게 하라고 타일렀더니 그렇게 사사건건 간섭하면 일을 할 애가 없다면서 히토시가 나를 탓하더구나."

"당치도 않아요. 최근 10년 동안 우리 가게의 종업원들 태도가 좋다고 손님들한테 칭찬을 받아온 것은 모두 어머니가 교육을 엄하게 시켰기 때문이에요. 가게를 그만둔 여자애들도 찾아와서는 사장님께 훈련받기를 잘했다고 기뻐하지 않았어요?"

"여하튼 늙은이는 골칫거리밖에는 안돼. 이젠 나도 들어앉을 때가 되었어."

"하긴 어머니의 깊은 뜻을 아는 애들이 얼마나 있겠어요?"

"나는 말이다, 유를 데리고 생선 행상을 할 때 아무리 작아도 내 가게를 갖고 집에서 장사를 할 수 있었으면 하고 생각했다. 그것이 소원이었어. 그렇게도 원하던 가게를 갖게 되었고 그것도 이렇게 크게 성장시켰어. 아버지가 이루지 못한 꿈도 대신 이룰 수가 있었다. 그렇게 한 맺혔던 가난에서도 벗어났다. 난 그것으로도 충분해. 이제는 노소미의 일만

매듭을 짓게 되면 더 이상 바랄 게 없을 텐데……"

하스코는 오싱의 눈가의 잔주름을 보며 그만 눈을 내리깔았다.

"하스코, 네게는 평생 먹고살 수 있도록 남겨 두었으니까 그리 알아라."

"어머니?"

"나도 이제 슬슬 시고쿠에 순례 여행이라도 떠날까."

그런 오싱의 얼굴 위로 깊숙이 드리운 저녁놀이 붉게 어른거렸다.

"그것도 내 꿈이란다. 언제 염라대왕의 부름을 받든지 얼른 따라나설 수 있도록 준비하는 것 말이다."

그때 종업원 지로우가 허겁지겁 뛰어들어왔다.

"사장님, 어서 피하세요. 이상한 여자가 들어와서는 사장님을 만나게 해 달라며 식칼을 휘두르며 울부짖고 있습니다. 맞닥뜨리는 날에는 큰일입니다."

"뭐라고?"

"여럿이서 붙들려고 하고 있지만 흉기를 가지고 날뛰기 때문에 위험합니다."

"누군데 그러는가?"

"그게…… 전혀 알 수가 없습니다."

"나를 만나고 싶다고?"

"사장님도 죽이고 자기도 죽겠다고 난리입니다."

"어머니, 안으로 들어가세요."

하스코의 손길을 뿌리치고 오싱은 유유히 가게 쪽으로 걸어갔다.

"사장님!"

"만나고 싶어 하면 만나 줘야지. 나는 누구한테 원한을 살 일을 저지른 기억은 없다. 얘기를 해 보면 알게 되겠지."

"기세가 보통이 아니에요. 만일의 사태라도 벌어지면 어쩌시려구요."

오싱은 지로우의 만류를 뿌리치며,

"상대는 여자가 아닌가? 사내자식이 부들부들 떨다니 정말 꼴불견이로구나."

하고 총총히 나갔다.

과연 사무실에는 제과점의 여주인 센코가 식칼을 든 채 펄펄 뛰며 울부짖었다.

"사장을 내놔. 내놓지 않으면 이 가게에 불을 질러서 태워 버릴 거야."

히토시와 다쓰노리는 출입문 곁에서 여자를 노려보며 뻣뻣이 지키고 서 있었다.

"용건을 말해요, 용건을!"

"너 같은 애숭이가 뭘 알아. 사장이나 데려와!"

여자가 길길이 날뛰는 동안 종업원이 다가와 경찰에 신고했노라고 히토시에게 귓속말로 알렸다. 고개를 끄덕이던 히토시는 입구에 몰린 사람들 틈을 비집고 들어서는 오싱을 보고 흠칫 놀랐다.

"어머니?"

센코는 여전히 기세를 부리며,

"사장한테 할 얘기가 있어. 빼돌리면 정말 불을 지를 테다."

하고는 성냥을 그어 근처의 서류에 불을 붙이려 했다.

그때 오싱이 들어오는 것을 보고 센코는 냉큼 식칼을 힘주어 움켜쥐었다.

"내가 사장인 다노쿠라 오싱이에요."

오싱이 앞에 우뚝 버티고 서자 센코는 갑자기 얼빠진 듯 멍하게 쳐다보았다.

"어머니! 피하세요!"

히토시의 외침에 퍼뜩 정신을 차린 센코는 다시 식칼을 오싱에게 들이댔다.

"쓸데없는 짓을 하면 사장의 목숨은 끝장인 줄 알아!"

히토시는 몇 걸음 떨어진 곳에서 주춤했다.

"나에게 할 말이 있다는데 무슨 말이오?"

"악마! 당신은 악마야! 우리 집 양반을 감쪽같이 속이고 집도 땅도 알겨먹다니!"

"아니, 그게 무슨 소리요?"

"돌려줘! 내 땅을 돌려 달란 말이야! 거기서 쫓겨나면 우리 다섯 식구는 길거리에서 헤매다가 굶어 죽는 수밖에 없어!"

"뭔가 착각하고 있는 것 아니오? 난 전혀 모르는 얘기인 데요."

오싱이 어리둥절해 하자 히토시는 난감하다는 표정이었다.

여자는 다시 한 번 버럭 소리를 질렀다.

"능청떨지 마! 언제까지 퇴거하라고? 자, 분명히 당신의 이름과 도장이 찍혀 있잖아!"

센코는 오싱의 눈앞에 서류 한 장을 들이댔다. 오싱이 서류를 들여다보는 동안에도 센코는 마치 제정신이 아닌 사람처럼 울부짖으며 소리쳤다.

"땅을 되돌려주지 않으면 너 죽이고 나도 죽을 테다. 어차피 살아갈 수도 없는 목숨인 바에……"

하고 센코는 식칼을 콱 쥐었다.

그때 소리 없이 들어선 경찰관이 센코의 뒤에서 손을 뿌리쳐 식칼을 떨어뜨렸다.

"놔! 이것 놔!"

센코는 경찰관에게 끌려가면서도 버둥거리며 악을 썼다.

"이 악마! 우리 땅을 돌려줘!"

여자가 계속 울부짖으며 문밖으로 사라지자 히토시는 오싱에게 다가와,

"어머니!"

하고 부축하려 했다.

그러나 그 손길을 뿌리치고 오싱은 매섭게 아들을 노려보

았다. 다음 눈 깜짝할 사이에 오싱은 히토시의 뺨을 후려쳤다. 그런 오싱의 눈에는 노기와 눈물이 뒤범벅되어 그렁그렁했다.

여전히 바깥에서는 경찰관에게 끌려가며 울부짖는 센코의 목소리가 사무실 안에까지 요동쳐 왔다.

"내가 뭘 잘못했다고 이러는 거야. 사람을 속이고 집과 땅을 가로챈 것은 이 집 사장이야. 잡아갈 사람은 안 잡아가고 이게 무슨 짓들이야."

오싱은 급히 경찰관을 뒤쫓아 나가서 그 앞을 가로막고는 공손히 절을 했다.

"소란을 피워서 죄송합니다. 우리 집 애들이 다급한 김에 신고를 했겠지만 우리한테 아무런 피해도 없고 그 부인도 악의에서 그런 것은 아니라고 생각합니다. 아무쪼록 이 일은 조용히 처리해 주십시오. 부탁드립니다."

그 뒤를 따라 나온 히토시는 벌개진 얼굴로 오싱 앞에 다가섰다.

"어머니, 이 여자는 흉기를 휘두르며 우리를 협박했어요. 왜 이 여자를 감싸는 거예요?"

"닥쳐! 넌 들어가 있어!"

찬서리가 느껴지는 오싱의 호통에 히토시는 움찔했다. 센코와 경찰관도 놀란 눈으로 오싱을 주시했다.

그러고 나서 오싱도 경찰관을 따라서 센코와 함께 경찰서로 가게 되었다.

그 후 몇 시간이 지나도록 돌아오지 않는 오싱을 기다리면서 히토시와 다쓰노리는 사무실 안을 왔다갔다했다.

그때 하스코가 커피를 가져와 그들 앞에 놓았다.

"어머니가 늦으시네. 대체 무슨 까닭으로 그 여자를 옹호하는 걸까. 손해가 이만저만한 게 아니야. 손님들도 깜짝 놀랐고 가게의 신용에도 영향을 줬을 거야."

"사장님도 그렇지. 자초지종도 모르시면서 느닷없이 형님의 뺨을 때리다니, 그것도 종업원들이 보는 앞에서…… 확실히 지나치셨어."

그 말을 듣는 히토시의 얼굴은 마치 벌레라도 씹은 듯 묘하게 일그러졌다.

"하지만 어머니는 아무 이유 없이 그런 행동을 하실 분이 아니에요. 히토시는 뭔가 짚이는 게 없어?"

여전히 그는 언짢은 얼굴을 한 채 아무 대답도 하지 않았다.

"큰일이군. 소문이나 나지 말아야 할 텐데."

그때 오싱이 돌아왔다.

"그 여잔 석방되었다."

"그 여자를 위해서 굳이 어머니가 경찰서에 갈 이유가 뭐예요?"

히토시는 볼멘소리로 투덜거렸다.

"뭐라고?"

"어머니가 그 따위 여자에게 머리를 숙이다니요."

"히토시! 네가 얼마나 비열하고 가혹한 짓을 했는지 아직도 모르겠니? 왜 아까 이 어미가 뺨을 때렸는지 그것도 모르느냐!"

"그 여자는 우리들이 한 일을 원망하고 있을 뿐이에요. 나는 정당한 거래를 했어요. 누구에게도 트집 잡힐 일은 하지 않았어요."

"뭐가 정당한 거래냐? 남의 약점을 이용해서 땅을 가로챈 주제에……"

히토시 역시 어머니에게 한 치도 물러서지 않았다.

"어머니까지 이상한 말씀을 하시는군요. 이쪽은 정확히 돈을 지불하고 사들였어요."

"어쩌면 그렇게 뻔뻔스런 말을 할 수가 있니. 그 사람의 집은 대대로 제과업을 한 노포(老鋪)로, 그의 아버지 되는 사람은 돌아가신 너희 아버지가 생선 주문을 받으러 다닐 무렵부터 우리 집 단골이 되어서 늘 생선을 사 주었어. 전쟁통에 단것이 귀할 때 애들에게 주라면서 우리 집에 찹쌀떡 같은 것을 보내 주시곤 했다. 너도 그걸 먹으며 자랐어."

그러나 히토시는 콧방귀를 뀔 뿐이었다.

"그런 옛날 얘기가 무슨 상관이에요."

"종전 후에도 잊지 않고 가끔 집으로 과자를 가지고 와서는 형편을 살피시곤 했지. 얼마나 고마웠는지 모른다. 그 사람은 그분의 외동딸이야. 7, 8년 전에 사위를 맞고 아버지는 곧 타계했지만 이 어미한테는 은혜를 준 사람이었다. 그런데 그 사위라는 사람이 노름꾼이어서 가게가 제대로 운영되지 않자 나에게 하소연하러 왔더구나. 앞으로는 노름이나 술도 끊고 열심히 일을 하겠다는 바람에 돈을 융통해 주었지. 물론 땅과 집을 담보로 잡았지만 그건 형식상의 일이었다. 설마 네가 이런 비열한 방법으로 가로챌 줄이야…… 그러니 그 사람이 화를 내는 것도 무리가 아니지."

"어째서요. 나는 돈을 안 갚기 때문에 담보를 차압했을 뿐이에요. 그 주인 여자는 가게를 꾸려 나갈 생각이 없어요. 일꾼들도 한심스러워서 모두 나가 버렸어요. 그대로 두면 망할 뿐이라고요. 그렇다면 차라리 사들이는 것이 낫지 않을까 해서 교섭을 했어요. 그랬더니 두말없이 팔아도 좋다고 하길래 적당한 값으로 사들였을 뿐이에요. 정확히 지불했어요. 비열한 짓은 조금도 안 했어요."

모자간의 대립은 극한 상황으로 치달았다.

"상대방의 주변을 좀 봐라! 거저 생긴 돈으로 여겼다지 않아! 당장 경마에 탕진해 버리고 남편은 집에도 안 들어온다는 거야."

"그 돈을 어떻게 쓰든 우리가 관여할 바는 아니죠."

"그뿐만이 아니다. 너는 내용증명으로 퇴거 요구를 들이댔어. 그 집에서 쫓겨나면 그 여자나 애들은 갈 곳도 없어.

너는 그렇게 악마 같은 짓을 한 거야."

"우리는 아무 잘못 없어요. 문제가 있는 건 남편 아니에요? 안 그래요?"

"히토시, 너는 피도 눈물도 없느냐?"

"어머니, 그야 어머니 나름대로 생각이 있겠죠. 하지만 인정이다, 의리다 하는 것에 빠져서는 장사를 못해요. 먹느냐 먹히느냐의 경쟁에서 살아남으려면 마음을 모질게 먹어야 한다구요. 그렇게 냉혹한 시대예요."

오싱은 순간 전신의 맥이 쭉 빠져 버리는 것 같았다. 자식을 잘못 키웠다는 후회가 짧은 순간 오싱의 가슴을 아프게 때렸다. 그때 다쓰노리가 어색하게 끼어들었다.

"부사장님도 뭐 좋아서 한 일은 아니에요. 오로지 다노쿠라를 키우기 위한 일념으로 한 일이에요."

"하필 그 땅에 눈독을 들이지 않더라도 다른 땅이 몇 개나 되잖아?"

"그곳 입지 조건이 제일 좋아요. 거대한 농촌을 뒤에 두고 있으니까요. 어머니는 거기까지는 모르실 거예요."

"부사장님이 경영 고문에게 의뢰해서 충분히 조사한 결과 선정한 것입니다."

"아직 아무도 진출하지 않았지만 조만간 모두가 노릴 만한 곳이에요. 우리가 기선을 제압하고 싶었어요. 다노쿠라의 두 번째 점포는 내 첫 사업이에요. 어떻게 해서든지 성공시켜야 해요."

"좋다. 등기 이전도 끝난 마당에 더 왈가왈부해 봤자 소용
도 없겠지. 그 사람에게는 다른 땅을 대신 주도록 해라. 그것
으로 양해해 주기를 바랄 수밖에."

"어머니, 터무니없는 말씀 마세요."

"그럼 그들을 알몸뚱이로 내쫓고 모른 척하라는 거냐."

"앞으로 땅은 단 한 평이라도 귀중해져요. 가게 자금은 아
무리 많아도 부족할 테니까요."

"네 지시는 받지 않겠다. 다노쿠라의 사장은 나다. 아직
은퇴할 생각 없다. 앞으로는 네 멋대로 행동하는 것을 용서
하지 않을 테니 명심해라."

오싱은 추상 같은 목소리로 또박또박 선언하듯 말했다.

"너 같은 인간에게 다노쿠라를 맡기면 언젠가 다노쿠라는
쓰러지고 만다. 돈만 벌면 된다는 식의 사고방식은 곤란해.
그런 것도 모르면서 장사를 제대로 할 수가 있겠니? 참으로
한심스럽다."

불쾌한 표정을 짓는 히토시를 아랑곳하지 않고 오싱은 의
연하게 자리에 앉았다.

"2호점 개점 계획을 상세하게 설명해 다오."

너무도 당당한 오싱의 요구에 히토시는 할 말을 잃고 뭉기
적거리다가 결국 어머니가 요구한 자료를 내놓았다.

그날 밤, 오싱은 밤늦도록 식탁에 여러 가지 서류를 펴놓

고 진지한 표정으로 주판알을 튕겼다. 목욕을 하고 나오던 하스코가 조심스럽게 다가왔다.

"어머니, 아직도 안 끝나셨어요?"

"골치가 아프구나. 히토시는 연내에 두 점포를 내고 싶다고 쉽게 말하지만 오늘 견적을 보고 깜짝 놀랐다. 이 가게와 지금 짓고 있는 땅을 모두 저당 잡혀도 그만한 돈을 은행에서 빌릴 수 있을지 모르겠다. 앞으로 죽을 때까지 돈 걱정은 안 해도 좋겠다고 생각하고 있었는데 이 나이에 또 빚을 져야 하다니 참으로 한심스럽구나."

"어머니……"

"뭣 때문에 그렇게까지 해서 새 가게를 내야 하는 건지 모르겠다. 지금도 이 가게만으로 충분히 이익을 내고 있는데 말이다. 일부러 고생을 해 가며 일을 벌일 필요가 어디에 있는지……"

"어머니는 지금 상태로도 만족하실지 모르지만 히토시나 다쓰노리상은 이제부터 시작이잖아요. 그 정도의 정열이 없고서는 할 수도 없어요."

"빚을 갚기 위해 일을 해야 하고 또 언제나 쫓기는 듯한 기분이니 정말 지겹구나."

하스코는 오싱을 위로하려고 얼굴에 화사한 웃음을 지어 보였다.

"그래서 가게가 하나하나 늘어나잖아요? 그게 장사의 재미라는 게 아닐까요?"

"벌이가 그만큼 되면 좋은데, 만일 도중에 휘청거리기라도 해 봐. 이익은 고사하고 본전까지도 건질 수가 없게 돼."

"어머니도 정말 연세가 드셨나 봐요. 옛날의 어머니는 그런 일로 걱정을 안 하셨잖아요. 언제나 줄타기 같은 모험을 하지 않고서는 돈벌이를 할 수가 없다고 말씀하셨잖아요."

하스코는 오싱을 부드러운 눈길로 응시하며 말을 이었다.

"최종적으로 어머니가 결정하실 일이에요. 정말 내키지 않으면 그만두시구요."

"그런 소동을 벌이면서까지 땅을 손에 넣었는데 이제 와서 어쩌겠니. 확실히 조건은 갖추어져 있거든."

하스코는 그럴 줄 알았다는 듯이 웃으면서 고개를 끄덕였다.

"괜찮겠지. 설령 실패하더라도 내가 알 바가 아니지. 끝까지 지켜볼 수 있을 만큼 오래 살 것도 아니고…… 단지 노소미의 일을 제쳐 두어야 한다는 게 마음에 걸린다. 몽땅 털어서 가게에 쏟아부어야 한다니 말이다."

"어머니, 언젠가 저를 위해서 뭔가 남겨 두셨다고 하셨죠?"

"그래, 평생 네가 먹고살기에 궁색하지 않도록 주식으로 준비해 둔 게 있다."

"어머니, 그렇다면 그걸 노소미짱에게 주세요."

"무슨 당치도 않은 소리냐. 그것만은 어떤 일이 있어도 손을 대서는 안돼. 내가 죽고 나면 너를 돌봐 줄 사람은 아무도 없어."

"히토시나 데이, 그리고 노소미짱은 그럴 사람이 아니에요. 모두 함께 자란 형제예요."

"하지만 그 애들에게도 각기 식구가 딸려 있어. 다들 제 앞길 가리느라 여념이 없는데 나중에 어떤 대접을 받을지 알게 뭐냐……"

그러더니 갑자기 오싱의 표정이 골똘해졌다.

"무슨 방법이 있을 것 같아요?"

"정말 바빠지는군. 시고쿠 순례 여행 같은 건 당치도 않아. 언제나 가 볼지 모르겠구나."

오싱은 갑자기 의미 있는 미소를 지었다.

잘 정돈된 나미키가의 뜰에 서서 오싱은 잠시 주위를 둘러보았다. 주인의 성품을 그대로 드러내 주기라도 하듯 깔끔한 정원이었다. 교코에게 안내되어 오싱이 현관을 막 들어설 때 고우타가 마중을 나왔다.

"여전히 건강하시군요. 정말 다행입니다."

고우타의 머리칼은 이미 반백이 되었지만 그 날카로운 눈빛만은 조금도 변함이 없었다.

"오싱상도 이처럼 건강하시니 아직 현역으로 뛰고 계시는 거 아니겠습니까."

"은퇴하고 싶어도 젊은것들이 믿음직스럽지 못해서요. 맡겨 두면 무슨 짓을 할지 걱정이 앞서는 걸 어떡합니까."

"그런 말을 하니까 젊은이들이 늙은이들을 싫어하지, 하하하……"

그들은 안으로 들어가 교코가 끓여 준 차를 마시며 온화한 분위기를 즐겼다.

"지난번에 보내 주신 왕새우도 정말 훌륭했어요. 언제나 마음을 써 주시니 늘 고마울 따름입니다."

"별말씀을요. 부인의 생신인 줄 알면서도 제가 바빠서 대리인을 보내 결례를 했습니다."

"바쁘신 중에 오늘은 용케 나오셨군요."

"때로는 고우타상에게 푸념을 늘어놓고 싶을 때가 있더군요. 또 오늘은 각별히 부탁드릴 일도 있고 해서요."

오싱은 가져온 보따리를 풀더니 상자에서 도예 항아리를 꺼내어 고우타 앞에 놓았다.

"허어…… 꽤 재미있는 항아리로군요. 젊은 사람의 작품 같아 보이는데……"

고우타는 그윽한 눈길로 요모조모 뜯어보았다.

"노소미가 만든 거예요. 좋은 작품이 만들어지면 한 점 갖다 드린다는 것이 좀처럼 기회가 없었습니다. 그런데 일전에 전람회에 출품한 것이 입상하여 장관상을 받았습니다. 그건 제 마음에도 들었기 때문에 꼭 고우타상께 드리려고요."

"허어, 노소미군이…… 가요상도 좋은 그림을 그리셨지. 그러고 보니 가요상 그림의 격렬함과 어딘지 비슷한 데가 있군요. 역시 가요상의 아들이군."

"마음에 드시는지요?"

"훌륭합니다. 용케 여기까지 해내게 됐군요."

"그럭저럭 일가를 이루게 되었습니다."

"오싱상께서는 이것으로 가요상에 대한 책임을 다한 것이 아닙니까?"

"아니지요. 노소미에게 가마를 갖게 해서 독립시킬 때까지는 아직 할 일을 다 못한 거지요. 실은 그 문제를 마무리할 셈이었는데 갑자기 저희 가게가 지점을 내기로 하는 바람에 일이 어려워졌습니다. 오랫동안 저는 반대를 해 왔답니다. 하지만 아들놈이 부득부득 밀고 나가서요."

"그것 참 대견한 아드님이군요."

"웬걸요. 어째서 그렇게 돈벌이만을 생각하는 인간이 되어 버렸는지 한심스럽답니다. 역시 제가 교육을 잘못 시킨 거죠."

"오싱상께서 악착같으시니까 어김없이 어머니를 보면서 자랐을 테죠, 하하하……"

"저 역시 그동안 돈벌이에만 몰두해 왔으니 아들을 나무랄 처지가 못되지요. 다만 그런 인간이 앞으로 무슨 일을 하게 될까 생각하면 좀 무섭기도 하구요."

"시대가 그런걸요. 이 고도성장의 물결에 휩쓸리면 누구나 버스를 놓치지 않으려고 마구 달리게 되지 않습니까? 하지만 이런 호경기가 그리 오래 지속되지는 않을 겁니다. 그동안에 싫든 좋든 진정이 되겠지요."

"어떻게 될지 앞일을 모르지만 달리기 시작한 이상 여기서 멈출 수도 없고…… 다만 그런 사정으로 노소미에게 가마를 갖게 하는 일이 어렵게 됐어요."

"그럴 테지요. 지점을 짓는 일과 겹쳐서는 힘겹겠지요."

오싱은 손가방에서 두툼한 봉투를 꺼내 살며시 내려놓았다.

"여기에 주권이 있어요. 오늘 시세로 약 천만 엔이 되리라 생각해요. 이것으로 노소미의 독립 자금을 융통해 주실 수 없을까요? 주식을 팔면 될 일이지만 이것은 하스코에게 주려고 제가 오랫동안 준비한 것이라 이것만은 내놓고 싶지가 않아서요. 게다가 집안의 치부를 드러내는 얘기가 되지만 아들에게는 알리고 싶지 않은 사정도 있답니다."

"하긴 아무리 누나, 동생으로 자라고 하스코가 다노쿠라에 정성을 다했다고는 하지만 여러 가지 얽힌 사정이 있을 테죠. 그러니 은행에 담보로 잡고 빌릴 수도 없을 테고…… 좋아요. 내가 어떻게든 해결해 보죠."

고우타는 오싱의 요청을 흔쾌히 받아들였다.

"다만 노소미에게 빌려 주는 형식이 되면 돈이 노출되고 맙니다. 혹 댁에 폐를 끼치게 될까 염려스러워요."

"저희 집에는 표면에 노출시켜서 세무서에서 트집 잡힐 돈은 없답니다. 정당하게 세금을 지불하고 남은 돈이니까요."

"고우타상, 은혜는 잊지 않겠어요."

"가요상의 아들이라면 나도 적극 도와야지요. 이자 따위를 받을 생각도 물론 없어요."

"정말 고맙습니다."

"가마가 만들어지면 꼭 한번 보고 싶군요."

"네, 꼭…… 가요 아가씨도 얼마나 기뻐하실는지요."

가요를 떠올리기라도 하는 듯 고우타는 뜰을 향해 지그시 눈길을 돌렸다. 이미 가요는 없지만 50년 전 첫사랑의 두근거리는 가슴을 오싱은 잊지 않고 있었다.

다시 다노쿠라슈퍼로 돌아가는 오싱의 발걸음은 날 듯이 가벼웠다. 오싱의 밝은 얼굴을 보고 하스코는 일이 잘되었음을 직감하고 함께 기뻐했다.

2호, 3호 점포 건설과 동시에 노소미의 가마와 집을 짓는 공사도 시작되었다. 그것은 오싱이 지금까지의 열성을 몽땅 쏟아 넣은 새로운 한판 승부였다.

결별

1967년 초여름, 다노쿠라슈퍼의 2호, 3호 체인점 건설이 거의 동시에 착수되었다. 히토시는 어머니의 반대 때문에 체인점의 진출이 한발 늦었다고 투덜대며 초조해 했다. 하지만 오싱에게는 10년 걸려서 쌓아 올린 모든 것을 건 도박이며 다노쿠라에 있어서는 두 번째의 큰 전기였다. 그와 병행하여 노소미의 독립 준비도 착착 진행되어 갔다.

오싱이 2호, 3호 점포 공사를 둘러보고 히토시와 함께 사무실로 돌아오니 서류를 정리하던 다쓰노리가 벌떡 일어나 맞았다.

"어서 오세요. 피곤하시겠습니다. 사장님, 어떻던가요?"

"요즈음 건물이란 것은 간단하더구나. 눈 깜짝할 사이에

철골이 세워지고 벌써 지붕이 올라갔으니까 말이다."

"어머니, 건물은 4월 개점까지 충분히 시간적 여유가 있어요. 중요한 것은 상품과 인력이에요. 상품은 대략 이 본점과 비슷한 규모로 계획하고 있어요. 납품업체도 이곳과 동일한 곳으로 하려구요."

다쓰노리가 미국에서 슈퍼마켓 경영을 배운 사람답게 논리적인 의견을 제시하자 히토시는 맞장구를 쳤다.

"그렇지. 좋은 생각이야. 두 점포를 오픈하게 되면 지금보다 세 배나 많이 상품을 매입하게 되는 거야. 같은 곳에서 사들인다면 지금보다 매입가가 싸지겠지. 지금부터 잘 교섭해서 왕창 싸게 받는 거야. 매입가가 쌀수록 우리도 더 싼값에 팔 수가 있어. 그러면 손님들도 늘어날 테고. 어머니, 이처럼 지점이 많아지면 많아질수록 상품을 싸게 팔 수 있다는 이점도 생기는 겁니다."

"바로 그게 최대의 이점이지요. 이제부터는 어떻게 팔 것인가, 하는 것보다 어떻게 좋은 물건을 값싸게 구입하는가가 승부의 포인트가 됩니다."

다쓰노리는 자신에 찬 목소리로 힘주어 말했다.

"다쓰노리도 전무로서 새 가게의 업적을 올려 줘야겠다."

"네!"

오싱의 말에 다쓰노리는 힘차게 대답했다.

"그럼, 난 옷을 갈아입고 가게에 나오겠다."

그러자 히토시가 단호하게 말했다.

"어머니, 이제는 제발 매장에 나오지 마세요."

"생선 매장에는 내가 있어야 해. 단골손님의 얼굴을 보는 것도 낙이란다."

그렇게 일축해 버리고 나가려는데 히토시가 다시 오싱을 불러세웠다.

"어머니, 노소미네가 가마를 짓고 있다는데 사실인가요?"

"응, 그런 얘길 하더구나."

오싱은 지나가는 말투로 가볍게 내뱉었다.

"자금은 어떻게 조달했을까요?"

"글쎄다."

"설마 어머니가 대 주신 건 아니겠지요?"

"나한테 무슨 돈이 더 있느냐? 다노쿠라의 재산을 모조리 저당 잡혀서 빌린 돈을 2호, 3호 점포에 몽땅 쏟아 넣었는데 말이다. 나한테 노소미를 위한 돈을 마련할 길이 따로 있겠느냐?"

"그렇긴 하지만……"

오싱이 정색을 하면서 시치미를 떼자 히토시는 말끝을 흐렸다.

총총히 나가는 어머니의 뒷모습에 히토시는 왠지 석연치 않은 듯 씁쓸한 시선을 던졌다.

“아빠, 지금 오세요?”

집으로 돌아온 노소미를 어린 게이가 쪼르르 달려 나와 맞았다. 노소미는 게이를 번쩍 안아 들고 보드라운 아들의 볼에 자신의 뺨을 갖다 댔다.

“아빠, 할머니가 와 있어요.”

뒤따라 나오던 유리가 그 말을 듣고,

“게이, 할머니께서 와 계세요, 하고 말해야지.”

하고 타일렀다.

“괜찮아. 어린것이 경어를 어찌 알겠느냐.”

오싱은 눈에 넣어도 아프지 않을 만큼 사랑스럽다는 듯이 손자를 바라보았다.

“아니에요. 지금부터 교육을 시켜야 돼요. 게이짱, 엄마가 가르쳐 주었지?”

“네…… 할머니가 와 계세요.”

게이는 또박또박 방금 전에 들었던 말을 되풀이했다.

“오냐, 오냐. 기특하구나. 게이 엄마도 훌륭하고.”

“어머니, 언제 오셨어요? 그간 안녕하셨구요?”

“여보, 아까 전부터 기다리고 계셨어요.”

“죄송합니다. 선생님 일로 나갔다 오느라구요.”

“그만 돌아갈까 하던 참이다. 공사 진척 상황을 보러 잠깐 왔을 뿐이니까.”

“어머니 덕분에 가마도 거의 완성되어 가고 있어요.”

"어머님, 정말 꿈만 같아요. 지금 우리 집이 지어지고 있다는 사실을 믿을 수가 없어요."

유리는 처음 가져 보는 행복과 기쁨으로 충만해 있었다. 유리는 준비한 과자를 노소미에게 건네주고 차를 끓이겠다며 부엌으로 들어갔다.

방으로 들어와 자리하자마자 노소미는 새삼스럽게 오싱의 앞에 자세를 바로했다.

"어머니…… 정말 고맙습니다. 뭐라고 감사를 드려야 할지 모르겠어요."

"노소미, 몇 번씩이나 말하지만 내가 융통한 것은 아니니까 나한테 감사할 건 없어. 히토시나 다쓰노리 앞에서 고맙다는 말을 하면 곤란해."

오싱은 장난스러운 미소를 지었다. 그런 어머니에게 노소미는 그동안의 공사 진척 상황을 설명하며 설계도를 펼쳐 보였다.

"작업장에 관해서는 잘 모르지만 살림집이 너무 좁은 것 같구나. 방이 두 칸밖에 안되잖느냐?"

그때 부엌에서 차를 준비하던 유리가 끼어들었다.

"두 칸이면 충분해요, 어머님. 저이는 거의 작업장에 가 있고 집에 있는 것도 잠잘 때 정도니까요. 게이하고 저 둘뿐이니 괜찮아요."

"지금은 그렇지만 또 애도 생길 거고, 이왕 지을 때에 넓게 짓는 것이 좋을 거다."

"그때는 증축을 하면 되죠."

"유리……"

"어머님, 전 그것만으로도 넘치도록 고마워요. 이렇게 셋 방살이를 하고 있는데 곧 새로 지은 우리 집에서 살 수 있다 니 꿈만 같아요."

유리는 진심으로 기뻐했다.

"유리는 욕심이 너무 없구나."

"남에게 돈을 빌려서 짓는걸요. 사치를 부릴 수는 없잖 아요."

그 말에 노소미는 씁쓸하게 웃으며,

"유리는 내가 갚을 수 있을지 어떨지 걱정하고 있는 겁니다."

하고 어머니에게 시선을 돌렸다.

"바보 같으니…… 일단 유사시에는 내가 있잖느냐. 이 어 미가 결말을 지을 텐데 그러는구나."

"아니에요. 이건 어디까지나 제 빚이에요. 제 힘으로 갚을 생각이에요."

노소미는 그렇게 말하면서도 걱정이 되나 보았다.

"하지만 만일의 경우를 생각하지 않을 수 없네요. 융자를 해 주신 나미키상이 누구신지도 모르는 만큼 괜스레 폐를 끼 칠까 염려스러워요."

"그건 어디까지나 형식일 뿐이다. 어미가 책임을 질 테니까 마음 놓아도 돼."

"그럼 역시 어머니가 대 주신 겁니까?"

"아무려면 어떠냐. 너는 네가 하고픈 일을 하고 유리나 게이를 행복하게 해 줄 일만 생각하면 되는 거야. 네가 독립하는 비용은 이 어미가 대 줘야 하는 거니까 만일 네가 못 갚더라도 내가 갚으면 되는 거다."

"아닙니다. 히토시나 다쓰노리를 봐서도 그럴 수는 없어요. 비록 형식적이라고는 하지만 저는 나미키상께 돈을 융자받은 거예요. 만일 제가 갚지 못해 다노쿠라에 쳐들어가는 경우가 생기면 어떡해요."

그 말에 오싱은 파안대소했다.

"나미키상은 그럴 분이 아니란다."

"하지만 돈놀이를 하는 사람이란 대게 비슷하잖아요."

오싱은 진지한 얼굴로 잠시 머뭇거리다가 입을 떼었다.

"나미키상은 말이다, 네 어머니의 연인이었던 분이란다."

"네?"

"사실은 나도 좋아했었지. 하지만 네 어머니도 나도 끝내 다른 사람과 결혼하고 말았어. 그래도 이미 40년 가까이 무슨 일이 있을 때마다 신세를 져 왔다. 내게는 가장 믿을 수 있는 의논 상대였지. 이번만 해도 네가 독립을 한다고 말했더니 우리 집 사정을 이해하시고 기꺼이 융자해 주셨어. 네가 구운 항아리를 가져갔더니 가요상의 그림과 비슷한 격렬함이 있다면서 눈물을 글썽이면서 들여다보시더구나."

노소미는 얼굴조차 기억할 수 없는 친어머니의 이야기를 듣자 가슴속에서 잔잔한 그리움이 일었다. 그러고는 숨을 죽여 듣고만 있었다.

"지금까지 나미키상의 일을 히토시나 너희들에게 숨겨 온 것은 이상한 오해를 받기가 싫어서였다. 이 어미로서는 언제까지나 가슴에 고이 간직하고 싶은 소중한 추억이니까 말이다. 평생 아무에게도 말하지 않을 작정이었지만…… 네게는 특별한 분이니까."

"어머니……"

"하스코에게는 말을 했지만 히토시나 데이한테는 절대 비밀이다. 하스코나 노소미는 알아주겠지만 히토시나 데이에게는 무리야. 엉뚱한 추측이라도 하게 되면 나미키상 볼 낯이 없어지니 말이다. 가마가 완성되면 한번 보고 싶다고 하시더구나. 괜찮겠지? 내가 모시고 가랴?"

노소미는 잠자코 고개를 끄덕였다.

"그럼 하다못해 방이라도 하나 더 늘려라. 가요 아가씨의 아들이 조그만 집을 짓는대서 모처럼 융자해 주셨는데 나미키상이 낙심하실 거다."

이번에도 노소미는 말없이 고개를 끄덕이기만 했다.

그해 가을의 문턱을 넘어섰을 때, 다노쿠라슈퍼의 2호, 3

호 체인점이 잇따라 문을 열었다. 한꺼번에 두 점포를 냈다는 사실로써 다노쿠라는 그 저력을 평가받고 신용도 높아져서 첫날부터 손님이 몰려들었다. 히토시와 다쓰노리의 전략이 그대로 적중한 것이다.

점포 2개를 동시에 개점하고 사흘간 오픈 세일을 하는 동안 다노쿠라슈퍼는 그야말로 발 디딜 틈도 없이 대성황을 이루었다.

다노쿠라 가족들이 그에 매달려 정신없이 사흘을 보낸 뒤, 마지막 밤에 오싱을 중심으로 모두들 거실에 모였다. 그리고 사흘간의 개점 세일을 무사히 끝낸 것과 순조로운 출발을 축하하며 건배를 했다.

"모두들 수고가 많았구나."

오싱은 모두를 돌아보며 치사했고 하스코는 푸짐하게 준비한 요리를 식탁에 차려 놓았다.

"오랜만에 가게에 나가서 사흘 내내 서 있었더니 다리가 뻐근해지지 뭐예요."

"나도 가게를 그만두고 편안히 지냈던 탓인지 출납계에 매달려 있는데 사람들의 훈김으로 속이 메슥거려 혼났어요."

미치코와 데이는 푸념을 늘어놓았으나 세일이 성황을 이룬 탓인지 피곤한 기색은 없었다.

"새 가게는 손님의 질이 다르더군요. 여기는 월급쟁이의 마누라가 대부분인데 2호 점포는 농가의 주부들인 것 같아요."

"다쓰노리, 주차장을 넓게 잡은 것은 아주 잘한 일이야. 내 생각대로 먼 농촌에서도 제법 차를 타고 와 주었어. 옛날의 농민과는 많이 다르더라."

오싱은 예전에 자신이 겪던 농가 생활을 떠올리며 농촌도 참 많이 변했다고 새삼스럽게 느꼈다.

"근처에 큰 가게는 없는데다 모두들 차를 가지고 있으니까 그곳에 점포를 낸 것은 역시 히트였어요."

"2호, 3호 점포가 이런 상태로 성공하면 계속 어딘가로 진출을 꾀해야 할 텐데."

히토시는 다시금 낮의 열기를 떠올리며 흥분을 감추지 못했다. 그러자 오싱이 한마디로 차갑게 말을 끊었다.

"이젠 됐어."

"어머니, 무슨 말씀이세요. 다노쿠라슈퍼의 체인점 설립 계획은 이제 겨우 출발점에 선 정도예요."

"히토시?"

"다른 집은 10개, 20개의 그룹 점포를 갖고 있는 시대예요. 이 호경기를 잠자코 방관하고 있을 수는 없어요."

"4호 점포는 신흥 주택가에 내야 해요. 장모님이 갖고 계신 땅 중에 장차 주택지로 개발되리라는 정보가 흘러나오는 곳이 있거든요."

"4호점을 내기 전에 어머니가 사실 집부터 지어야지. 여기는 너무 좁고 불편해."

"우리 것도 부탁해요. 이제 세 아이도 각기 자기 방이 필요해질 테니까요."

"알고 있어. 그만해!"

히토시는 짜증스럽게 미치코의 말을 막았다. 그러자 데이도 덩달아 다쓰노리를 향해 푸념을 했다.

"우리 집도 가게인지 살림집인지 모를 정도니까 통 안정이 안돼요."

오싱은 떨떠름한 얼굴로 고개를 돌렸다. 그러나 그들은 여전히 가게를 계속 늘려야 한다느니, 집이 너무 좁다느니하며 연신 떠들어 댔다.

그로부터 며칠 후, 거의 한낮이 되었을 때 오싱과 하스코는 노소미의 새로 지은 집에 도착했다. 마당에 들어서자 열심히 다다미를 닦고 있는 유리의 모습이 보였다. 무심코 고개를 든 유리는 두 사람을 발견하고 화들짝 놀랐다.

"어머님! 하스코상!"

"집 마무리가 말끔히 다 됐구나."

오싱은 흐뭇해 하며 여기저기 둘러보았다.

"네, 덕분에요. 내일 이사를 해요. 정리가 되면 어머님과 하스코상을 초대하려고 오늘 아침에도 그이하고 의논을 했어요."

"유리상, 축하해요."

하스코를 쳐다보는 유리의 눈시울이 촉촉하게 젖어 들었다.

"어서 올라오세요. 어머님 말씀대로 방 하나를 늘렸어요. 세 칸이나 돼요. 나무 향기도 다다미 냄새도 모두가 새로워요. 이런 멋진 집에서 살게 되다니 꿈만 같아요."

"유리상……"

"게이도 저렇게 기뻐하는 걸 보면 우리 집인 줄 아나 봐요. 어머님, 정말 고맙습니다. 살아 있기를 잘했어요. 정말 잘했어요."

그처럼 기뻐하는 유리를 지켜보며 오싱은 그보다 몇 배 더한 기쁨과 안도감을 느꼈다.

유리의 정성 어린 저녁 대접을 받고 돌아오는 두 사람의 발걸음이 어느 때보다도 가벼웠다. 오싱과 하스코의 웃음소리가 골목 안을 돌아 다노쿠라 집 앞에 이르렀을 때 히토시가 초조해 하며 달려 나왔다.

"어머니, 곧장 노소미한테 가 주세요. 하스코 누나도 함께!"

"무슨 일이냐!"

"유리상이 교통사고를 당했대요."

"그럴 리가 있나! 방금 전까지 우리와 함께 있었는데……"

"노소미가 좀 전에 전화를 했어요. 병원은 여기예요. 용태를 보고 나도 곧 갈게요."

오싱은 히토시에게서 종이쪽지를 건네받았지만 넋 잃은 사람처럼 멍하니 서 있을 뿐이었다.

"참, 택시로 가는 게 낫겠군요. 어머니, 돈을 좀 가져가세요. 갑자기 필요할지 모르니까."

히토시는 주머니에서 봉투를 꺼내 어머니 손에 쥐어 주었다. 오싱의 얼굴은 불안감으로 휩싸였다.

유리와는 불과 2시간 전에 함께 식사를 하고 헤어졌다. 그 유리가 교통사고를 당하다니, 오싱에게도 하스코에게도 믿어지지 않는 일이었다.

어둠 속을 달리는 택시 안에서도 오싱의 뇌리는 온갖 생각들로 혼미해졌다. 그렇게도 바라던 가마와 새 집을 짓고 이사를 하루 앞둔 날이었다. 노소미와 유리의 행복한 얼굴을 보며 무리를 해 가면서도 집을 지은 보람이 있었다고 생각했는데……

택시는 가마 근처의 병원 앞에서 멈췄다. 오싱과 하스코가 서둘러 병원 문을 들어서니 마침 응급실에서 응급대가 실려 나오고 그 곁에 노소미가 따라 나오고 있었다.

"노소미!"

물끄러미 오싱을 바라보던 노소미는 힘없이 시선을 떨어뜨리며 응급대를 내려다보았다. 거기에는 얼굴을 하얀 천으로 가리운 채 유리가 반듯하게 눕혀져 있었다.

"유리상!"

"10분 전쯤에 숨을 거뒀어요."

하스코는 조용히 유리의 얼굴을 덮은 하얀 천을 걷어 냈다.

"유리상, 죽으면 안돼요! 내일은 이사를 해야 해요. 그렇게 손꼽아 기다리더니…… 정신 차려요, 유리상!"

하스코의 절규 속에서 노소미가 유리의 시신을 만지며 울먹였다.

"어머니! 유리상은 아직도 이렇게 따뜻해요. 얼굴도 이렇게 예뻐요. 죽었다는 건 거짓말이에요! 유리상, 눈을 떠 봐요."

간호원이 유족들을 떼어 놓고 응급대를 밀고 천천히 복도 끝으로 이동했다.

"어머니, 유리를 집으로 데리고 가겠어요. 하루라도 새 집에서 잠들게 하고 싶어요."

이미 숨을 거둔 유리를 차에 실린 채 새 집에 이르렀다. 집안에는 이미 에이조와 그의 부인과 몇몇 제자들이 기별을 받고 와서 기다리고 있었다. 방 안에는 요가 깔려 있고 그 곁에 나란히 게이가 새근새근 잠들어 있었다.

축 늘어진 유리를 안고 물끄러미 게이를 지켜보다가 노소미는 묵묵히 시신을 자리에 눕혔다.

에이조와 그 일행은 가족끼리 조용히 이별을 고하는 것이 좋을 거라며 다들 돌아갔다.

하스코는 유리의 창백한 얼굴에 화장을 하면서 넋 잃은 사람처럼 중얼거렸다.

"노소미, 유리상이 금방이라도 웃으며 말을 걸어올 것 같아. 자세히 봐, 얼마나 예쁜지……"

갑자기 노소미는 유리를 끌어안아 일으켰다.

"유리…… 우리 집으로 돌아왔어. 이제 아무 데도 가지 마. 내일부터 게이와 나랑 우리 셋이서 이 집에서 사는 거야."

노소미는 유리를 안은 채 집안을 걸으며 목이 메어 말을 잇지 못했다. 그러다가 유리를 부엌으로 데리고 갔다.

"이봐, 부엌에 전기도 들어왔어. 밝지? 당신은 이 부엌에서 요리를 하게 되기를 꿈꾸고 있었지. 여긴 당신의 성이야. 아무도 사용하지 못하게 할 거야."

노소미는 유리에게 얼굴을 파묻고는 하염없이 흐느꼈다.

오싱은 가슴이 미어지는 것 같았으나,

"얘야…… 유리를 뉘어 줘라."

하고 겨우 말할 수 있었다.

유리를 눕히고 나서도 노소미는 계속 울먹였다.

"이제야 겨우 고생을 면하게 되었다고 생각했는데…… 집이 지어지는 걸 보며 어린애처럼 좋아했어요. 매일 게이의 손을 잡고서 보러 오곤 했던 모양이에요. 밤에는, 오늘은 어디까지 진전되었다며 들뜬 목소리로 저한테 얘기하곤 했어요. 저기에는 무엇을 놓을까, 돈이 생기면 무엇을 살까…… 비록 하찮은 것일지라도 눈을 빛내면서 가슴 부풀어 했었어요. 가난한 집에서 태어나 힘들게 살아왔기 때문에 이렇게 작은 집이라도, 찻잔 하나 사는 것도 몹시 행복했던 모양이에요."

"애야, 노소미······"

"어머니가 나가시고 몇 분 지나지 않았어요. 문득 생각이
난 듯 부엌 천장에 달 전구가 없으니까 사 가지고 오겠다고
게이를 데리고 나갔어요. 그때 내가 간다고만 했으면 이런
일이 없었을 텐데."

후회와 슬픔이 뒤섞여 간간이 말을 끊으면서도 노소미는
동네 사람들에게 들은 유리의 마지막을 전해 주었다.

엄마의 손을 잡고 걷던 게이가 갑자기 유리의 손을 떠나
차도로 뛰쳐나갔다는 것이다. 그때 차가 달려왔고 유리는 게
이를 구하려고 차도로 뛰어들었지만 자신은 미처 피하지 못
해 차와 정면으로 부딪쳤다고 했다.

"집을 짓지 않았으면 이런 일은 없었을 텐데 내가 쓸데없
는 고집을 부려서 유리를 그 지경으로 만들었다."

"어머니······"

"나는 유리가 언제까지나 셋방살이를 하는 것이 불쌍하고
안쓰러워 그랬는데 그게 화를 부르고 말았구나."

오싱은 슬픔을 억누르며 회한의 깊은 한숨을 내쉬었다.

"유리처럼 착한 애가 어째서 이런 참혹한 꼴을 당해야 하
지? 하느님도 부처님도 말짱 헛것이야!"

오싱은 잠든 사람을 들여다보듯 유리의 얼굴에 시선을 떨
구었다.

그때 잠에서 깨어난 게이가 두 눈을 부비며 일어났다.

"게이짱?"

"엄마, 쉬할래."

게이는 할머니와 아빠를 번갈아 바라보다가 방 안을 두리번거리며 엄마를 찾았다.

"오냐, 오냐. 할머니하고 가자."

주위를 둘러보던 게이는 유리가 자고 있다는 것을 깨닫고 그쪽으로 달려갔다.

"엄마, 쉬할래."

게이는 엄마의 시신을 붙잡고 흔들었다.

"엄마! 엄마!"

노소미는 게이를 와락 끌어안고는 아들의 뺨에 볼을 부벼댔다. 그 모습을 지켜보던 오싱과 하스코는 눈물을 감추기 위해 얼른 고개를 돌려야 했다.

다음 날 아침, 두 사람은 다노쿠라상점으로 돌아왔다.

그들이 상복으로 갈아입고 있을 때 다쓰노리와 상복 차림의 데이가 들어왔다.

"안녕하세요. 장모님께서 돌아오셨다는 전화를 받고 달려왔습니다."

"아침 일찍부터 소란을 피워서 미안하구나. 어젠 너무 경황이 없어 아무런 준비도 없이 갔지만 오늘 밤은 밤샘을 해야 할 테니까 상복을 갈아입으러 왔다."

"정말 믿어지지 않습니다. 뭐라고 위로의 말씀을 드려야 할지 모르겠군요."

"내일이 장례식인데 노소미 혼자서는 어쩔 도리가 없을 테고 나라도 한동안 그곳에 있어 줘야겠다. 다쓰노리, 가게 일을 잘 부탁한다."

"네, 저도 장례식에는 참석하겠지만 오늘은 데이만 가 봐야 할 것 같습니다."

"엄마, 도대체 어떻게 된 거예요?"

"자, 떠나자."

"잠깐만요. 곧 히토시 오빠하고 올케도 올 거예요. 여기서 만나서 함께 가기로 했어요."

"데이, 네가 히토시에게 알렸느냐?"

"여러 가지 의논도 해야 하잖아요."

그때 상복 차림으로 히토시와 미치코가 들어왔다.

"어머님, 늦어서 죄송해요. 애들 일을 옆집에 부탁하느라고요."

"어머니도 건망증이 생기셨나 봐요. 데이한테는 알리면서 저희는 잊고 있었으니 말이에요. 어젯밤부터 걱정했어요."

오싱은 히토시 부부의 말을 들은 척도 하지 않고 쌀쌀맞게 쏘아붙였다.

"너하고 어멈은 안 가도 괜찮아."

"아니에요. 가게 일이라면 다쓰노리도 있고 또 지점에도 각각 책임자가 있으니까 하루 이틀 정도 내가 없더라도 지장은 없을 거예요."

"네, 저도 이렇게 앞치마까지 가지고 왔으니까요."

하고 배시시 웃던 미치코는 시어머니의 굳은 표정에 부딪치고는 움찔하였다.

"모처럼이지만 사양해야겠구나."

"어머니!"

"히토시, 네 녀석이 유리 앞에 나타날 계제가 되느냐? 유리도 아마 네가 오는 것은 원치 않을 게다."

하스코는 깜짝 놀라 오싱의 말을 막으려 했다. 그러나 오싱은 한층 더 노기 띤 얼굴이 되었다.

"나라도 용서하지 않겠다. 너도 네가 한 짓을 생각하면 이어미의 심정을 이해할 테지?"

"어머니! 이제 와서 그런 옛날 얘기를 하실 건 없잖아요."

"너에게는 아무것도 아니겠지. 하지만 유리는 그 이후 끝내 한번도 우리 집에 오지 않았다. 유리한테는 지금까지 깊은 상처가 되어 있었던 게야."

히토시는 입을 열지 못했다.

"미치코, 모처럼 와 주었는데 미안하구나. 데이야, 이 근처에서 택시를 잡아라."

서둘러 나가는 데이를 뒤쫓아 오싱은 다쓰노리에게 잘 부탁한다는 말을 남기고 총총히 집을 나섰다. 그러나 히토시와 미치코만은 언짢은 얼굴로 뻣뻣하게 서 있을 뿐이었다.

엉겁결에 튀어나온 말이었다. 옛날, 유리를 농락하고 버린 아들을 오싱은 지금도 용서하지 않았던 것이다.

그러나 그 말이 히토시와 미치코 부부에게 얼마나 무거운 의미를 가지게 되는지 그때의 오싱으로서는 미처 생각할 여유조차 없었다.

결손가정

오싱은 노소미가 마음껏 일에 전념할 수 있도록 게이를 잠시 맡아 기르기로 했다. 친엄마처럼 사랑을 쏟는 하스코를 곧잘 따르는 게이를 보며 오싱은 우선 마음을 놓았다.

한편 유리와 히토시 사이의 사연을 알게 된 미치코는 크게 격앙하여 아이들을 데리고 친정으로 가 버리고 말았다.

오싱은 부끄러움도 체면도 버리고 사과를 하러 미치코의 친정을 찾아갔다. 그리고 안사돈 나미에가 주는 수모도 견뎌가며 미치코의 귀가를 간청했다. 오싱은 결손가정이 되면 아이들이 불쌍하다는 생각뿐이었다.

결국 미치코는 돌아왔으나 이미 깨어져 버린 히토시에 대한 애정은 되살아나지 않았다. 미치코는 늘 친정에만 붙어 있었고 히토시는 술에 빠져서 새삼스럽게 옛날에 버린 유리를 생각하며 바깥 여자를 만들어 놓고 있었다. 메마른 삶 속에서 오직 돈만을 위해 뛰었기 때문에 잃은 것이 얼마나 큰가를 히토시는 절실히 느끼고 있었다.

그리고 드디어 노소미의 작업장이 문을 열었다. 작업장 개장식에 참석한 고우타는 가요가 남기고 간 혈육을 감개무량한 표정으로 지켜보았다. 얼마나 오랜 시간이 흘러간 것인가……

작업장 오픈을 계기로 게이를 다시 노소미에게 돌려준 하스코는 날로 기운을 잃어 갔다. 하스코에게 게이는 이미 무엇과도 바꿀 수 없는 귀중한 존재가 되어 있었던 것이다. 노소미는 노소미대로 작업을 할 때는 게이를 기둥에 붙들어 매놓고 일을 했다.

그런 속에서 히토시는 4호, 5호, 6호 점포를 개점하고 신들린 듯이 일에만 몰두했다. 이미 돌이킬 수 없는 가정의 쓸쓸함을 사업의 분망 속에서 잊으려고 한 것인지도 모른다.

그러나 가정의 붕괴는 그것으로 그치지 않았다. 좀 더 큰 충격이 히토시를 덮쳤다. 히토시의 장남이며 중학교 2학년인 다케시가 경찰에 보호 중이라는 연락이 왔다.

그 소식을 들은 오싱은 전에 없이 걱정을 하며 부랴부랴 히토시의 집으로 달려갔다. 초인종을 누르자 여자아이의 목소리가 들려왔다.

"누구세요?"

"할머니다."

문이 열리고 아카네가 얼굴을 내밀었다.

"엄마하고 아빠 돌아왔느냐?"

아카네는 고개를 끄덕이며 안에 대고 할머니가 오셨다고 소리를 질렀다. 그러자 미치코가 언짢은 얼굴로 나와서는 딸아이에게 짜증을 부렸다.

"누가 와도 아빠 엄마 안 계신다고 말하랬잖니?"

"할머닌데 어떻게 그래요."

"어머님, 죄송해요. 방금 다케시를 데려왔어요. 그 애도 아직 진정되지 않았고 저희도 여러 가지로 골치가 아파서요. 어차피 아범이 보고를 하러 올라갈 겁니다. 모처럼 오셨지만 오늘은 좀……"

"나는 말이다, 다케시가 걱정이 되어서 온 게 아니다. 너희들에게 할 말이 있어서 왔을 뿐이다."

"그렇다면 굳이 오늘이 아니라도 되겠지요. 일간 찾아가 뵙겠어요. 오늘은 다케시 일로 그이도 저도 경황이 없어서요."

그때 히토시가 나왔다.

"뭘 하고 계세요. 올라오시지 않고."

미치코가 냉담하게 말을 받았다.

"어머님이 오신다고 해서 달라질 일도 아니잖아요? 이건 우리들 문제예요. 어머님하고는 상관없는 일이에요."

"애야, 내가 히토시나 다케시 걱정을 하는 건 당연하지 않니? 올라가야겠다."

단호하게 잘라 말하고 오싱은 안으로 냉큼 올라섰다. 그리고 거실에 자리잡고 모두를 불렀다. 다케시도 고개를 푹 숙인 채 소파에 앉았다.

"어머니, 대수로운 일은 아니에요. 다케시는 어젯밤 나고야의 번화가를 친구들과 쏘다니다가 경찰의 보호를 받았을 뿐이에요. 그 나이 때는 누구나 한두 번씩 겪는 일이에요."

"그럼 달리 나쁜 짓은 안 했단 말이지?"

"슬롯머신을 해서 돈을 꽤 많이 잃은 모양이에요. 하지만 남의 돈을 훔치거나 한 건 아니고요."

"나고야에 가서 그런 짓을 할 수 있을 만큼 용돈을 많이 준 거냐?"

"미치코가 너무 헤퍼서요. 엄마로서 아무런 교육도 하고 있질 않으니 걱정입니다."

부엌에서 다과를 들고 나오던 미치코가 이 말을 듣고는,

"어쩌면 그런 말을 할 수 있어요? 자기야말로 아이들을 위해 아무것도 안 하면서……"

하고 다짜고짜 쏘아붙였다.

"나는 사업 때문에 바쁜 중에도 아빠로서 할 일은 다하고 있어. 언제 가족에게 먹고살 걱정을 시킨 적 있어? 당신도 그렇고 애들도 그렇고 필요한 것은 뭐든지 다 사고 있잖아?

애들 교육은 엄마가 해야지 나더러 어쩌라는 거야!"

히토시는 언성을 높였다.

"돈만 던져 놓으면 다 되는 줄 아세요? 집에도 제대로 안 들어오고 어쩌다 들어와도 말 한마디 하지 않고 잠만 자잖아요? 애들 문제로 의논하려 해도 귀찮다는 표정이나 지었잖아요. 그러고도 아버지 역할을 다했다고요?"

"그 전에 조금은 자기가 한 일을 반성해 봐! 밤낮 내 얼굴만 보면 잔뜩 부어 가지고 입만 열면 지금처럼 잔소리나 하고…… 그런 여편네가 있는 집에 남편이 즐거운 마음으로 돌아오리라고 생각해?"

"그래서 내가 나쁘다는 거예요? 자기가 한 일은 쏙 빼놓고 어쩌면 그런 말을 할 수 있어요? 나를 배신한 건 당신이에요. 나도 할 말이 있다구요!"

"유리의 일은 이제 그만해."

미치코는 쌓였던 불만을 한꺼번에 터뜨리며 마구 쏘아댔다.

"유리상 문제만이 아니잖아요. 그 후로도 지저분한 여자들한테 노상 들락거리면서……"

"그만둬요, 그만둬!"

다케시가 버럭 소리를 질렀다. 깜짝 놀라는 히토시나 미치코와 달리 오싱은 냉정한 얼굴로 손자를 주시했다.

"뭐예요! 서로 얼굴만 보면 싸움이나 하고…… 이젠 나도 지겨워요!"

자리를 박차고 뛰쳐나가려는 다케시를 미치코는 필사적으로 붙들어 도로 자리에 앉혔다.

"다케시! 넌 엄마 심정을 알잖아? 아빠가 엄마한테 얼마나 가혹한 짓을 하고 있는지…… 그래서 엄마도 아빠한테 이런 말을 하는 거야. 넌 언제나 엄마편이었잖니? 엄마한테는 다케시밖에 없어. 벌써 아빠는 포기한 지 오래야."

미치코는 갑자기 두 손으로 얼굴을 감싸고 흐느끼기 시작했고, 다케시도 울먹이며 자리를 박차고 제 방으로 들어갔다.

그러자 미치코는 새침해져서 발딱 일어나 나가 버렸다.

오싱은 말없이 홀로 남은 히토시를 바라보다가 돌아가겠노라며 자리에서 일어났다.

오싱은 부부 싸움도 참 사치스러워졌다고 생각했다. 예전에 부부 싸움은 쌀독에서부터라고, 가난이 원인이었는데 돈이 남아도니까 서로 하찮은 일로 말다툼을 한다 싶은 것이다. 그날그날의 양식을 걱정해야 할 지경이면 어떻게 해야 아이들을 굶기지 않을까 하는 생각만으로도 머리가 꽉 차서 싸움을 할 틈도 없을 거라고 생각했다.

그날 저녁, 하스코에게 낮의 일을 얘기하는 오싱은 모든 게 못마땅할 지경이었다.

"히토시는 계집질이나 하고 미치코는 쓸쓸하다고 어린것을 애정의 배출구로 삼으려 하니, 둘 다 바보 멍청이지 뭐냐.

그러면서도 늙은이가 참견할 일이 아니라면서 뾰로통하기 일쑤니……"

"지금 시대가 그런가 봐요."

"하긴 그래. 역시 히토시 부부의 문제는 자기네들이 해결해야 하는 것이겠지. 설사 히토시네가 어떻게 되든 나는 잠자코 있어야겠지."

"히토시네나 노소미, 데이네에 대한 어머니의 역할은 끝났어요. 당장 상관하지 말라는 말을 듣고 억울하다든가 섭섭해하시면 안돼요. 자식들에 대한 책임을 다했으니까 이제는 자신의 일만 생각하며 살아가자, 하면 화날 일도 없을 거예요."

"그래, 모든 일은 생각하기 나름이야. 그렇게라도 생각하지 않으면 어처구니가 없어서 내 명대로 못 살겠다."

오싱은 미소 지었으나 여전히 쓸쓸함을 감추지 못했다.

"어머니 시중은 제가 들겠어요. 이젠 맏며느리라고 해서 시부모를 모셔야 한다는 법은 없어요. 미치코상에게도 기대하지 마시구요."

"암, 그 애에게 임종을 지켜 달라고 할 생각은 조금도 없어. 너한테도 폐 끼칠 생각은 털끝만큼도 없다. 좋은 사람이 나타나면 결혼을 해야 하니까."

"또 그런 말씀…… 어머니, 저는 평생토록 다노쿠라의 사람으로 살고 싶어요. 아버님이나 유상의 무덤을 지키면서 언제까지나 어머니와 둘이서 말이에요. 그게 제게는 가장 큰 행복이에요."

"하스짱……"

"그러니까 어머니, 오래오래 사셔야 해요."

오싱의 눈에 눈물이 글썽거렸다. 어깨를 주무르는 하스코의 손길이 오싱의 응어리진 마음까지도 풀어 주는 듯했다.

다음 날, 하루를 쉬고 가게에 나온 히토시가 뜻밖의 제의를 해 왔다. 지금 살고 있는 집이 너무 좁으니까 큰 집을 짓기로 했고 이제부터 어머니를 모시고 함께 살겠다는 거였다.

그러나 오싱은 이제 와서 아들 부부와 손자들과 함께 살 생각은 조금도 없다고 그 자리에서 일언지하에 거절했다.

그 소식을 듣고 이번에는 미치코가 다노쿠라슈퍼로 시어머니를 찾아왔다. 아이들 교육을 위해서도 집안에 어른이 계셔야 한다며 반성의 빛을 보였다.

이번 다케시의 일로 부부간에 다투기도 했지만 집안에 어른의 존재가 중요하다는 사실을 깨달은 것 같았다.

"거기까지 부부가 얘기를 나누었다면 그것으로 됐구나. 나도 더 할 말은 없다. 둘이서 사이좋게 잘해 나가거라."

"그러니 어머님께서 꼭 저희들과 함께 살아 주셨으면 합니다."

"나하고는 관계가 없는 얘기 아니겠니?"

오싱은 단호하게 미치코의 말을 막았다.

마침 히토시가 들어와 미치코에게 의미 있는 눈길을 던지며,

"어때? 어머니를 잘 설득했어?"

하고 싱겁게 웃었다.

"당신이 잘 말씀드려 보세요."

미치코는 난처한 듯이 시어머니와 남편의 눈치를 번갈아 살 폈다. 오싱은 웃으며 들어오는 히토시에게 쐐기를 박았다.

"더 얘기할 것도 없다. 지금까지 별거, 별거, 하고 소리지 르더니…… 나도 겨우 납득하고 하스코와 둘이서 사는 생활 에 익숙해져서 잘 지내고 있는데 갑자기 무슨 뚱딴지 같은 소리냐."

"그게 잘못이었다는 것을 이제야 깨달은 거예요. 어머니 처럼 줏대 있는 어른이 버티고 있지 않고서는 집안이 다스려 지지 않아요."

"무슨 소릴 하고 있는 거냐. 함께 살면 아무래도 마음에 안 드는 일이 있게 마련이고 그때마다 불만을 입 밖에 낼지 도 모른다. 그러면 집안이 다스려지기는커녕 더 복잡해질 뿐 이다. 이 어미는 너희들과 따로 살고 있기 때문에 너희들 일 에는 간섭하지 않고 여기까지 왔어. 하지만 함께 살면 그렇 게는 안돼. 애들도 싫어할 거고……"

"어머니, 미치코도 어머니께 여러 가지를 배우고 싶다고 했어요."

"그럴듯한 소리 하지 마라."

"정말 그렇게 생각하고 있어요. 다케시 일을 보세요. 저는 응석받이로 자라 왔기 때문에 제대로 엄마 노릇을 하지 못했어요. 지금부터라도 엄마로서의 공부를 해야겠어요."

"나는 아무것도 가르칠 게 없다. 너희들과 사고방식도 다르고 말이다. 비록 실패하더라도 자기 자식쯤은 자기 뜻대로 길러야지. 아이들이란 아빠와 엄마가 제자리를 찾으면 그것을 본받고 자라게 마련이다."

"저희 부부가 정신을 차리고 부부 사이가 원만해지기 위해서라도 어머니가 필요해요."

"전 자신이 없어요. 하지만 어머님이 계신다면 제 고집도 죽일 수 있을 거구요. 저는 의지가 약하고 버릇이 없어서 어머님처럼 조심스러운 어른이 계셔서 제동을 걸어 주셔야 해요."

오싱은 아들 며느리의 간청을 묵묵히 듣기만 했다.

"어머니, 손자들을 봐서라도 제발 함께 살아 주세요."

"물론 하스코상도 함께 와 주기를 바래요. 하스코상이 오면 우리한테도 큰 도움이 돼요."

히토시 부부는 오싱 앞에 공손히 머리를 숙였다.

"그럼, 곧 집 지을 땅을 물색해야겠어요."

오싱에게서 더 이상 반응이 없자 허락한 것으로 받아들인 히토시는 만면에 웃음을 지었다. 그러나 이윽고 입을 뗀 오싱의 말은 다소 차가운 것이었다.

"조금 생각할 여유를 다오."

히토시와 미치코는 맥이 풀렸으나 못마땅한 내색을 할 수는 없었다.

그럴 즈음 데이도 일부러 다노쿠라슈퍼를 찾아와 다쓰노리를 만났다. 그러고는 새 집을 짓게 되면 히토시의 집을 어떻게 해서든지 넘겨받으라고 남편에게 졸라 댔다.

그때 집안에서 나오는 히토시 부부를 보자 데이는 정색을 하고 물었다.

"오빠, 엄마 동거 문제 결론이 났어요?"

"아니."

"어머, 뭐가 마음에 안 드실까? 좋아요. 내가 설득하겠어요."

"아니다. 네가 그러면 네가 마치 우리 집을 노리고 있는 것처럼 보여. 어머니는 그런 것은 딱 질색이거든. 그래서는 오히려 일을 망친다. 가만히 있어 주었으면 좋겠어."

"오빠?"

"우리 집은 사고 싶어 하는 사람이 얼마든지 있어. 그러니 데이 네가 기다려도 소용없다. 나만 해도 그 집을 판 돈이 없으면 새 집은커녕 땅도 살 수 없다."

자신의 마음속을 훤히 들여다보는 히토시의 말에 데이는 샐쭉해서 입을 다물었다.

"데이, 다쓰노리가 좀 더 좋은 집을 지어 줄 게다."

데이는 그 말에 뾰로통한 얼굴 그대로 돌아가 버렸다.

그날 저녁, 부엌에서 저녁 준비를 하는 하스코를 물끄러미 지켜보다가 오싱은 문득 그녀를 불렀다. 눈을 동그랗게 뜨고 하스코는 오싱의 곁으로 다가가 앉았다.

"이제 이쯤에서 히토시네와 함께 살 생각이다."

뜻밖의 선언에 하스코는 믿어지지 않는다는 듯한 표정이었다.

"동거하자고 제의해 왔을 때 따르지 않으면 그런 기회가 다시 없을지도 모르겠고."

"어머니?"

"모처럼 히토시네가 머리를 숙이고 부탁을 하는데 거절해 버리면 히토시도 미치코도 두 번 다시 동거 얘기를 꺼내지 않을 거다. 이왕 동거할 바에는 지금 결심을 해야 할 것 같구나."

그러자 하스코는 빙긋이 미소 지었다.

"어머니, 굳이 그렇게 무리를 하면서 내키지 않는 일을 하실 필요는 없어요. 여기가 좁아서 살기 힘들면 좀 더 넓은 곳으로 옮기면 되잖아요?"

"그런 얘기가 아니야."

"역시 어머니도 저와 단둘이는 쓸쓸하신가 봐요."

"내게는 아직도 일이 있으니까 쓸쓸하다는 따위의 말을 할 틈은 없어."

"그렇다면 이대로도 좋잖아요? 아무래도 한 지붕 밑에서 살면 어머니도 마음 고생이 심할 거예요. 저도 히토시네 신세를 지기는 싫어요."

"내가 히토시네 집으로 간다고 해서 너까지 데리고 가지는 않을 거다."

"그렇다면……"

"네가 가 봐라. 실컷 미치코에게 혹사나 당할 게 뻔한데 왜 너를 데리고 가겠니?"

"하지만 전 어머니 시중을 들어야 해요."

"언제까지나 네게 내 시중이나 들게 할 수는 없어. 히토시 부부와 함께 살게 되면 먹는 것만 해도 가족과 같은 것이라면 족하고, 다른 특별한 욕심을 부릴 일도 없을 테니 하스코가 없더라도 불편하진 않을 거다."

"어머니, 그렇지만……"

"하스코! 너는 말이다, 이 기회에 독립을 하는 거다. 네 가게를 갖는 거야. 내가 혼자 있으면 너는 언제까지나 내 옆을 떠날 수가 없어. 나만 없으면 너는 자유야. 네가 내 시중이나 들면서 늙어 가게 할 수는 없다."

"어머니! 그럼 저를 위해서 내키지도 않는데 히토시네와 함께 사시겠다는 건가요?"

"나도 나이가 있어. 벌써 아들 부부나 손자들과 함께 살 때가 온 거야."

"전 가게 같은 걸 할 생각 없어요. 어머니가 동거하시겠다면 저도 따라가겠어요."

"바보 같은 소리 하지 마라. 그렇게 되면 넌 마치 식모로 가는 꼴이지 뭐니?"

"평생 다노쿠라가에서 살 수 있다면 뭐든지 할 거예요."

"하스코! 그래 봤자 아무 소용없어. 그야 내가 건강할 동안은 그것도 괜찮겠지. 하지만 나한테 만일의 경우가 생기면 너는 틀림없이 곤경에 빠지게 될 거다. 히토시나 미치코는 너를 부리려고 하지 혈육의 정으로 걱정해 줄 인간들이 아니야. 그건 누구보다도 내가 잘 알고 있다."

"그럴 리가 있겠어요. 히토시에게도 다정한 면은 있어요."

"나는 말이다, 내 손이 미치지 않게 되었을 때 네가 어떤 생활을 할까 생각하면 죽으려 해도 죽을 수가 없단다."

오싱은 조용히 눈을 감았다. 언제나 곁에서 의지가 되어 준 다정다감한 하스코였다. 그러나 그녀를 새로운 길로 떠나보내야 한다고 몇 번씩이나 다짐하며 애써 미련을 떨쳐 버렸다.

"어머니, 그건 먼 훗날의 일이에요. 그때는 그때대로 어떻게든 해 나갈 수 있을 거예요. 저, 어머니가 걱정하실 만큼 물렁하지 않아요. 어머니의 딸인걸요."

하스코는 일부러 명랑하게 말했지만 오싱은 더욱 애처로울 뿐이었다.

"내 마음이 편치 못해. 네가 누구의 신세도 지지 않고 살아갈 수 있도록 해 줘야 해. 내 눈에 흙이 들어가기 전에 확인하고 싶은 거야. 지금이 그 기회다. 내가 혼자 있는 동안은 너도 독립할 수가 없었지만 히토시네가 동거를 하자고 제의

해 왔어. 이런 좋은 기회는 두 번 다시 없다."

"어머니……"

"하스코, 너 무슨 장사를 하고 싶니?"

"장사라뇨. 제가 무슨 능력으로 장사를 하겠어요."

"그런 말 말아라. 몇십 년을 내 옆에서 장사를 봐 왔어. 생선가게든 뭐든 장사의 요령은 똑같아. 일생을 걸어 봤으면 하는 일이 있다면 서슴지 말고 해 보는 거다."

하스코는 멀거니 오싱을 바라보았다.

"지금까지 너는 열심히 일했어. 그만큼 열심히 하면 어떤 장사라도 실패하지 않을 거다. 하스코, 나를 안심시켜 다오. 그렇지 않다면 죽어서 유를 대할 낯이 없다."

하스코의 단정한 무릎 위로 후둑둑 몇 방울의 눈물이 떨어졌다. 오싱은 뿌옇게 흐려지는 시선으로 하스코의 어깨를 부드럽게 감싸 안았다.

전원생활

그로부터 며칠 후 히토시는 도심에서 조금 떨어진 교외에 새로 집을 지을 땅을 계약했다. 오싱은 오싱대로 다쓰노리에게 하스코의 삶의 터전이 될 가게를 물색해 보라고 일렀다.

그 소식을 전해 들은 미치코는 애꿎은 히토시를 몰아세웠다. 하스코가 독립하면 시어머니 시중과 빨래, 식사 준비와 같은 일들을 자기 혼자서는 감당하지 못한다는 이유였다. 그리고 하스코에게 가게를 얻어 줄 돈이 어디서 나오는 것이냐며 따지고 들었다.

그러자 히토시는 미치코에게 이러쿵저러쿵 나설 일이 아니라고 따끔하게 일침을 놓았다. 하스코는 자신에게 무엇과도 바꿀 수 없는 누나이며, 다노쿠라를 위해 하스코가 해 왔던 것을 생각하면 가게 하나 둘쯤은 아무것도 아니라는 것이다. 뾰로통해진 미치코는 다시는 그 일에 관해 언급하지 않았다.

그러던 어느 날 오싱과 다쓰노리가 사무실을 지키고 있을 때, 하스코가 조급하게 들어왔다.

"어머니."

"그래, 지금 오느냐?"

"저요, 여러 가지 조사한 끝에 수예점을 내기로 결정했습니다."

"수예점?"

"저는 편물을 좋아하니까요. 손으로 뭔가를 만드는 기쁨을 즐길 수도 있을 테고요. 강습회 같은 것도 열 거예요."

오싱은 안도의 한숨을 내쉬었다. 하스코다운 장사라고 생각하니 내심 흐뭇하기도 했다. 앞으로 어떻게 될지는 모르지만 노소미는 노소미답게, 하스코는 하스코답게 각자 살아갈 길을 찾아 준 것이 오싱은 고마웠다. 그렇게 해서 다노쿠라가도 변모해 가는 것이리라.

그날 낮, 다쓰노리의 안내로 오싱과 히토시, 하스코는 가게를 보러 다녔다. 어느 빈 가게에 들러 그들은 내부를 살펴보았다.

"아래층을 모두 가게로 쓰면 되겠다. 이층도 방이 두 칸이니까 살기에 옹색하지 않겠고……"

하스코의 목소리는 들떠 있었다.

"네, 충분해요. 이만한 넓이면 선생님을 모셔다가 강습회도 열 수 있겠어요. 다만 역시 값이 비싸군요. 좀 더 싼 곳을 찾아봐야겠어요."

"하스코, 돈 걱정은 안 해도 돼."

"그리고 이번에 짓는 히토시네 집과 가까웠으면 좋겠어요. 그러면 자주 어머니를 뵈러 갈 수도 있고요."

"또 그런 소리를 하는구나. 나는 이제 며느리도 있고 손자들도 있으니까 괜찮아."

"하지만……"

"네가 자주 드나들면 미치코에게 폐가 돼. 너는 네 장사에만 열중하면 된다. 하루라도 빨리 너 혼자서 독립할 수 있어야 한다. 그 때문에 가게를 내는 거니까 말야."

"그럼 여기로 정할까?"

히토시의 말에 하스코는 기쁜 얼굴로 고개를 끄덕이며,

"고마워, 히토시. 하지만 역시 폐를 끼치는 것이……"

하고 말끝을 힘없이 떨어뜨렸다.

"하스코, 넌 다노쿠라의 딸이야. 아홉 살 때부터 다노쿠라를 위해서 계속 일해 왔어. 히토시나 노소미, 데이도 모두 인정하는 사실이다. 이런 가게 하나쯤 받는 것은 당연한 거야."

오싱의 말을 히토시가 가로챘다.

"다만 우리가 돈을 내고 하스코 누나의 명의로 하면 증여가 되어서 세금이 엄청 나와요. 그래서 다쓰노리와 의논해 봤는데 역시 은행에서 융자를 받기로 했어. 물론 하스코 누나 명의지만 갚는 것은 우리가 할 테니까. 뭐 그런 것은 우리에게 맡겨 두면 될 일이고."

"아니야, 히토시. 가게만 무사히 내면 내가 갚을 거야. 빚을 갚을 정도는 어떻게 해서든지 이익을 낼 테니까."

"그래, 그런 각오로 열심히 하는 거다. 빚을 갚아야지, 하고 생각하면 장사에도 열을 올리게 될 테니."

"누나, 너무 조급해 하지 말아요. 느긋하게 하면 돼요. 어머니나 내가 옆에 있으니까 조금도 서두를 것 없어요."

하스코는 고마운 눈길로 히토시를 바라보았다. 한시름 놓은 듯 오싱은 지그시 눈을 감았다.

그 가게는 당장 계약이 되었고 모두가 달려들어 며칠을 꼬박 수리한 끝에 가게는 제법 구색을 갖추게 되었다. 오싱과 히토시는 하스코의 들뜬 모습을 흐뭇하게 지켜보았다.

"잘됐구나, 하스짱."

"네, 모두 어머니 덕분이에요. 히토시에게도 떼를 써서 꽤 욕심을 부려 보았죠."

"기왕 시작하는 거니까 나중에 후회하지 않도록 처음부터 밀어부쳐야지. 그런데 목수가 투덜거리던걸. 저 아주머니는 자기 마음에 들 때까지 몇 번이고 뜯어고치게 한다고…… 저렇게 극성스런 주인은 처음이라고 말이야."

히토시의 말에 모두들 한바탕 시원하게 웃었다.

"평생을 이 가게와 함께 살아갈 건데 적당히 할 수는 없었어."

"어쨌든 이젠 상품만 갖추면 언제라도 개점할 수 있겠군."

그때 노소미가 불쑥 가게 안으로 들어섰다.

"가게를 낸다는 편지를 받고 한번 와 보고 싶던 차에 마침 이쪽에 볼일이 있어서 찾아왔죠."

노소미는 잘 정리된 가게 안을 둘러보며 꽤 좋다고 짤막한 소감을 말했다. 메밀국수라도 시키겠다며 하스코는 얼른 가게 밖으로 나갔다.

"히토시, 이런 훌륭한 가게를 내게 해 주다니 정말 애썼군. 히토시 덕택이라면서 누나가 무척 기뻐했어."

"정말이다. 히토시가 처음부터 끝까지 애를 많이 썼다. 어미도 고맙게 생각하고 있다. 틀림없이 미치코나 다쓰노리한테 싫은 소리도 들었을 텐데."

"어머니와 제가 번 돈으로 해 주는 일이에요. 그 사람들에게는 아무 소리도 못하게 할 거예요. 누나에게는 그만한 은혜를 입기도 했으니까요. 어머니, 어머니는 아무 얘기도 안 해 주셨어요. 노소미도 짐작은 하고 있었을 거고……"

히토시의 난데없는 말에 오싱의 안색이 싹 바뀌었다.

"종전 후 누나가 가출을 했었죠. 그뒤 누나에게서 매달 돈이 보내져 왔어요. 어디에 있는지도 모르는데 돈만 보내져 왔어요. 그 돈이 어떤 돈이었는지…… 누나가 어떤 일을 당하면서 번 돈이었는지……"

"히토시!"

오싱은 날카롭게 히토시를 제지했다.

"지금은 분명히 알 수 있어요."

"히토시, 말하지 마! 그것만은 입 밖에 내면 안돼! 누나에 대한 모독이야!"

하고 노소미가 인상을 찌푸리며 벌컥 소리를 질렀다.

"말을 하라고 해도 할 수가 없어. 난 그런 누나를 생각하면 무슨 일이라도 해 주고 싶어. 무엇을 해 준대도 누나의 청춘은 돌아오지 않아. 하지만 지금 미치코나 다쓰노리에게는 그 얘기를 할 수가 없어. 이봐, 노소미, 우리가 하스코 누나를 지켜 줘야 해. 누나의 상처와 아픔을 알고 있는 건 우리뿐이니까 말야."

"나 역시 그게 우리들의 의무라고 생각하고 있어."

히토시와 노소미의 대화를 귀에 담으며 오싱은 적이 가슴이 뭉클했다.

"어미도 안심했구나. 너희가 하스코를 소중하게 보살펴 준다면 이 어미는 여한이 없구나."

오싱이 눈물을 억누르며 지그시 눈을 감았을 때 하스코가 돌아왔다.

"메밀국수를 곧 가져온대요. 정말, 우리 모처럼 이렇게 모였죠? 이러고 있으니 꼭 옛날로 돌아간 것 같아요."

어린아이처럼 즐거워하는 하스코를 그들은 위로의 눈길로 바라보았다.

하스코의 수예점에 이어 그해 연말에는 새 집도 완성되어 오싱은 오랫동안 정들었던 다노쿠라 본점의 집을 떠나게 되었다. 오싱도 하스코도 결코 불행한 이별은 아니지만 그날이 오는 것을 두려워하고 있었다.

드디어 이사를 하루 앞둔 날, 다노쿠라슈퍼는 아주 분주했다.

"어머니, 차가 기다리고 있어요."

히토시의 재촉에 못 이기는 척하고 나가려 했지만 오싱은 선뜻 발걸음이 떨어지지 않았다.

"드디어 이 집과 이별이구나. 하스코, 오랫동안 고마웠다."

"어머니……"

이별 아닌 이별 앞에서 왠지 두 사람은 짙은 아쉬움으로 콧날이 시큰거렸다.

"자주 가게에 들르마."

"어머니, 여기서 어머니와 지낸 추억을 평생 잊지 못할 거예요. 행복했어요."

"영영 이별하는 사람처럼 말하는구나."

잔주름이 진 오싱의 눈가에 미소가 얼핏 피어올랐지만 감회가 한꺼번에 밀려오는 것은 어쩔 수 없었다.

"하스짱, 앞으로 쓸쓸할 테지만 혼자서 씩씩하게 걸어가지 않으면 안된단다."

하스코는 웃으며 고개를 끄덕였다.

"그럼…… 전송 안 나와도 된다."

"어머니……"

오싱은 서운한 표정으로 방 안을 둘러보고는 애써 미련을
떨쳐 버리려는 듯 성큼 문밖으로 걸어 나갔다. 하스코는 그
런 어머니를 말없이 눈으로 전송했다.

오싱에게 있어서나 하스코에게 있어서 그날의 헤어짐은
하나의 인생에 대한 고별이자 또 다른 새로운 인생에의 출발
이기도 했다. 그때부터 두 사람에게는 판이하게 다른 생활이
기다리고 있었다. 독립을 앞둔 하스코에 대한 염려와 동시에
히토시 부부와 다시 동거한다는 부담감으로 오싱으로서는
무척 마음이 짓눌리는 고별이었다.

새로 완성된 다노쿠라의 별채에 마련된 오싱의 방에서 데
이는 어머니의 이삿짐 뒷정리를 도왔다.

"엄마, 말로는 동거한다더니 결국 여기에 어머니만 달랑
떼어 놓은 셈이잖아요! 이럴 거면 동거한다는 게 무슨 의미
가 있죠?"

"난 이게 좋다. 번거로운 것은 딱 질색이니까. 늙은이가
끼어들면 없던 말썽도 생겨난다. 젊은 사람들하고는 사고방
식부터 다르니까 말이다. 여기서 나 혼자 하고 싶은 일을 하
는 게 속편하지."

"엄마, 다노쿠라가의 주인은 여전히 엄마예요. 오빠나 올케의 눈치를 볼 필요 없어요. 마음에 안 드는 일이 있으면 얼마든지 잔소리를 하세요. 하고 싶은 일도 사양하지 마시고요."

"마음가짐이 중요한 거다. 미치코만 해도 어미하고 살게 되면 아무래도 불편한 게 한두 가지가 아닐 텐데 참고 견뎌야 할 테니 피차 마찬가지야."

"올케가 어디 그렇게 기특한 사람인가요?"

"아무리 버릇없는 인간이라도 시어머니가 있다는 것만으로도 상당히 참아야 하는 법이야. 이 별채라면 별로 안방에 드나들 일도 없을 테니까 미치코도 조금은 속이 편할 테지. 어미는 히토시나 미치코가 와 달라고 할 때만 안방으로 가면 되니까."

"엄마, 그런 쓸쓸한 얘기가 어딨어요?"

"외로움을 견딜 수가 없으면 동거할 자격도 없는 법이야."

"그렇다면 무엇 때문에 동거를 한 거죠?"

"가족이 옆에 있으면 아무래도 마음이 든든하지 뭐냐. 그러나 응석을 부리거나 간섭하면 오래가지 못해. 어미는 밖에서 일을 할 거고 집에 돌아와서도 되도록 살림에는 참견을 안 할 거다."

"아무래도 우리하고 사는 게 가장 낫겠어요. 나도 언젠가는 그렇게 하고 싶었는데."

"친딸이 편하다고 하지만 서로 자기 주장이 강해서 오히려 분란이 생길 수도 있다. 며느리한테라면 참을 것도 딸이라면 허물이 없으니까 불쑥불쑥 말해서 싸움을 일으키는 거지. 사위한테는 며느리보다도 훨씬 더 신경을 써야 하고 말이다. 아들이든 딸이든 결국은 남의 식구가 붙어 있는 거야. 어렵기는 마찬가지지."

"엄마, 이왕 이렇게 됐으니까 딴 방법이 없겠지만요, 만일 못마땅한 일이 있으면 혼자서 끙끙 앓지 말고 언제든 나한테 말해요. 나도 생각이 있으니까."

"그만둬라."

오싱은 듣기 싫다는 듯이 데이의 말을 제지했다.

그때 슬며시 방문이 열리더니 미치코가 들어왔다.

"저희는 애들 때문에 저녁 식사를 6시 30분으로 정해 놓고 있어요. 어머님, 그래도 괜찮으신지요?"

"응, 알았다."

"끝나는 대로 목욕하세요. 물을 데워 놨으니까요."

그렇게 던지듯 말해 놓고 미치코는 방을 나갔다. 데이는 어이없다는 표정으로 바라보다가 투덜거렸다.

"제멋대로군요. 엄마의 의향은 묻지도 않고 말이에요."

"많은 가족이 함께 살려면 한 사람의 사정쯤은 묵살되어야지. 미치코도 매사에 나를 내세우지 않으면 안될 정도니까 불쌍한 일이야."

오싱은 데이의 불평을 웃음으로 받아넘겼다.

"너는 되도록 안 오는 편이 낫겠다. 누가 시누이 아니랄까 봐 그러냐. 데이, 난 괜찮으니까 이만 돌아가거라."

"엄마는 올케한테 이용만 당했어요. 같이 살고 싶지 않으면서 큰 집이 욕심이 나서 동거를 이유로 내세운 거니까요."

"그만두라니깐."

오싱은 뾰로통한 데이를 뒤에 남겨 두고 방을 나갔다.

그날 저녁 식사는 미치코가 얘기했던 대로 정확한 시간에 마련되었다. 분주히 부엌과 식당 사이를 오가는 미치코에게 오싱은 무언가 도울 게 없는지 물었지만 그녀는 한사코 마다 했다.

그때 히토시가 돌아왔다.

"오늘 저녁은 어머니하고 함께 먹으려고 일찍 왔어. 밥 먹고 나면 또 나갈 거야."

"일부러 그럴 것까지는 없는데 그랬구나."

"이 집에서의 첫 번째 저녁 식사니까요."

히토시는 만족스러운 듯이 미소를 지었고 아이들의 웃음소리와 함께 그날 새 집에서의 첫 저녁 식사는 화기애애한 분위기 속에서 진행되었다.

며칠이 지나자 이삿짐도 말끔히 정리되고 오히려 새 집이 오래 전부터 살아왔던 것 같은 느낌이 들었다. 오싱은 히토시와 함께 가게로 출퇴근하면서 생선 매장을 맡으랴, 종업원 교육을 시키랴, 슈퍼의 명실상부한 기둥으로서 바쁜 나날을 보냈다.

　그러는 동안 하스코의 가게도 단골손님들이 늘었고 강습회도 여는 등 알차게 꾸려졌다.

　오싱이 가게를 찾아갔을 때도 한 손님이 막 다녀간 뒤였다.

　"어머니, 어서 오세요."

　"어쩌냐. 바쁘다고 설날에도 인사하기가 무섭게 돌아갔었지. 그뒤 소식이 없길래 이렇게 왔다."

　"죄송해요. 어려운 샘플을 짜 놓아야 했기 때문에……"

　오싱은 하스코의 손에 들려 있는 스웨터로 눈길을 가져갔다.

　"생선장사를 하면서 바쁜 와중에 언제 이런 걸 다 배웠니? 정말 솜씨가 좋구나."

　"본래 좋아했어요. 어머니, 하고 싶은 일을 하게 해 주셔서 정말 고마워요."

　"그래, 정말 다행이구나."

　"저는 잘하고 있으니까 걱정 마세요. 다만 어머니가 걱정되어도 한번 찾아가 뵙지를 못했어요. 히토시가 가끔 생선이나 고기를 들고 오곤 해요. 그때나 겨우 근황을 전해 듣고 있지만요."

　"히토시가?"

　"히토시가 의외로 다정한 구석이 있어요. 늘 고맙게 생각해요. 어머니와 미치코가 원만히 지내신다는 말을 듣고 안심했어요.”

　“그야 불평을 하자면 끝이 없지만 미치코가 어떻게든지 나를 받드느라 애쓰고 있으니까.”

　“그래요, 서로 노력하면 잘 지낼 수 있겠지요.”

　그때 히토시가 허겁지겁 가게 안으로 뛰어들어왔다.

　“어머니, 가게에 야마가다의 숙모님이 오셨어요.”

　“도라상이?”

　“어쩌지요? 어딘가 눈치가 이상해요. 돌아가시게 하는 게 좋을까요?”

　오싱은 잠자코 가게를 나왔다. 하지만 십여 년이 넘도록 왕래가 없던 도라가 느닷없이 나타났다는 것이 조금은 이상하기도 했다.

고부간

오랜만에 만난 시누와 올케 사이는 예전처럼 거북살스럽지는 않았다. 인생의 황혼기에 접어든 두 사람은 미묘한 감정을 갖기에는 너무 나이가 들어 버린 것이다.

오싱은 도라를 교외에 자리한 다노쿠라가의 별채로 안내했다. 집에 들어설 때부터 도라는 부러운 듯이 집 안팎을 두리번거렸다.

"오싱은 참 복 많은 사람이야. 이런 훌륭한 집의 별채에서 혼자 느긋하게 지낼 수 있으니…… 며느리도 오싱을 잘 모시고 있고 말이야. 거기에 비하면 나는 무슨 업보로 이런 한심한 꼴이 되었는지……"

"갑자기 그게 무슨 말이에요?"

"이봐요 오싱, 나 끝내 며느리한테 쫓겨나고 말았다오."

도라는 찔끔거리며 몇 방울의 눈물을 닦아 냈다.

"아니, 올케?"

"그런 악마 같은 며느리가 있는 집엔 다시 돌아가지 않을 거야. 하지만 그렇다고 갈 데도 없고…… 의지할 사람은 오싱뿐이었어."

말을 하다 말고 도라는 울음을 터뜨렸다.

"하지만 오빠네도 이젠 돈도 모았고 무엇 하나 아쉬울 게 없을 텐데요."

"사람의 행복은 돈이나 물건이 아니라 마음이더군. 아니, 돈 때문에 불행해지는 거야. 사다키치가 땅을 팔아서 도쿄에서 사업을 벌이겠다고 우겨대는 걸 영감이 반대를 했더니 글쎄 며느리가 이혼을 하겠다고 펄펄 뛰더군. 그랬더니 사다키치란 놈이 여편네를 따라서 자기도 나가겠다고 하는 거예요."

도라는 또다시 찔끔거리며 말을 이었다.

"아무리 내가 참을성이 있는 여자라도 더 이상 견딜 수가 없었어요."

오싱은 갑자기 호쾌한 웃음을 터뜨리며 말했다.

"올케답지 않아요. 왜 그렇게 마음이 약해졌지요?"

"나처럼 운이 나쁜 여자는 없어. 젊었을 때는 시어머니 때문에 고생을 하고……"

이 말에 오싱은 어이가 없었지만 꾹 참았다.

"내가 시어머니가 됐더니 이젠 며느리에게 학대를 당하고 말이야. 집이 좀 살 만하니까 이렇게 된 건가 봐요. 내가 시집 왔을 때는 아무리 힘이 들어도 돈이 나올 구멍이 없으니까 시어머니 옆에서 갖은 고생을 하면서도 참았는데……"

오싱은 묵묵히 도라의 얼굴을 바라보았다. 주름진 할머니가 된 지금, 옛날 시어머니의 얘기를 꺼낸다는 것이 낯설게 느껴졌다.

"시누이에게 이런 얘길 해서 좀 뭣하지만 시어머니는 참 별난 분이었어. 자기 딸이 귀여운 건 당연하겠지만 항상 말끝마다 오싱, 오싱 하시는 거야. 우리가 새 집에서 살고 있는 건 오싱 덕분이라고 귀에 못이 박히도록 얘길 하셨지. 그게 견딜 수가 없었어. 오싱은 하느님이고 시집온 나는 인간 쓰레기인 것처럼 천대받았지."

오싱은 도라의 넋두리를 끝까지 들어 주었다.

"박대를 받으면서도 시어머니를 섬겨 왔는데 며느리한테는 이런 꼴을 당하다니……"

오싱은 언제까지나 도라의 푸념을 듣고 있을 수만은 없어서 별채에 도라를 남겨 둔 채 안채로 건너왔다. 갑작스런 도라의 출현을 궁금해 하는 히토시에게 전후 사정을 얘기하자 히토시는 냉소를 머금었다.

"벌을 받은 거예요. 시어머니를 학대한 벌이지요."

"어쨌든 한동안 우리 집에 머물게 해도 괜찮겠지?"

"네? 그럴 필요가 어디 있어요? 어머니가 제일 미워하는 사람 아니에요?"

"이제야 겨우 알았어. 도라상은 나름대로 괴로웠던 거야. 내 입장에서 보면 나를 감싸 주는 어머니가 고마웠지만 도라상은 얼마나 시어머니가 미웠겠니. 히토시, 어멈에게는 폐가 되겠지만 한동안 집에 있게 해라."

"어머니는 너무 마음이 좋은 게 탈이에요."

"같은 시어머니 입장이라 그런지 도라상이 불쌍하기도 하고 말이다. 내가 지금 행복하니까 더욱 그렇구나."

씁쓸하게 웃으며 히토시는 고개를 끄덕였다. 그런 한편으로는 어렴풋이 어머니의 심정을 이해할 것 같았다.

그렇게도 원망스럽던 도라였으나 오싱은 올케가 측은해서 견딜 수 없었다. 그것은 같은 세대를 살아온 여자끼리의 위로이기도 했다.

도라가 히토시의 집에 머문 지 며칠이 지난 어느 날, 오싱이 도라의 두 손을 끌어 쥐고 위로하고 있을 때 히토시가 들어와 외숙부가 왔다고 전했다.

도라는 히토시의 뒤를 따라 방 안으로 들어서는 쇼지를 얼떨떨하게 맞았다. 쇼지는 한동안 두 사람을 물끄러미 쳐다보다가 도라에게 말했다.

"걱정했어. 오싱한테서 올케는 집에서 맡겠으니 안심하라는 편지를 받고 이렇게 달려온 거야."

도라의 표정이 갑자기 밝아졌다.

"날 데리러 온 거예요?"

"오싱이 어련히 잘해 주리라 생각했지만 언제까지나 그냥 있을 수는 없잖아. 나하고 같이 돌아가."

"여보……"

도라는 말을 잇지 못하고 울어야 할지 웃어야 할지 어설픈 표정을 지었다.

그날 저녁 다노쿠라의 별채에는 야마가다의 손님을 위해서 푸짐한 저녁 식사가 마련되었다. 미치코와 요시에가 연신 요리와 술을 나르고 오빠와 시누이, 올케는 즐거운 저녁 한때를 가졌다.

"이제 그만 내와라. 이렇게 후한 대접은 부담스럽다."

미치코는 온화한 미소로 쇼지의 말을 받았다.

"모처럼 멀리서 오셨는데 변변한 대접을 못해 드려 죄송합니다."

그런 며느리를 지켜보는 오싱의 눈에는 이 세상 어느 시어머니보다도 인자한 정이 가득했다.

"고맙다, 어멈아."

미치코는 다소곳이 고개를 숙이며 천천히 드시라는 인사를 남기고 방을 나갔다.

"오싱……"

세 사람만 남게 되자 쇼지는 나직이 오싱을 불렀다. 하지만 다음 말을 잇지 못했다. 오싱은 잔잔한 미소를 띠며 오빠에게 술을 따랐다.

"자, 어서 드세요. 누구의 눈치도 볼 필요가 없어요."

"도라도 나도 염치가 없구나. 우리는 아무 도움도 못 주었는데…… 종전 후만 해도 오싱이 딱한 처지에 있는 줄 뻔히 알면서도 모른 척했으니 그땐 무척 원망했을 테지?"

"아니에요. 그때는 오빠도 돈이 많이 들 때였잖아요."

"그 삼나무를 오싱이 심었다는 것을 알고 있었고, 네가 도쿄에서 고생해 가며 보내 준 돈으로 집을 지었다는 것도 알고 있으면서 난 아무것도 해 주지 못했구나. 그러고도 이렇게 찾아오다니 참 염치가 없다."

이미 몇십 년이 흘러가 버린 옛이야기가 들춰지자 오싱은 새삼스럽게 그때의 가난이 되살아나 뼈가 시려 오는 것 같았다. 그때는 무척이나 서운했던 친정 오빠와 올케였지만 지금 눈앞에 있는 노부부의 쓸쓸한 모습에 울컥 안쓰러움이 솟아나는 것이다.

"오빠, 내가 한 일은 별 게 아니었어요. 오빠와 올케는 집과 밭을 지키느라 온갖 고생을 다했지요. 사실 그땐 어머니께 잘해 드리지 않는 것이 못 견디게 화가 났어요. 하지만 올케의 이야기를 듣고 보니 올케가 어머니께 냉정하게 대한 것도 무리는 아니라고 생각해요."

지나간 옛일의 온갖 노여움도 이제 사라지고 세 사람에게는 인생의 고락을 겪어 온 흔적만이 얼룩져 남아 있었다.

모두가 가난 때문이리라. 가난이 그토록 사람들의 마음을 각박하게 죄었던 것이라 생각하며 오싱은 며느리에게 버림받은 도라를 위로했다.

쇼지 부부가 다노쿠라가에 머문 이틀 동안 오싱은 정성스런 배려를 아끼지 않았다. 그런 오싱이 고마웠던지 쇼지는 주름진 눈가를 붉게 적시며 아무도 없는 야마가다의 빈집으로 돌아가야겠다고 길을 떠났다.

나고야까지 오빠 내외를 배웅하고 돌아오는 오싱의 마음속에는 동기간에 느껴지는 애틋한 감정과 돌아가신 어머니에 대한 진한 그리움이 새삼스럽게 샘솟았다.

힘없는 걸음으로 다노쿠라상점에 들어선 오싱에게 노소미가 반갑게 인사를 했다.

"오, 노소미. 무슨 일이라도 있었니?"

"네, 오늘 작품을 반입해요."

"작품이라니? 전람회라도 여느냐? 이세에서?"

오싱의 말에 노소미는 히토시에게 눈길을 던졌다.

"히토시, 어머니께 말씀 안 드렸어?"

"어머니는 최근에는 별로 가게 일에 관여를 안 하셔."

히토시는 곧 흡족한 얼굴로 말을 이었다.

"전에 말씀드렸지요. 우리 가게에 전시장을 만든다고요. 이번에 3호 점포 이층에 전시장을 마련하기로 했어요."

"제 작품 따위는 팔리지 않을 거라고 말했는데도 히토시가 굳이 우기는 바람에요."

노소미가 멋쩍은 듯 머리를 긁적거리자 히토시는 통쾌하게 웃었다.

"그것을 상품으로 비싸게 파는 게 내 수완이야. 싼 것을 많이 팔아 돈을 버는 것만이 능사가 아냐. 다노쿠라에서는 훌륭한 예술 작품도 취급하고 있다는 걸 선전하는 거지. 노소미의 작품이 좋다면 다노쿠라의 이미지도 높아질 테고, 작품이 팔리면 노소미도 덕을 보니까 그야말로 누이 좋고 매부 좋은 일이지. 그런데 일단 전시할 장소가 없으면 사람들이 알 수 없으니까 말이야."

"하지만 내 작품을 알아줄 사람이 얼마나 될지……"

노소미가 겸손해 하자 히토시는 의기양양하게 큰소리를 쳤다.

"나한테 맡겨 둬. 요즘 남는 건 돈밖에 없는 사람들이 사치품에 눈을 돌리고 있어. 예술은 쥐뿔도 모르면서 비싼 값만 매겨져 있으면 좋은 것이라고 착각하는 무리들이거든."

"말도 안되는 소리. 나는 아직 남의 돈을 받아먹을 만한 작품은 만들 수 없어."

"그렇게 소심해서 무슨 일을 하겠어. 미술품이란 값이 있으면서도 없는, 그런 거야. 어떤 손님은 인정하지 않는 작품을 다른 손님은 걸작이라고 평가할 수도 있어. 마음에 없는 사람은 안 사도 좋다는 그 정도의 배짱은 있어야지."

히토시의 호언장담에 노소미는 난처하다는 표정으로 오싱을 보았다.

오싱은 말없이 웃기만 했다. 히토시는 노소미의 기분 따위는 안중에 없다는 듯 계속해서 떠들어 댔다.

"노소미, 너도 역시 다노쿠라의 가족이야. 어떻게 해서라도 팔리는 작가가 되어야 해. 그러기 위해서 다노쿠라슈퍼라는 장소를 마음껏 이용하는 거야."

노소미가 묵묵히 있자 히토시는 이번에는 오싱에게 힘주어 말했다.

"어머니, 저는 말이에요. 하스코 누나도 단순한 털실 장사로 끝나게 하지는 않을 거예요. 어떻게 해서라도 일류 수예가로 만들 거예요. 다노쿠라슈퍼를 이용하면 그 정도는 간단한 일이에요. 어머니나 내가 노소미와 하스코 누나한테 신세진 걸 생각하면 그 정도는 꼭 해 줘야 되구요."

오싱은 그런 히토시를 만족스런 미소로 지켜보았다. 그러다가 어느덧 한시름 놓는 자신을 발견했다.

히토시의 말은 절정기에 다다른 자신을 과시하는 건지도 모른다. 어쨌든 다노쿠라의 가장으로서 자신만만한 히토시의 표정에서 오싱은 다노쿠라의 밝은 앞날을 보았다. 그러나 한편으로는 히토시 자신에 관한 일이 한가닥 불안으로 오싱의 가슴을 스치고 지나갔다.

어머니와 아들

절정에 이른 히토시의 사업 수완으로 1968년 다노쿠라슈 퍼는 6호 점포를 개점했고 그해 연말에는 오싱과 함께 살 저 택도 신축되었다.

오싱의 불안과는 달리 히토시의 적극적인 경영이 주효하 여 다노쿠라슈퍼는 날로 번성해 갔다.

그리하여 1982년 여름에는 각처에 열여섯 개의 점포를 소 유하는 중견기업으로까지 발전했다. 그리고 오싱은 만 81세 의 생일을 맞이했다.

오싱의 생일 잔치는 이세 교외에 있는 다노쿠라가의 안방 에서 마련되었다. 오싱을 중심으로 하여 쉰 살이 넘은 히토 시, 노소미, 다쓰노리 등과 27세의 다케시와 이제 열아홉이 된 게이 등이 둘러앉아 오싱의 생일을 축하했다. 부지런히 요리를 날라오는 미치코와 데이도 이미 50을 바라보는 중년 여인으로 변모했다.

"데이 고모는 그만 앉아 계세요."

미치코는 데이에게서 접시를 받아 들며 말했다.

"아니에요. 조금은 일을 거들어야지. 모두 모일 때는 늘 올케 혼자 바빴으니까."

그러자 다쓰노리가 기다렸다는 듯이 미치코에게 말했다.

"정말 수고가 많으십니다. 번번이 도와 드리지도 못하고 죄송합니다."

"뭘요. 어머님이 건강하신 동안이라도 잘 모셔야죠."

"자, 이제 그만 어멈도 앉아라. 요리는 충분하니까 뒷일은 후미코에게 맡기고……"

오싱은 미치코에게 손짓을 했다.

그때 하스코가 바쁜 걸음으로 들어왔다.

"늦어서 죄송해요. 어머니, 생신을 축하해요. 올해도 건강 하셔서 다행이에요."

"글쎄, 이렇게 오래 사는 것이 축하받을 일인지 어떤지……"

"자, 이리로 와서 앉아요. 어머님이 기다리고 계셨어요."

미치코에게 이끌려 자리에 앉으며 하스코는 낯을 붉혔다.

"늘 폐를 끼치네. 우리는 아무 일도 못 돕고 미치코상 혼 자서 애쓰니 어쩌지?"

"원 별말씀을…… 어머님이 건강하셔서 뭐든지 손수 하시니 딱히 해 드릴 게 없어요."

다쓰노리가 미치코의 말에 끼어들었다.

"정말 장모님은 건강하세요. 누가 여든한 살로 생각하겠어요."

"그래. 여기에 와서 아침저녁으로 마음 편히 밥상을 받고 있으니까 안 늙는 게로구나. 그런데 하스코, 너무 늦었구나."

"네, 나오려는데 계속 손님들이 찾아오지 않겠어요? 점원에게 맡길 수 없는 손님도 있거든요."

"하스코상도 바쁘시겠죠. 참, 미도리의 친구 어머니에게 부탁받은 게 있어요. 꼭 하스코상이 짠 니트를 입고 싶대요. 부탁을 해도 좀처럼 짜 주지 않는다는 말까지 하더군요."

미치코의 말에 하스코는 괜스레 미안해 했다.

"네, 편물이라는 게 대량생산 할 수 있는 게 아니라서 기다리게 할 수 없어서 거절할 때가 종종 있어요."

"허어, 그렇게 바빠요?"

노소미가 상당히 놀랍다는 표정이었다.

"하스코상의 니트는 감각이 좋고 입기 편하고 튼튼하다고 소문이 자자해요."

미치코가 머쓱해 하는 하스코를 돌아보며 추켜세웠다.

"소문은 듣고 있었지만 역시 대단하군."

노소미의 말에 미치코가 웃으며 덧붙였다.

"또 값이 비싸기로도 유명해요."

"작품값이 비싸기로는 노소미도 지지 않을걸."

히토시는 장난기 어린 목소리로 농을 걸었다.

"정말 두 분 모두 대단해요."

"노소미나 나나 히토시 덕분에 독립을 하게 되었지. 둘이 계속 다노쿠라에 있었더라면 지금쯤 짐이 되었을 거야."

"그렇지. 나도 슈퍼 일 같은 것은 무리니까."

노소미도 곧 동의를 했다. 조용히 이야기를 듣고만 있는 오싱은 더할 나위 없이 흐뭇한 듯했다.

"각기 원하는 일을 하고 있으니 얼마나 다행이냐."

모두들 고개를 끄덕였다. 오싱의 가슴에는 깊은 감회가 우러나왔다. 지나간 일들을 생각하면 꿈만 같았다.

하스코는 문득 다케시와 게이를 대견한 듯 바라보았다.

"2세들도 건강해 보이는구나. 아카네와 미도리는 어딜 갔지?"

"캠핑을 갔어요."

미치코가 대신 대답했다.

"좋을 때군. 누구한테 매여 산다는 건 피곤한 일이야."

다케시의 우스갯소리에 하스코는 가볍게 눈을 흘겼다.

"무슨 소리니, 다케시. 너도 결혼하기 전까지는 꽤 잘 놀았잖아. 사치코하고도 어느 산에선가 만났다면서?"

그 말에 모두들 웃음을 터뜨렸다.

"그래, 사치코와 아기는 어때?"

"시골에서 친정어머니가 와 계세요."

"게이는 아무 데도 안 가고 아빠를 지키는 거야?"

하스코는 게이에게 물었다.

"네, 여름방학쯤은 아버지 곁에서 효도를 해야죠. 비싼 학비를 들여 도쿄의 대학에 보내 주시는데 혼자만 놀러 다닐 수 있나요?"

"뭐가 효도냐. 공연히 작업을 방해만 하면서……"

"무슨 말씀이세요. 방학 때만이라도 어머니 산소를 찾으라고 못살게 하셨잖아요."

"당연하지. 너를 제일 사랑했던 사람이 네 엄마니까."

"할머니도, 하스코 고모님도 모두 저를 사랑해 주세요. 그래서 돌아오는 거예요."

부자의 말에 히토시가 끼어들었다.

"그래, 할머니나 하스코 고모님은 네 어머니 같은 분이야. 특히 할머니한테는 가장 귀여운 손자야. 아무리 바빠도 만사를 제쳐 놓고 할머니에게는 자주 얼굴을 보여야 한다."

이 말에 오싱은 제 엄마 얼굴도 기억할 수 없는 게이가 갑자기 측은하게 느껴졌다.

"괜찮다. 이젠 게이도 스무 살이야. 어른 축에 끼게 되었으니까 자기가 하고 싶은 대로 살아가야지. 할머니도 이젠 게이의 일은 걱정 안 한다."

"이놈은 벌써 저 하고 싶은 일을 하고 있어요. 애비의 뒤를 이을 생각 같은 것은 전혀 없는 모양이에요."

노소미의 말에 하스코는 따지듯 물었다.

"네 살 때부터 물레를 돌리는 아빠 곁에서 자랐는데도?"

"할 수 없죠 뭐. 나한테는 재능이 없나 봐요. 아마 엄마의 핏줄을 이어받았나 봐요."

"게이, 이 큰아버지는 게이에게 기대를 걸고 있다. 다노쿠라에는 대학에서 경영학을 전공한 새로운 지도자가 필요해. 장래에 다케시와 함께 다노쿠라를 책임져 주기 바란다."

모두의 시선이 자신에게 쏟아지자 게이는 멋쩍은 듯 머리를 주억거렸다. 그러자 데이도 그냥 지나칠 수 없다는 듯 얼른 말했다.

"우리 히로시들도 다노쿠라의 사원이잖아. 언젠가는 모든 다노쿠라 가족이 키워 나가야지."

"그렇지. 그 오일 쇼크 뒤의 불황도 이럭저럭 뚫고 나왔으니까 다노쿠라도 이제부터는 새로운 인재가 계속 필요하게 될 거야."

다쓰노리의 말에 히토시도 고개를 끄덕였다.

"나나 다쓰노리가 은퇴할 때를 대비해 젊은 사람들에게 착실하게 공부를 시켜야지."

분위기가 점차로 사업 얘기로 무거워지려 할 때 후미코가 새로운 요리와 술을 가지고 왔다. 히토시는 분위기를 바꾸려는 듯 술잔을 들며 큰소리로 말했다.

"자, 하스코 누나까지 모두 모였으니까 다시 건배를 하지."

모두들 오싱의 만수무강을 기원하는 술잔을 높이 들었다.

"우리들의 위대한 어머니를 위해서!"

"애야, 위대하다는 말은 빼거라."

"아니에요. 노소미와 저는 이 나이가 될 때까지 어머니 덕분에 살았어요. 하스코 누나도 마찬가지예요. 우리를 위해서 열심히 일하시는 어머니를 보고 자랐어요. 우리로서는 위대하다고밖에 할 말이 없어요."

하스코와 노소미도 수긍한다는 얼굴로 오싱을 쳐다보았다.

"어머님, 축하합니다!"

모두들 큰소리로 외치며 술잔을 비웠다. 다쓰노리가 생일 축하 노래를 시작하자 모두들 따라 불렀다. 오싱은 멋쩍어하면서도 한편 뿌듯한 얼굴로 아들딸, 손자 손녀들을 둘러보았다.

"고맙다, 정말 고맙다……"

"앞으로 열번, 스무번, 서른번, 할머니를 위해 이 노래를 부를 수 있기를 기원하겠어요."

오싱의 눈에 언뜻 눈물이 내비쳤다.

"고맙다, 게이."

"백 살이나 그 이상도 지금은 수두룩한 세상이니까 어려울 것 없어요. 할머니, 힘내세요."

"암, 다노쿠라를 위해 오래오래 사셔야지."

게이의 말에 히토시도 맞장구를 쳤다. 다쓰노리도 얼큰히 술기운이 오르는 듯 한껏 목청을 높여 소리쳤다.

"장모님은 다노쿠라의 수호신입니다. 다노쿠라의 상징이며 오늘날 다노쿠라의 발전은 오로지 장모님 덕입니다."

다쓰노리가 비틀거리며 일어서려는 것을 데이가 다급하게 붙들어 앉혔다.

"나는 행복한 사람이다. 어떻게 해서든 너희들 넷을 굶기지 않으려고, 오직 그 일념으로 일했는데 이렇게 훌륭하게들 컸구나. 이제 이 어미는 죽더라도 아버지나 유의 얼굴을 떳떳이 대할 수 있다. 아무 여한이 없구나."

"어머니, 그런 말씀 마세요. 다노쿠라는 이제부터 시작이에요."

이렇게 말한 히토시는 갑자기 흐트러진 자세를 가다듬었다.

"그럼, 어머니의 생신을 기념하여 준비한 우리들의 선물을 보고하겠습니다."

모두들 기대가 된다는 표정으로 히토시를 바라보았다.

"이번에 다노쿠라슈퍼는 열일곱 번째 점포를 세우기로 결정했습니다."

"또 가게를 내요?"

"이번 것은 지금까지와는 달라요. 다노쿠라의 총력을 기울여서 최대 규모로 계획하고 있으니까."

"히토시?"

오싱은 의기양양해 하는 아들을 빤히 바라보았다.

"철근 콘크리트 4층 건물에 매장은 백화점급이에요. 오랜 숙원이었던 이 점포를 어머니가 건강하신 동안 건설하고 싶었습니다. 이제 실현 단계에 들어갔어요."

다쓰노리가 히토시의 말을 받아 설명을 덧붙였다.

"실은 금년 초부터 은밀히 토지 매입을 시작했어요. 여러 가지 사정이 있어서 쉽진 않았지만 필요한 땅을 2, 3일 전에 구입할 수 있었습니다."

"장모님 생신에 맞출 수 있도록 박차를 가해서 겨우 타결을 보았어요."

"곧 착공해서 내년 봄에는 개점할 수 있도록 할 거예요."

"그게 지금까지와는 달리 시간도 걸리고 돈도 많이 들어요. 그러나 다노쿠라라면 은행에서 얼마든지 빌려 줍니다. 우리가 그만한 힘을 기른 거지요. 지금 시작하지 않으면 또 언제 기회가 올지 몰라서 결단을 내렸습니다."

히토시와 다쓰노리가 번갈아 가며 하는 설명을 듣고 노소미는 반가워했다.

"히토시는 옛날부터 백화점 같은 가게를 내고 싶다고 꿈 같은 이야기를 곧잘 하더니 드디어 꿈을 이루는구나."

"돈이 꽤 들었지?"

하스코 역시 새로운 슈퍼에 관심을 보였다.

"물론이지. 하지만 지금껏 버텨 온 것은 그 점포 때문이었으니까 다른 것을 모두 쏟아 넣고서라도 진행할 거야."

"그러다 그 가게가 잘 운영되지 않기라도 하면……"

하스코는 자못 걱정스러운 듯했다.

"히토시가 어련히 알아서 하려구요. 면밀하게 계획된 일이니까요. 지금까지도 개점하는 곳마다 성공했잖아요."

묵묵히 듣고 있던 오싱이 무겁게 입을 뗐다.

"장소는 어디냐?"

눈짓을 하자 다쓰노리는 가방을 뒤적거리더니 한참만에 지도를 찾아냈다.

"여기 있어요. 자, 보세요."

다쓰노리는 오싱 앞에 지도를 펼쳐 보였다.

돋보기 안경을 쓴 오싱은 히토시가 손가락으로 짚은 부분을 자세히 들여다보았다.

"여기 빨간 표시를 한 부분입니다. 최근 나고야의 위성도시로 급속히 인구가 팽창하고 있는 곳이지요."

히토시의 말이 채 끝나기도 전에 오싱의 안색이 갑자기 굳어졌다. 그것을 알 리가 없는 히토시는 의기양양하게 말을 이었다.

"이 일대는 점차 택지 조성이 되고 있습니다. 그럴 수밖에 없는 것이 자동차나 철도로 한 시간 거리니까요. 나고야 시내는 땅값이 너무 비싸서 서민들이 여기까지 오지 않으면 자

기 집을 갖기 힘들어요. 2, 3년 전부터 점찍어 놓고 있었어
요. 그 일대의 땅 주인들이 그걸 알고 값을 비싸게 부르긴 했
지만 그런대로 잘 타결되었습니다."

"그럼 이 근처의 상가에서는 우리가 진출한다는 것을 알고
있느냐?"

오싱이 차분한 목소리로 물었다.

"땅을 판 사람들에게 입막음을 단단히 해 두었지요. 사전
에 누설되면 골치 아픈 일이 생길지도 모르니까요."

"그 문제도 이제 끝났어요. 용지가 충분히 확보되었으니
까요. 다만 계획을 발표하면 강한 반발에 부딪칠 거예요. 부
근의 상점가는 당연히 위협을 느낄 테니까."

다쓰노리도 히토시 못지 않게 꽤 치밀한 계획을 세우고 있
는 듯했다.

"그런 건 이미 다 각오하고 있어. 어차피 먹느냐 먹히느냐
의 싸움이니까."

오싱은 자신만만하게 이야기하는 히토시를 굳은 얼굴로
바라보았다. 그 얼굴에는 미세하게 경련이 일었다.

"이번에도 회유책을 펼 생각입니다만…… 다소 돈이 들더
라도 현지 상인들과 알력이 없는 게 좋겠지요."

"그 일대에 세력을 뻗치고 장사하고 있는 자들이 있지만
우리가 들어서면 금방 쓰러질 거야. 장사는 어차피 싸움이
니까."

히토시와 다쓰노리는 적당히 술기운이 오른데다가 사업 확장 얘기로 잔뜩 열을 올리다 보니 얼굴에 핏발이 섰다.

"나미키라는 사람 있죠? 땅을 팔지 못하겠다고 펄쩍 뛰던 고집쟁이 말이에요."

"아, 그 작자? 노포(老鋪)라는 점을 내세우는 골치아픈 친구이더군. 하지만 곧 울상을 짓게 되겠지. 큰 가게든 노포든 우리가 개점하면 모조리 쓰러질 거야. 현지 사람들하고 원만하게 잘 지내고 싶지만 그 사람한테만은 인사하러 가기 싫은걸."

"네, 그 집과의 싸움입니다. 양보할 수 없지요."

굳은 표정으로 두 사람의 이야기를 듣고 있던 오싱이 비장하게 입을 열었다.

"히토시, 17호 점포를 내고 싶으면 다른 장소를 물색해 봐라."

히토시가 깜짝 놀라며 어머니를 쳐다보았다.

"그 계획, 당장 중지해라. 나는 반대다."

"어머니, 그게 무슨 말씀이세요?"

"절대로 안된다. 만약 내 말을 듣지 않는다면 용서하지 않겠다."

예상치 못했던 오싱의 강경한 반대에 히토시와 다쓰노리는 어이 없는 표정이었다. 어색한 분위기를 수습하려고 하스코가 황급히 나섰다.

"모처럼 다들 모인 자리에서 굳이 딱딱한 사업 이야기를 할 필요는 없잖아요."

그러나 한번 무겁게 가라앉은 분위기는 다시 나아질 기미가 보이지 않았다.

"사장 자리를 내놓은 이후 지금까지 나는 너희들에게 아무런 간섭도 하지 않았다. 하지만 이번만은 내 말을 들어라."

히토시는 오싱의 말에 발끈했다.

"어머니한테 명령을 받을 이유는 없어요. 지금은 제가 사장이에요. 부사장인 어머니는 결정권이 없어요!"

"부사장으로서가 아니라 네 어미로서 반대하는 거다!"

오싱도 단호하게 맞섰다.

"이유가 뭔가요?"

"잠자코 내 말에 따르면 된다."

"그런 억지가 어디 있어요?"

히토시가 항의했으나 오싱은 못 들은 척하고,

"다쓰노리, 잘 부탁한다."

라는 말을 남기고 결연히 밖으로 나와 버렸다.

오싱의 알 수 없는 행동에 모두들 서로의 얼굴만을 쳐다볼 뿐이었다.

그 길로 뛰쳐나온 오싱이 별채로 나와 앉자마자 노소미와 하스코가 소리 없이 들어섰다.

"어머니……"

하스코가 조심스럽게 불렀으나 오싱은 미간을 찌푸린 채 꼼짝도 않고 앉아 있었다.

"히토시나 다쓰노리상이 어이없어하더군요. 어머니가 어디 잘못되신 게 아닌가 생각할 뿐이에요. 도통 이유를 모르니까요."

오싱의 얼굴을 살피며 노소미가 조심스럽게 물었다.

"어머니, 나미키란 고우타상을 말하는 거지요?"

"역시 그래요?"

하스코도 놀랍다는 듯 눈을 동그랗게 떴다.

"내가 독립하기 위해 나미키상한테서 돈을 빌렸을 때 어머니가 말씀하셨어요. 어머니가 큰 은혜를 입은 분이라고요."

오싱은 여전히 말이 없었다.

"하지만 설마…… 나미키상의 가게가 있는 곳에 히토시가 가게를 내려고 할까요?"

"할 수 없지. 히토시는 아무것도 모르니까."

이윽고 오싱이 입을 열었다.

"지금까지도 가게를 낼 때마다 현지 상인들의 반대에 부딪치곤 했어. 그야 장사니까 자유경쟁 시대에는 어쩔 수 없는 노릇이지. 하지만 이번만은 안돼."

"어머니 뜻은 잘 알겠습니다. 하지만 히토시에게 어머니의 심경을 분명히 해야 하지 않을까요?"

"그건 그렇구나."

"어머니는 고우타상과의 일을 이상하게 오해받는 게 싫다고 말씀하셨지만 저도 알아들었으니까 히토시도 이해를 하겠지요."

하스코의 말에 오싱은 고개를 끄덕이며 안도의 표정을 지었다.

"네 말이 맞다. 역시 그 애한테도 이야기를 해야 할 때가 온 것 같구나."

오싱은 자리에서 일어섰다. 안채의 거실로 가 보니 히토시와 다쓰노리가 못마땅한 표정으로 술을 마시고 있었다. 오싱은 말없이 두 사람 앞에 앉았다.

히토시는 어머니를 보자 소리가 나도록 술잔을 탁자 위에 내려놓았다.

"왜 그러세요, 어머니? 어머니가 그런 말씀을 하신다고 해서 계획이 중단될 거 같아요?"

"히토시, 왜 내가 반대하는지……"

그러나 히토시는 다짜고짜 오싱의 말을 막았다.

"소용없어요. 우린 합법적으로 일을 추진하고 있어요. 잘못된 건 하나도 없어요. 어머니가 뭐라 말씀하셔도 이번 일은 중단할 수 없어요."

분명히 선을 긋는 히토시 앞에서 오싱은 하고 싶던 말들이 순식간에 빠져 달아나는 것 같았다. 히토시는 다그치듯 오싱을 궁지에 몰아세웠다.

"안 그래요? 우리가 얼마나 고생을 해서 그 땅을 매입했는지 상상도 못하실 거예요. 이제는 건물을 짓기만 하면 돼요. 이미 설계도도 다 그렸구요. 여기서 절대로 포기할 수는 없어요."

"히토시!"

오싱이 소리쳤으나 히토시는 막무가내였다.

"듣고 싶지 않아요. 장사에는 부모고 자식이고 없어요. 다만 성공하느냐 쓰러지느냐가 있을 뿐이에요."

무엇인가 말하려는 오싱의 눈길을 뿌리치고 히토시는 거칠게 자리를 박차고 일어났다.

"가 봐야 해요. 다쓰노리, 출발하자!"

다쓰노리는 엉겁결에 따라 일어났다. 오싱이 붙잡으려 했으나 히토시는 미치코에게 늦을 거라는 말을 남기고 다쓰노리를 재촉하여 총총히 나가 버렸다.

오싱은 멍하니 서 있을 수밖에 없었다. 자신의 답답한 심정을 하소연할 데도 없었다. 하지만 절대 고우타의 은혜를 원수로 갚는 일만은 해서는 안된다고 마음을 다져 먹었다.

오싱이 터덜터덜 별채로 돌아오자 기다리고 있던 노소미와 하스코가 얼른 일어섰다.

"히토시에게 말씀하셨어요?"

오싱은 씁쓸하게 웃으며 고개를 가로저었다.

"얘기할 새도 없이 가 버렸어. 누가 뭐래도 여기까지 온 이상 물러설 수 없다며 펄쩍 뛰더구나."

"그건 그럴 테죠. 공사 발주도 끝냈다잖아요. 모든 것을 쏟아부을 기세였으니 히토시도 보통 각오가 아닐 거예요."

이때 게이가 살며시 들어왔다

"할머니, 대체 어떻게 된 거예요? 할머니를 위한 자린데 도중에 화를 내고 나가 버리셨으니…… 미치코 큰엄마도 기분이 상한 것 같아요."

"게이, 우린 지금 할머니하고 중대한 이야기를 나누고 있어. 너 먼저 돌아가거라."

"저도 걱정이 돼요. 무슨 일인지 알고 싶어요."

"너희가 알 바 아니란다."

"저도 이젠 어른이에요. 저한테도 할머니의 일이 중요하기 때문에 알고 싶어요."

"게이!"

노소미가 엄하게 나무라자 게이가 싹싹하게 말했다.

"네, 네, 알겠어요. 할머니, 너무 화내지 마세요. 가게 일은 히토시 큰아버지에게 맡기고 할머니는 그냥 쉬고 계세요. 그럼 나중에 들를게요."

오싱은 방문을 나가는 게이에게 웃는 얼굴로 고개를 끄덕여 보였다. 눈으로 게이를 전송한 하스코는 오싱에게 바짝 다가앉았다.

"어머니, 게이 말이 맞아요. 연세도 그만큼 드셨으니 장사는 이제 잊어버리세요."

"다른 일이라면 못 본 척하겠다. 진작부터 히토시를 사장으로 내세우고 될 수 있으면 앞에 나서지 않으려고 해 왔으니까. 혹여 그래서 망하더라도 나는 아무 말 하지 않기로 했어. 하지만 고우타상에게 폐를 끼치는 일만큼은 모른 척할 수가 없다."

"히토시도 너무했어. 이렇게 되기 전에 한번쯤 어머니께 귀띔해 주었으면 좀 좋아?"

"큰일 앞두고 혹 부정이라도 탈까 쉬쉬했겠지."

"그래도 어머니께 숨길 거야 없잖아요."

"설마 어머니의 아는 분과 겨루게 되리라고는 히토시도 생각을 못했겠지."

하스코는 묵묵히 앉아 있는 어머니를 위로하듯, 설득하듯 조심스럽게 말을 건넸다.

"하지만 다노쿠라가 진출한다고 해서 나미키상에게 폐가 된다고 할 수만은 없잖아요. 지금까지 지점을 낼 때마다 현지 상인들의 반대에 부딪치기도 하고 이런저런 불평을 들어오긴 했어요. 하지만 긴 안목으로 보면, 슈퍼가 생겼기에 그 일대에 활기가 생기고 그런대로 주변 가게도 손님이 늘어서 서로 득을 보았잖아요. 슈퍼와 상점가는 서로 상승효과를 올리는 거니까 어머니가 그리 걱정하시지 않아도 될 것 같은데요."

"그야 그럴지도 모르지. 하지만 나미키라고 하면 그 일대에서 오랜 술도가였고 지금은 종합 식품점으로 성장한 가장 큰 노포란다. 그 앞에 다노쿠라슈퍼를 내면 아무래도 영향이 있을 텐데 그걸 뻔히 알면서 묵과할 수는 없다. 고우타상의 은혜를 원수로 갚는다는 건 내 눈에 흙이 들어가기 전까지는 절대로 안될 일이야."

오싱의 태도는 단호했다.

그 무렵, 안채의 거실에서 얘기를 나누는 미치코와 다케시의 화제도 역시 오싱의 반대에 관한 것이었다.

"정말 할머니도 딱하시지. 아버지가 얼마나 힘들게 여기까지 해 놓았는데 느닷없이 반대를 하시는 걸까?"

미치코가 걱정스럽다는 듯이 말하자 다케시도 동의했다.

"할머니는 정말 무슨 생각을 하고 계신 걸까. 여든이 넘으셨으니 이제 그만 참견하셔도 좋을 텐데. 할머니가 그러신다고 아버지나 고모부가 따르진 않겠지만 아무래도 신경은 쓰일 테지."

"이 나이가 될 때까지 그런 할머니와 한 지붕 밑에서 살아온 엄마의 입장을 한번 생각해 봐라. 언제나 할머니의 눈치를 살피느라 기를 못 펴고 지내 왔다. 이 집을 마련하고도 할머니 때문에 너희 부부와 함께 살지 못하잖니……"

미치코가 넋두리를 늘어놓자 다케시는 짐짓 명랑하게 말했다.

"집에는 아직 미도리나 아카네가 있잖아요. 둘이 시집이라도 가면 우리가 들어올게요."

"미도리나 아카네도 자기들 일만 생각하고 아빠는 사업에
만 몰두하고…… 엄마는 항상 외롭단다. 할머니만 해도 엄마
와는 전혀 이야기를 나눌 생각은 없으신 것 같으니 나는 무
슨 낙으로 지내겠니."

다케시는 웃으며 대꾸했다.

"뭐, 어때요. 노인네의 이야기란 어차피 푸념이나 넋두리
나 잔소리일 텐데. 이야기를 안 하는 게 오히려 고마운 일
이죠."

미치코는 아들의 말에 고개를 저었다.

"하지만 오늘 같은 일이 일어나면 대체 할머니란 어떤 분
인지 잘 이해가 가지 않는구나. 이렇게 오래 같이 살아왔는
데도 생전 처음 만난 사람처럼 낯설게 느껴지고 말이다."

"그러고 보니 나도 할머니가 어떻게 자라고 어떻게 살아오
셨는지 들어 본 적이 없네요. 하긴 별 흥미도 없지만."

"나도 잘 모른단다. 전쟁 때 알거지가 되어 빈손으로 다시
시작해서 오늘까지 왔다는 것 외에는…… 정말 옛날 얘기 같
은 건 하신 적이 없으니까."

"그게 할머니의 장점인지도 모르죠. 아무튼 지금의 다노
쿠라가 되기까지 할머니는 꽤 고생을 하셨을 거예요. 하지만
그런 이야기를 들어 봤자 지겹기만 하지. 안 그래요?"

미치코는 시무룩한 얼굴로 아무 대답도 하지 않았다.

"할머니가 뭐라고 하시든 어머니는 모른 척하고 있으면 돼요. 오늘 문제는 할머니와 아버지의 문제지 어머니가 걱정할건 아니에요."

미치코는 가늘게 한숨을 내쉬었다.

"언제나 그렇단다. 엄마는 항상 따돌림을 당한다. 엄마도 시집와서 다노쿠라의 오늘이 있기까지 어지간히 내조를 했는데도 말이다. 할머니나 아버지는 그걸 몰라주니 어처구니없는 일이지."

다케시는 그런 이야기에는 흥미가 없다는 듯이 하품을 했다.

중대한 결심

그날 밤 오싱은 밤늦도록 잠을 이루지 못 했다. 자정이 넘도록 뒤척거리고 있는데 밖에서 인기척이 났다. 오싱이 나가 현관문을 열자 술에 취한 히토시가 비틀거리며 들어왔다. 미치코도 가운 차림으로 나와 퉁명스럽게 쏘아붙였다.

"이렇게 늦게까지 어디서 뭘 하신 거예요."

히토시는 말없이 구두를 벗었다.

"어머님이 이렇게 나오실 필요는 없었는데……"

미치코가 오싱에게 궁시렁거리듯 말했지만 오싱은 못 들은 척하고 히토시를 잡아끌었다.

"할 얘기가 있다. 내 방으로 오너라."

"내일 하세요. 오늘은 너무 늦었고 이렇게 취했는데 제대로 말씀이나 나누실 수 있겠어요?"

"내일도 바쁠 테고 급한 일이니, 지금 얘기하자. 히토시는 아무리 마셔도 분별을 잃을 만큼 취하지는 않는다."

고집스러운 시어머니의 태도에 질린 듯 미치코는 비틀거리는 히토시를 부축하며 짜증스러운 얼굴이 되었다.

오싱의 방에 들어오자 히토시는 갑자기 술기운이 달아난 얼굴로 물었다.

"무슨 얘긴데요, 어머니? 새 점포 얘기라면 무슨 말씀을 하셔도 소용없어요."

오싱은 대꾸를 않고 냉장고에서 물수건을 꺼내 히토시에게 건네주고 차를 준비했다.

"무슨 이유로도 이제 와서 중지하라는 것만은 안돼요. 어머니가 들으시면 눈이 휘둥그레질 정도의 돈으로 산 땅이에요. 그만큼 투자를 해도 후회가 없을 장소예요. 솔직히 말씀드려서 최근 2, 3년의 불황으로 다노쿠라의 업적도 한계에 도달했어요. 이 시점에서 어떤 전기를 마련하지 않으면 궁지에 몰릴지도 몰라요. 이번 슈퍼는 다노쿠라의 생사를 건 일생 일대의 승부예요. 지금 뒤로 물러서면 빚더미에 올라앉게 돼요. 그건 어머니가 알아주셔야 해요."

자신의 심정을 몰라주는 어머니가 답답하다는 듯이 히토시는 거의 울상을 지었다.

"히토시……"

겨우 입을 뗀 오싱을 급히 가로막으며 히토시는 그 곁으로 바싹 다가앉았다.

"어머니, 우리가 진출하지 않더라도 그곳엔 조만간 누군가가 점포를 낼 겁니다. 그런 곳을 내버려 둘 까닭이 없어요."

"그렇다면 그 사람에게 양보를 하려무나. 그러면 빚을 안 져도 되잖느냐."

"그런 말씀 마세요. 남이 할 거면 우리가 해도 되는 거죠."

"그야 그렇지만, 우리에겐 단념하지 않으면 안될 중요한 이유가 있어."

"어머니!"

"그곳에는 나미키라는 큰 식료품점이 있어. 그래, 그건 너도 알고 있는 사실이지. 그런데 말이다, 우리 다노쿠라는 그분에게 잊어서는 안될 큰 은혜를 입었다."

히토시는 뜻밖이라는 듯 긴장한 얼굴로 어머니의 말에 귀를 기울였다.

"지금은 아들 대가 되었지만 선대인 고우타상이라는 분에게 어미가 얼마나 신세를 졌는지 모른다. 어미가 열여섯 살 때부터 알고 지내던 분이다. 도쿄에서 일을 하고 있을 때에도, 결혼한 뒤에도, 어미가 곤경에 빠졌을 때마다 고우타상이 도와주셨어. 종전 후에 조그만 가게라도 가질 수 있었던 것도 고우타상 덕분이었어. 다노쿠라의 오늘이 있는 것은 전부 고우타상의 덕분이다."

이미 수십 년이 지난 옛이야기를 들춰내는 오싱의 표정에는 무상한 세월의 흔적이 남아 있었다. 그런 어머니를 지켜보는 히토시의 표정은 어느 정도 누그러졌다.

"그러고 보니 전에 나미키라는 이름을 들은 적이 있어요. 어떤 사람인지 어머니께 여쭤 본 기억이 나요. 그때 어머니는 아무 말씀 없으셨지요."

오싱은 한동안 찻잔을 만지작거리다가 입을 열었다.

"그땐 너도 젊었단다. 이야기를 해도 순수하게 받아들일 것 같지가 않았어. 그러나 이제는 너도 이해해 주겠지. 남자여자 사이에도 남녀를 초월한 인간끼리의 접촉이 있는 법이다. 어미에게 고우타상은 바로 그런 분이었어. 열여섯 살 때부터 60년 이상이나 서로 소중히 여겨 온 것을 지금 어미가 배반할 순 없지 않겠니? 그래서는 안되는 법이다."

"처음 나미키한테 교섭을 하러 갔을 때도 어디선가 들은 이름이라고 생각했어요. 그때 무심코 넘어갔는데, 하필 그런 인연이 있는 사람이라니 믿어지지가 않는군요."

히토시는 어이없다는 표정을 지었다.

"히토시…… 오늘의 다노쿠라가 있기까지 너는 정말 악착같이 일해 왔다. 그때마다 이 어미는 가슴을 졸여야 했다. 하지만 그렇게 하지 않고는 이 냉혹한 경쟁 속에서 살아남을 수 없다는 걸 알기에 어미는 네가 하는 일에 눈감아 왔어. 전쟁통에 돌아가신 아버지를 생각하면 어떻게 해서든지 큰 장사를 해서 아버지의 유지를 이루고 싶었어. 너희들한테만은 어미의 비참한 고생을 맛보게 하지 않으려는 심정이었어. 그래서 네가 하는 일을 모른 척하고 때로는 돕기도 했다. 하지만 이번 일만은 안된다."

"어머니……"

히토시의 말을 급히 가로막으며 오싱은 애절하게 말을 이었다.

"고우타상한테는 죽은 네 형도 얼마나 귀여움을 받았는지 모른다. 고우타상의 보살핌이 있었기 때문에 어미도 네 형도 동반자살을 해야 할 고비를 넘겼다. 그분에게 화살을 겨누는 일은 절대로 안돼."

그러나 히토시는 찬바람이 휙 느껴지도록 냉정하게 말했다.

"어머니, 그것과 장사는 별개의 문제예요!"

"히토시!"

"장사는 먹느냐, 먹히느냐예요. 사사로운 인정에 집착해서는 우리가 먹히고 말아요. 다노쿠라가 진출하면 나미키도 거기에 대항할 방법을 모색하겠지요. 은혜는 은혜, 장사는 장사, 그걸 분명히 하지 않으면 스스로 자기 무덤을 파는 거지요."

"히토시!"

오싱의 얼굴이 창백해졌다. 입술에는 바르르 가벼운 경련이 일었다.

"저는 그런 남자예요. 오직 일만을 위해 살았고 그것으로 이룩한 것도 있어요. 제 생각을 바꾸고 싶지 않아요. 정에 얽매이면 장사 같은 것은 할 수 없어요, 어머니."

"어미가 이렇게 간절히 부탁을 해도?"

히토시는 경직된 얼굴로 고개를 돌렸다.

"어머니도 이제 남자를 생각할 때가 지났잖아요. 그 연세에 옛 연인의 의리를 지켜서 대체 뭘 하자는 겁니까."

그 말에 표정이 굳어진 오싱은 순간적으로 히토시의 뺨을 내리쳤다. 그러자 히토시는 자리에서 벌떡 일어섰다.

"저한테는 무슨 말씀을 해도 괜찮지만 미치코의 귀에는 들어가지 않게 해 주세요. 꼴불견이에요, 어머니…… 아무리 나이보다 젊어 보인다고 사람들이 아부를 해도 이제 어머니 연세도 여든이 넘었어요. 조금은 자중하세요!"

방을 휙 나가는 아들의 뒷모습을 지켜보는 오싱의 눈에 노기가 가득했다. 그러다가 이내 그 얼굴은 쓰디쓴 절망으로 젖어 들어갔다.

본채 거실에서 서성거리던 미치코는 히토시를 보자마자 대뜸 물었다.

"어머님의 말씀이란 게 뭐예요?"

"별일 아니야."

"아직도 새 슈퍼 내는 걸 반대하고 계신가요?"

히토시는 미치코의 말을 무시하고 아무렇지도 않은 얼굴

로 옆에 있던 신문을 집어 들었다.

"배가 고픈걸. 뭣 좀 먹을까?"

"또 그렇게 얼버무릴 생각이에요? 나한테는 아무 얘기도 않을 거예요?"

히토시는 묵묵히 신문을 훑었다.

"여보!"

"시끄러워!"

미치코는 움찔하여 히토시를 노려보다가 후닥닥 방으로 들어가서는 신경질적으로 문을 쾅 닫았다. 히토시는 넌덜머리가 난다는 듯이 상기된 얼굴을 절레절레 흔들어 댔다.

사무실에 출근한 히토시를 다쓰노리와 다른 직원들이 일제히 정중하게 맞았다.

"안녕하십니까?"

고개를 끄덕이며 히토시가 자리에 앉자마자 다쓰노리가 바싹 다가앉았다.

"오늘 새 슈퍼의 진출과 경영 규모를 발표할 예정인데 그대로 진행하면 되겠습니까?"

"응."

히토시는 짤막하게, 그러나 결연하게 대답했다.

"부사장님의 의향은? 몹시 반대하시던데요."

"신경 쓸 것 없어."

다쓰노리의 염려를 히토시는 간단하게 일축해 버렸다. 그때 요란하게 전화벨이 울렸다. 전화를 받던 여직원이 경제 신문사의 기자한테서 온 거라고 알려 주었다. 다쓰노리는 알았다는 시늉을 해 보이고 다시 히토시를 향해 나직하게 말했다.

"며칠 전부터 끈질기게 달라붙고 있어요. 냄새를 맡은 것 같은데요."

"오후에 기자들을 모아 줘. 어차피 발표할 바에야 대대적으로 하자구. 성대하게 애드벌룬을 띄우는 거야."

그러자 다쓰노리는 싱글벙글했다.

"네, 잘 알겠습니다."

"오늘 밤엔 그 친구들을 초대해서 한잔 먹일 테니 준비를 철저히 해 줘."

"네!"

다쓰노리는 곧장 전화통에 달라붙었다.

다음 날 아침 히토시는 식탁 앞에 앉은 채, 신문을 펼쳐 놓고 뚫어져라 읽고 있었다. 식사 준비를 하던 미치코도 흘끗흘끗 곁눈질로 신문을 넘겨다보았다.

"새 슈퍼 진출 문제를 지방판에 모두 다 다루었군요. 현지 신문 경제란에는 꽤 크게 났고요."

"그렇군."

히토시는 만족한 듯 신문을 뒤적였다.

"이렇게 신문에 난 이상 어머님도 이제 반대하시지 못하겠지요. 잘됐지 뭐예요."

미치코의 말에 히토시는 왠지 떨떠름한 표정을 지었다.

그 시간에 오싱도 별채에서 신문을 들여다보고 있었다. 그러나 표정은 매우 굳어 있었다. 이윽고 오싱은 무언가를 결심한 듯 자리에서 일어나 외출할 채비를 했다.

이젠 고우타에게 용서를 빌어도 소용이 없다는 것을 알고 있다. 그러나 자신의 견딜 수 없는 심정을 털어놓을 곳 역시 고우타밖에 없었던 것이다.

오싱이 아침도 먹지 않고 어디론가 가 버린 것을 뒤늦게야 알고 히토시는 슈퍼의 사무실과 어머니가 갈 만한 곳을 모조리 다 뒤졌다. 그러나 어디에서도 오싱을 찾을 수 없었다. 마지막으로 히토시는 하스코의 수예점을 찾았다.

하스코는 신문에 보도된 다노쿠라슈퍼의 기사를 읽었다며 무척 기뻐했다. 그러나 히토시는 어머니와의 불화를 털어놓으며 앞뒤 상황을 설명했다. 그러자 하스코는 나미키라는 분이 노소미 생모의 연인이었다는 얘기와 함께 노소미가 독립할 때 돈을 빌려 준 사람이라는 것을 일러 주었다. 그러자 히토시는 무엇인가 골똘히 생각에 잠기더니 어머니에게 불효를 하게 되었다며 엷은 자책의 빛을 떠올렸다.

히토시가 그렇게 찾던 오싱은 고우타의 집 다실에서 그와 마주 앉아 있었다.

"부인이 돌아가신 뒤로 혼자 쓸쓸하실 텐데요."

고우타는 웃으며 대답했다.

"아니, 혼자가 좋아요. 젊은이들하고는 생각도, 취미도, 생활도 다르니까요. 이 나이에 젊은이들과 어울릴 생각도, 젊은이들에게 혐오감을 줄 생각도 없구요."

"그렇군요. 늙은이가 자기를 내세우면 젊은것들은 따분해할 테죠. 이번 일만 해도 이제 내 말 같은 건 아무도 귀 기울여 들으려 하지 않아요. 이 댁에 얼마나 폐를 끼치게 되는지, 그런 일은 사람으로서 할 일이 아니라고 아무리 타일러도 알아주지 않았어요. 정말 뭐라고 용서를 빌어야 할는지요."

오싱이 이처럼 사과하자 고우타는 부드럽게 미소를 지을 뿐이었다.

"신경 쓰실 것 없어요. 우리의 일은 우리로 끝난 거니까 젊은이들에게는 상관없지요. 히토시군이 우리 일을 몰랐던 것처럼 우리 아들놈도 몰라요. 젊은이들은 그들의 세대에서 새로운 경쟁을 할 수밖에 없어요. 오싱상이 이 일로 마음 아파하는 것도 다 부질없습니다. 우리는 우리, 젊은이들은 젊은이들이니까요."

"하지만 저로서는 도저히 모른 척할 수가 없습니다."

"나는 벌써 은퇴했어요. 가게는 아들놈이 하고 있지요. 다노쿠라의 진출을 맞받는 것은 아들놈이지 내가 아니오. 오싱상도 마찬가지 아닙니까. 히토시군 대에 와서는 히토시군의 일이지요. 오싱상이 내게 용서를 빌어야 할 이유는 없어요."

"저는 히토시를 잘못 교육시켰습니다."

"언젠가 그런 말씀을 하시더니 또 그러시는군요."

오싱은 허전한 미소를 지은 채 찻잔에 시선을 고정시켰다.

"애들은 부모를 보며 자란다고 하는데 어미인 내가 줄곧 돈 버는 것밖에 생각하지 않고 살아왔으니까요. 히토시가 사업을 위해서라면 의리도 인정도 짓밟는 짓을 서슴지 않아도 나무랄 수가 없어요. 이제 와서 깨달아도 이미 늦었지만…… 이렇게 된 것도 다 제 탓이에요."

고우타는 무거운 한숨을 내쉬며 오싱에게 위로의 눈길을 보냈다.

"누구의 탓도 아닙니다. 전쟁 탓이지요. 그 전쟁으로 일본은 달라졌어요. 그 지옥에서 헤어나기 위해서 일본인들은 누구를 막론하고 필사적으로 일했어요. 밑바닥을 경험했기 때문에 잘살고 싶다는 갈망이 컸지요. 일본 사람이라면 누구나 풍요로움을 동경하며 무턱대고 앞만 보고 달렸죠. 그걸 잘못이라고 나무랄 수는 없어요."

오싱은 묵묵히 고우타의 이야기를 들으며 지나간 세월의 몸서리쳐지는 고생을 다시금 되돌아보았다.

"지금은 물자가 넘쳐서 옛날의 가난을 알고 있는 사람은 많지 않아요. 그런데 무턱대고 달리는 바람에 잃어버린 것도 꽤 많아요. 히토시군도 그 중 하나일지 몰라요. 우리 아들놈도 그렇고요. 하지만 모두가 시대의 물결에 떼밀려 필사적으로 살아왔을 뿐이에요. 스스로를 책망하지 말아요."

"그래요. 멍청히 있다가는 굶어 죽을 판이었으니까요. 지금 생각하면 단지 돈이 필요하다는 일념으로 일했었죠. 그것이 어느새 다음에서 다음으로 욕심도 커지나 봐요."

"그 덕분에 일본의 고도성장도 이뤄진 셈이니까요."

"우리 집 손자들은 가난을 모르고 자랐고 지금의 풍요를 당연한 것으로 생각하고 있지요. 그 애들이 언젠가 어려움에 부닥쳤을 때 어떻게 대처해 나갈지 무서워집니다."

"우리 손자들도 마찬가지예요. 만일 다노쿠라의 진출로 우리 집이 위태로워진다면 손자들에게는 약이 될지도 모르지요."

고우타는 전혀 개의치 않는다는 듯 흔쾌하게 웃었다.

"고우타상……"

"그것도 괜찮지 뭡니까? 인간이란 밑바닥을 모르고는 참다운 행복을 알지 못하는 법이지요. 풍요로움에 빠진 인간은 불행한 겁니다."

오싱은 그윽한 눈길로 고우타의 주름진 얼굴을 바라보았다.

"오늘은 천천히 머물다 가세요. 나도 이 산장에서 언제까지 호강하게 될지 알 수 없으니까요. 나미키가 경영 부진에 빠지게 되면 이것을 맨 먼저 처분하게 될 테니까요."

"고우타상……"

오싱은 무겁게 짓누르는 자책감으로 다음 말을 이을 수가 없었다. 그러나 고우타는 짐짓 밝은 목소리로 분위기를 바꿨다.

"지금 요리를 잘하는 아주머니가 와 있어요. 점심에는 산채요리를 만들어 달라고 하죠."

오싱은 말없이 고우타를 바라보았다. 그때 중년 남자 하나가 뜰에 들어섰다. 고우타의 장남 무네오였다.

무네오는 손님이 와 있는 것을 보고 머쓱한 표정으로 주춤거렸다.

"아, 손님이 계셨군요."

"웬일이냐? 오싱상, 장남인 무네오예요."

고우타의 소개에 오싱은 불에 데인 사람처럼 뜨끔했으나 애써 태연하게 마음을 추슬렀다.

"다노쿠라의 부사장님인 오싱상이시다."

순간 무네오의 안색이 달라지는 것을 놓치지 않으며 오싱은 차분하게 말했다.

"다노쿠라예요. 언제나 아버님께 폐를 끼치고 있지요."

무네오는 내키지 않는 듯 떨떠름한 얼굴로 인사를 했다.

"나미키입니다."

"그래, 희한한 일이로구나. 웬일로 여기까지 왔느냐?"

무네오는 난처한 얼굴로 머뭇거리다가 오싱을 흘끗 쏘아

보았다.

"그럼, 저는 이만 실례하겠습니다."

오싱은 무네오의 시선을 거북하게 느끼며 자리에서 일어났다.

"오싱상, 모처럼 오셨는데 벌써 일어나시다니요. 점심을 드시고 가셔야죠."

고우타의 권유를 한사코 사양하고 오싱은 밖으로 나왔다.

무네오는 오싱을 전송하러 뒤따라 나가는 고우타를 못마땅한 눈으로 바라보았다.

"오싱상, 또 찾아 줘요."

대문을 나서다 말고 오싱은 물끄러미 고우타에게 깊은 시선을 주었다. 왠지 더 이상의 말을 나눌 수가 없었다.

고우타가 오싱을 배웅하고 방으로 들어오자 무네오가 기다렸다는 듯이 다짜고짜 따졌다.

"그 할머니는 대체 뭣하러 왔답니까?"

"애비의 옛친구다. 너한테 이러쿵저러쿵 말 들을 일은 없다."

"다노쿠라라면서 뭐가 친굽니까. 오늘 아침 신문 보셨지요? 다노쿠라가 우리 가게를 매입하러 왔을 때 거절했었죠. 그것으로 단념했나 했더니 웬걸, 우리 가게에서 엎드리면 코 닿을 곳에 있는 가게를 몇 집 꾀어 땅을 사들였어요. 거기에 슈퍼를 세우면 우리는 견딜 수 없게 돼요."

고우타는 못 들은 척하며 차 끓일 준비를 했다.

"아버님! 그 다노쿠라 할머니와 태연히 접촉하다니, 어찌 된 일입니까?"

속이 타는 듯 무네오가 바싹 다가앉으며 묻자 고우타는 태연히 아들을 쳐다보았다.

"나잇살이나 들어 가지고 뭘 그렇게 허둥대는 거냐. 근처에 슈퍼가 생겼다고 해서 손님이 떨어질 그런 장사를 해 왔느냐. 나미키한테는 오랜 단골이 많아. 그렇게 호락호락하게 슈퍼에 빼앗기지는 않을 거다."

"지금 손님들에게 노포 따위는 통하지 않아요. 물건이 많고 1엔이라도 싼 가게가 승리하는 시대예요. 도시화가 진행되면서 앞으로 새 손님들이 늘어날 텐데 뻔히 눈뜨고 그 손님들을 다노쿠라에게 빼앗긴다면 나미키도 끝장이에요."

무네오는 격앙된 어조로 말을 이었다.

"어쨌든 이대로 방관만 할 수는 없어요. 오늘은 아버님과 앞으로의 일을 신중하게 상의드리고자 왔습니다."

그러나 고우타는 눈빛 하나 흔들리지 않고 태연히 차 마실 준비만 했다. 무네오는 그런 아버지가 답답하다는 듯이 쳐다볼 뿐이었다.

고우타의 집을 나온 오싱은 하스코의 가게로 발걸음을 돌렸지만 착잡한 심정을 가눌 길이 없었다.

오랜만에 찾아온 오싱을 반갑게 맞으며 하스코는 메밀국수를 내놓았다.

"어머니가 좋아하시는 메밀국수예요."

"글쎄, 별 생각이 없구나."

"조반도 안 드시고 나가셨다면서요? 히토시가 걱정이 되어서 일부러 여기까지 왔었어요."

오싱은 아무 말 없이 깊은 한숨만 내쉬었다.

"내가 너무 오래 산 것 같구나."

"무슨 말씀을 하시는 거예요? 건강하시니까 다노쿠라의 전성기를 보시는 것 아니에요? 곧 17호점 개점에도 참석하실 테니 어머니는 누구보다도 행복한 분이세요."

오싱은 고개를 흔들었다.

"아무도 모른다. 이 어미의 마음을……"

"어머니는 나미키상의 은혜를 원수로 갚는 꼴이 되었다고 하시지만 다노쿠라가 가게를 낸다고 해서 나미키가 망하는 건 아니잖아요. 그분도 이해해 주실 거예요."

"그래, 고우타상은 이해해 주셨어. 오히려 어미가 위로를 받았단다."

"그랬어요? 역시 나미키상한테 가셨군요."

"장사란 원래 그렇게 냉혹한 것일 테지만 어미는 그런 사고방식이 무섭단다. 그걸 당연하게 생각하고 있는 히토시의 비정함이 두렵구나."

"그 정도가 아니었으면 다노쿠라는 벌써 사라졌을 거예요. 지금까지 얼마나 많은 슈퍼가 쓰러졌는지 어머니도 보셨잖아요. 그래도 여러 차례의 위기를 극복해 온 히토시가 얼마나 든든해요?"

오싱은 불쾌한 표정으로 하스코의 말을 가로막았다.

"됐다, 이젠…… 모두들 장사만 잘되면 그만이라는 생각들이니 큰일이다."

"장사가 잘 안되면 어떡하게요. 가난이 지겨워 발버둥쳐 왔는데 다시 가난으로 돌아갈 수는 없잖아요."

하스코는 자신이 얘기하면서도 가난이라는 말에 저절로 얼굴이 찌푸려졌다.

"어머니, 저도 돈 고생은 지겨워요. 히토시도 마찬가지예요. 전쟁 전후를 살아온 일본 사람들은 모두 그래요. 그래서 히토시나 어머니나 모두 정신없이 일을 한 거예요. 히토시를 탓할 수는 없어요."

오싱은 아무 말 없이 하스코를 쳐다보았다. 누구보다도 자신의 마음을 이해해 주던 하스코였다. 그런데 어느덧 하스코까지도 다른 사람들과 같은 생각을 하는 걸 보니 오싱은 차라리 입을 열기가 싫었다.

그 이후로 오싱은 새 가게 일은 일절 간섭하지 않고 히토시가 하는 대로 맡겨 두었다. 그리고 평범한 노인들처럼 오로지 집에만 파묻혀 지냈다.

이윽고 1983년이 밝아 오고, 그해 3월 다노쿠라슈퍼 17호 점포가 완성되어 곧 개점일을 앞두고 있었다.

그날도 오싱이 혼자 방에서 책을 읽고 있는데 게이가 들어왔다.

"할머니."

"아, 게이냐? 웬일이냐. 갑자기 할미를 다 찾아오고?"

"봄방학이에요. 어젯밤 늦게 돌아왔어요. 맨 먼저 할머니가 보고 싶어서 이렇게 달려왔어요."

쾌활하게 웃는 손자를 보니 오싱은 마음이 봄날처럼 환해지는 듯했다.

"그렇게 방학이 많아서 공부는 언제 하느냐. 대학이란 곳은 그러면서도 비싼 등록금을 받고……"

"여전하시군요. 할머니가 요즘은 기운 없이 늘 집에만 계신다고 아버지가 걱정을 하더라구요. 그런데 안색도 좋으시고 독설도 여전하시네요, 뭐."

하고 게이는 짓궂게 웃었다.

"성가신 존재는 빨리 사라져 주는 게 좋겠지만 아직은 그럴 것 같지가 않구나."

"무슨 말씀이세요. 어쨌든 다행이네요. 개점식에 정정한 모습으로 나가실 수 있으니까……"

새 슈퍼 이야기가 나오자 오싱의 표정이 굳어졌다. 게이는 할머니의 기분을 눈치채지 못한 듯 말을 이었다.

"이번 가게는 백화점 규모라지요? 여하튼 큰아버지는 수완이 대단하세요."

"아빠는 여전하시냐."

오싱은 슬그머니 말머리를 돌렸다.

"네. 4월에 있을 개인전 때문에 바쁘다고 저더러 보고도 드리고 안부 여쭈래요."

"바빠서 다행이로구나."

오싱은 겨우 기분을 바꾸려 했으나 게이는 여전히 눈치 없이 말했다.

"새 점포를 구경했으면 하는데 할머니도 함께 가세요."

"나는 싫다."

"집에만 계시지 말고 바깥바람도 쏘이세요. 큰어머니도 방금 그렇게 말씀드리라고 부탁하던데요. 집에만 계시면 건강에 나쁘다고 걱정하세요."

게이가 팔을 끌자 오싱은 그 손길을 고집스럽게 뿌리쳤다.

"공연한 참견이로구나."

"할머니, 모두들 걱정하고 있어요."

"날마다 밭일도 하고 체조도 하고 있으니 걱정 말아라."

오싱의 퉁명스런 태도에 게이는 할머니가 심상치 않음을 느꼈다.

그때 무거운 분위기를 깨뜨리며 전화벨이 울렸다. 수화기를 들고 나직하게 무슨 말인가 몇 마디 주고받던 오싱은 전

화를 끊자 서둘러 외출 준비를 했다. 눈치를 살피던 게이가
덩달아 따라나섰다.

"할머니, 어디 가세요? 제가 모시고 갈게요."

"괜찮다. 혼자 가겠다."

오싱은 부랴부랴 방문을 나서다가 마침 과자 쟁반을 들고
들어오는 미치코와 맞부닥쳤다. 그러나 오싱은 거들떠보지
도 않고 총총히 사라졌다.

고독한 순례

다노쿠라슈퍼의 17호 점포 개점일에 집을 나온 오싱의 한 달 남짓한 여행도 이제 끝이 나려 하고 있다. 야마가다, 사카다, 도쿄, 사가 등지를 돌아 이세까지 온 오싱은 이세의 해변가 언덕에 우뚝 자리잡은 호텔 창밖으로 멍하니 아침 바다를 바라보았다.

바다 물빛은 여전했다. 그것은 오싱에게 천만 가지 상념을 떠올리게 하는 물빛이었다.

"다노쿠라가 그런 지경에 놓여 있는지는 몰랐어요."

게이는 할머니의 찻잔에 차를 따랐다.

"그럼 히토시 큰아버지도 야단이군요. 대형 슈퍼가 진출해 온다는 걸 지금쯤은 알았을 텐데요."

"돌아가면 집 같은 것도 없어졌을지 모르지."

이렇게 말하며 오싱은 장난스레 웃었다.

"할머니!"

"게이, 하루만 더 쉬고 가자. 돌아가면 어떤 수라장이 기다리고 있을지 모른다. 이젠 지긋지긋하구나."

오싱은 태평스럽게 말했으나 게이는 그렇지 않은 모양이었다.

"그런 한가한 얘기를 하실 때가 아니잖아요. 어젯밤에 다노쿠라의 현황을 듣기 전까지는 할머니께서 오랜 염원을 이루었다는 안도감으로 추억을 더듬는 여행을 즐기고 계신 거라고만 생각했어요. 그런데 그게……"

오싱은 엉뚱한 말로 게이의 말을 막았다.

"산책이라도 나갈까? 날씨가 좋구나. 야마가다에는 그렇게 눈이 많이 내렸는데 어느새 벚꽃도 지고 신록이 파릇파릇한 계절이 되었어. 이제 곧 5월이니까."

그러자 게이가 펄쩍 뛰는 시늉을 했다.

"할머니는 너무하세요. 다노쿠라가 가장 곤란한 처지에 빠져 있을 때 모른 척하고 도망을 나오셨군요. 큰아버지만 해도 누구보다도 할머니를 의지하고 있는데 말이에요."

오싱은 물끄러미 손자의 얼굴을 보았다. 그러고는 타이르듯 천천히 말했다.

"게이, 다노쿠라는 말이다, 이제 네 큰아버지의 대(代)가 된 거야. 쓰러뜨리든 일으키든 이제 히토시의 손에 달렸어."

"결국 할머니는 골치 아픈 일에 말려들기 싫어서 여행을 떠난 거예요. 비겁해요."

게이의 당돌한 항의에 오싱은 쓸쓸하게 웃었다.

"그런 말을 들어도 하는 수 없지. 히토시가 다노쿠라를 어떤 식으로 결말지을지 모르지만 할머니는 할머니대로 기분을 정리해 보고 싶었단다. 할머니는 여섯 살 때부터 더부살이를 하면서 언젠가 내 가게를 가지겠다 꿈꾸며 이 나이까지 버텨 왔다. 그 염원이 이제 겨우 이루어졌는데 다시 쓰러지는 일이 생겨서야, 울어도 시원치 않을 노릇이지."

"할머니?"

"다만, 휘청거릴 때는 휘청거릴 만한 이유가 있는 거다. 그것을 차분히 따져 보고 싶었던 거야. 그러고 나서 비로소 깨닫게 되면 어떤 역경이라도 뚫고 나갈 수 있어. 또 처음부터 다시 출발하겠다는 마음가짐도 가질 수 있고 말이다. 그런데 꽤 오랫동안 돈 걱정 않고 지냈더니 가난하던 시절의 일을 나도 모르게 잊어버리고 말았구나."

마치 대사를 외우는 듯한 할머니의 장황한 이야기에 게이는 심각하게 귀를 기울였다.

"여행을 떠나오길 잘했어. 잊고 있던 일들이 어제 일처럼 생각나는구나. 그 무렵의 일을 생각하면 알거지가 되어도 무섭지 않아. 각오만 있으면 뭐든지 다시 할 수 있어."

오싱의 말이 끝나자 게이는 다시 표정이 밝아졌다.

"할머니한테는 당할 수가 없어요. 저는 할머니 발뒤꿈치에도 못 따라가요."

오싱은 빙긋 웃었다.

"당연하지. 할머니뿐만 아니라 옛날 사람들은 모두가 그렇게 살아왔단다. 고생을 하지 않고는 살아남을 수가 없었으니까. 하지만 일을 한다는 게 조금도 고통스럽지 않았지. 땀 흘리고 먹는 한 그릇의 밥이 얼마나 맛있었는지, 1엔의 돈도 얼마나 반가웠는지 모른다. 너희들은 불쌍하구나. 고생을 하고 싶어도 할 수가 없고 땀을 흘릴 줄도 모르니까. 할머니들이 맛본 물질의 고마움을 알지 못해. 그래서 너희들이 불쌍한 거야."

"그러고 보니 우리의 생활이란 미지근한 물에 담겨져 있는 것 같아요. 이걸 하지 않으면 내일 당장 먹을 게 없다는 긴박감도 없고, 전쟁을 모르니 평화의 소중함도 못 느끼구요."

오싱은 느닷없이 화제를 바꾸었다.

"너, 장차 무슨 일을 할 건지 아직 결정하지 않았느냐?"

"네…… 아직 졸업까지는 2년이나 남았는걸요."

"그럼, 무슨 이유로 경영학을 선택했니?"

게이는 눈을 껌벅거리다가 곧 선선히 대답했다.

"월급쟁이가 가장 무난하니까요. 하지만 역시 다노쿠라는 안되겠어요. 그렇게 위태로워서는…… 이왕이면 큰 나무의 그늘이라니까, 대기업을 뚫고 들어가야지요."

싱긋 웃는 게이를 보며 오싱도 덩달아 미소 지었지만 두 사람의 웃음의 의미는 각기 달랐다.

"뭐가 그리 좋을까. 일생을 일만 하고도 정년까지의 수입이라고는 빤히 계산할 수 있는 정도의 일이……"

"모험은 싫거든요. 악착같이 살지 않더라도 얼마든지 편안하게 생활할 수 있으니까요."

대수롭지 않다는 듯이 말하는 게이를 보고 갑자기 오싱은 엄한 표정을 지었다.

"요게 가가야의 큰방마님이나 가요 아가씨의 피를 이어받은 자식인가 생각하니 기가 막히는구나. 앞으로 이 나라가 어찌 될지 걱정된다."

게이는 무안한 듯 머리를 긁적거렸다.

"학교까지 쉬어 가면서 할미를 따라왔는데 고작 그 정도라니, 무슨 생각을 하면서 다녔느냐?"

오싱은 따끔하게 일침을 놓고 나서 다시 화제를 바꾸었다.

"게이, 역시 오늘 돌아가야겠다. 싫다고 돌아가지 않을 수도 없는 노릇이고, 하루 더 미루어 봤자 언짢은 생각이 사라지는 것도 아니니……"

"꾸중을 듣겠죠? 막상 돌아가려니까 문지방이 높은걸요."

게이는 다시금 쾌활하게 말했다.

"그러니까 몇 번이고 빨리 돌아가라고 했잖느냐."

"각오하고 있어요. 그동안 할머니를 쫓아다니면서 많은 것을 보고 배웠는걸요."

"그것뿐이냐? 역시 쫓아 버렸어야 하는 건데 그랬구나."

그 말에 게이는 히죽히죽 웃었다.

"웃긴, 뭐가 좋아서 웃느냐?"

"할머니, 다노쿠라의 집이 없어졌으면 우리 집으로 오세요."

"할미 걱정 말고 네 걱정이나 해라. 곧장 너희 집으로 가거라. 히토시나 미치코가 무슨 소릴 할지 모르니……"

"괜찮아요. 전 할머니 보호자니까 마지막까지 책임을 져야지요."

두 사람은 짐을 꾸리며 밝게 웃었다. 그리고 여행에서 더듬은 모든 상념들을 마지막으로 떨쳐 버리기나 하듯 할머니와 손자는 이세의 바다를 오랫동안 바라보았다.

그리고 그날 오후 오싱과 게이는 다노쿠라가에 도착했다. 문 앞에서 문패를 본 게이가 장난스럽게 말했다.

"할머니, 아직 다노쿠라의 문패가 붙어 있어요."

"그렇구나. 그럭저럭 버티고 있는 모양이지?"

오싱도 따라 웃었다. 문 앞에서 한동안 머뭇거리다가 게이는 살며시 문을 열었다. 둘은 서로 마주 보고 의미 있는 표정으로 씩 웃고 안으로 들어갔다.

미치코가 오싱을 보자 깜짝 놀라 외쳤다.

"어머님!"

"잘 있었느냐? 멋대로 행동해서 미안하다. 모두들 잘 있지?"

잠깐 외출했다가 돌아온 사람처럼 태연한 오싱의 말에 미치코는 그만 아연하여 멀뚱히 서 있을 뿐이었다.

"얘기는 천천히 하자."

오싱은 이렇게 말하고 총총히 별채로 발걸음을 옮겼다. 게이는 묵묵히 미치코에게 고개 숙여 인사하고 할머니의 뒤를 따랐다. 두 사람의 뒷모습을 분연히 쏘아보는 미치코의 얼굴에 바르르 경련이 일었다.

별채로 들어선 오싱은 새삼스럽게 자신의 방을 둘러보았다. 그것은 일종의 안도감이기도 했다.

"결국 이렇게 돌아왔구나."

"아무것도 변한 게 없잖아요. 할머니 말씀으로는 다노쿠라가 금방이라도 쓰러질 것 같았는데 공연한 걱정을 했어요."

게이의 너스레를 귓전으로 흘려 버리고 오싱은 방 한쪽에 마련된 불단에 향을 피웠다.

"그런데 큰어머니는 무서운 얼굴을 하고 있었어요. 상당히 충격을 받았나 보던데요."

"그래. 그 얼굴을 보니 차도 가져올 것 같지 않구나. 게이, 우리 차라도 한잔 끓여 먹을까."

쓸쓸히 미소 짓는 할머니에게 고개를 끄덕여 보이고 게이는 방문을 나갔다.

오싱의 예상대로 미치코는 끓어오르는 분노를 꾹 누르며

거실에 앉아 있었다. 그때 거칠게 현관문 열리는 소리가 났지만 미치코는 꼼짝도 하지 않았다. 허겁지겁 뛰어들어온 사람은 히토시였다.

"어머니가 돌아오셨다는 게 정말이야? 어디 계셔? 하스코도 데이도 곧 올 거야. 다쓰노리가 연락한다고 했으니까."

그러자 미치코는 볼멘소리로 기다렸다는 듯이 쏘아 댔다.

"이제 와서 어슬렁거리며 잘도 돌아오셨군요. 어머님 말이에요."

"미치코……"

히토시는 잔뜩 부어 있는 미치코를 살폈다.

"이럴 때 태평스러운 얼굴로 돌아오시다니, 나는 절대 용서 못해요!"

"어머니는 아무것도 모르고 계셔. 어쩔 수 없잖아. 건강하게 돌아오신 것만도 다행으로 생각해야지."

히토시는 타이르듯 말했으나 미치코의 성난 기세는 조금도 누그러지지 않았다.

"나는 이제 시어머니로도, 며느리로도 생각하지 않아요. 말도 없이 나갔다가 한 달이 넘도록 연락 한번 없었으니…… 그렇게 사람을 무시하는 행동이 어디 있어요. 어머님이 우릴 무시하면 우리도 어머님을 무시할 수 있어요. 당신이 분명히 어머님께 말씀드리세요!"

그때 또다시 현관문이 열리고 데이가 들어왔다. 황급히 별채로 달려가는 데이의 뒷모습을 보며 히토시는 착잡한 표정을 지었다.

"어머니한테는 잘 말씀드려 보겠어. 다노쿠라가 이렇게 된 건 어머니 탓이 아니야. 당신 심정은 알지만 기분을 돌려요."

히토시는 돌아앉은 채 꼼짝도 않는 미치코에게 한마디 던지고는 급히 별채로 향했다.

별채에 들어서니 데이가 오싱과 게이에게 잔소리를 늘어놓고 있었다.

"정말 남의 속도 모르고…… 게이도 그렇지. 할머니를 따라다녔으면 도중에 소식이라도 알려 줄 수 있었잖아."

"내가 못하게 했다. 굳이 연락을 안 해도 소식이 없는 것은 잘 있다는 증거니까."

히토시가 말없이 자리에 앉았다. 데이는 히토시의 존재를 무시한 채 계속해서 쏘아 댔다.

"그야 미치코 올케가 마음에 안 들 수도 있겠죠. 하지만 우리한테까지 비밀로 하실 건 뭐예요?"

"미치코와는 상관없는 일이다."

오싱은 퉁명스럽게 데이의 말을 끊었고, 데이는 히토시와 오싱을 번갈아 바라보며 언성을 높였다.

"제일 걱정한 사람도, 제일 화를 낸 사람도 오빠예요! 게다가 올케한테까지 온갖 푸념을 다 듣고 말이에요. 어머니는 마음대로 행동해도 괜찮으실지 모르지만 어머니가 느긋하게 놀러 다니는 동안 다노쿠라가 어떤 궁지에 몰렸는지 알기나 하세요? 오빠 혼자 애를 쓰고, 올케는 잔뜩 부어 있고…… 오빠가 불쌍해요."

"데이, 어머니는 이제 막 돌아오셨어. 지금 그런 얘기를 할 건 없잖아."

"오빠! 어머니를 기다리고 있었잖아요! 어머니의 힘을 빌리지 않고는 어쩔 수 없다고 한 건 바로 오빠예요."

"천천히 말씀드릴 거다."

"천천히 얘기할 새가 어디 있어요?"

데이는 흥분하여 얼른 오싱에게 말했다.

"다노쿠라에게 땅을 팔지 않겠다고 하던 역전 상인들이 대형 슈퍼를 끌어들이겠다고 해요. 다노쿠라에 대한 역습이에요. 그 선두에 서 있는 게 나미키라는 사람이고…… 방법이 치사하기 그지없어요. 만일 대형 슈퍼가 역전에 큼직한 체인점을 세우는 날이면 모두가 끝장이에요."

모두들 침묵을 지킬 뿐 누구도 선뜻 데이의 말을 가로막지 못했다.

"어머니, 우리 그이도 애들 둘도 다노쿠라에 모든 걸 걸고 있어요. 만일 다노쿠라에 무슨 일이 생기면……"

한참 동안 어색한 침묵이 흐른 뒤 히토시가 무겁게 입을 열었다.

"데이와 게이는 잠깐 자리를 비켜 다오. 어머니하고 둘이서 긴히 할 말이 있다."

"그래, 게이는 이제 돌아가거라. 무사히 여기 왔으니까 네 역할은 끝난 거다."

"네, 그럼 또 오겠습니다."

"그래, 빨리 도쿄로 돌아가 학교에 다녀야지."

게이는 웃으며 두 사람을 향해 꾸벅 절했다.

"큰아버지, 여러 가지로 죄송합니다."

"아니다. 네가 함께 있다길래 안심했었다. 고맙구나."

"게이, 할머니는 건강하다고 아빠에게 안부 전해라."

게이는 싱긋 웃으며 고개를 끄덕여 보이고 데이와 함께 방을 나갔다.

오싱과 단둘이 남게 되자 히토시는 심각한 얼굴로 어렵사리 말문을 열었다.

"무척 기다렸습니다."

오싱은 냉랭한 표정으로 입을 다물었다.

"어머니!"

히토시는 느닷없이 방바닥에 양손을 짚으며 고개를 숙였다.

"이렇게 간청합니다. 나미키상에게 부탁해 주세요. 어머니라면 나미키상도 꺾일지 모릅니다."

히토시는 간절한 목소리로 말을 이었다.

"생각다 못해 제가 직접 부탁을 하러 갔었지만 소용이 없었어요. 이제 어머니께 달려 있어요."

"그럼 나미키상은 아직 땅을 양도하지 않았다더냐?"

오싱은 비로소 입을 떼었다.

"알아본 바로는 나미키의 최종 허락이 늦어지고 있는 모양입니다. 지금 같으면 아직 시간이 있습니다. 어머니, 제발 부탁입니다. 미치코도 이번 일로 곤욕을 치르고 있어요. 게다가 아카네 문제로 제정신이 아니에요."

"왜? 아카네에게 무슨 일이라도 있느냐?"

"그 바보 같은 게 변변찮은 놈에게 반해 가지고 교제를 허락했던 모양이에요. 그런데 다노쿠라가 위태롭다는 소문이 퍼지자 놈이 갑자기 냉정해졌다나 봐요."

히토시는 거의 울상이 되어 있었다.

"결국 다노쿠라의 재산을 노렸던 놈이지 뭡니까. 뒤늦게나마 알게 되어 다행이지만 아카네와 미치코에겐 충격이 컸던 모양이에요. 어쨌든 대형 슈퍼가 진출하는 날이면 소문대로 다노쿠라가 쓰러질지도 모릅니다. 어머니가 나미키상과 접촉하셔서 아무쪼록 힘써 주세요. 피곤하시겠지만 지금 자동차로 모실 테니 어머니, 제발……"

그러나 오싱은 냉랭한 표정으로 창밖을 내다보고만 있었다.

게이는 아버지의 작업장에 반갑게 달려들어갔다.

게이가 와 있는 줄 미처 모르고 노소미는 묵묵히 물레를 돌리는 일에만 온 정신을 쏟고 있었다. 그러다가 문득 일손을 멈추고 이끌리듯 문 쪽을 보았을 때, 그곳에 우뚝 서 있는 게이를 발견할 수 있었다.

"아버지, 돌아왔습니다."

"그래, 왔구나. 할머니도 건강하시지? 다쓰노리 고모부한테서 전화가 왔더라."

그때 하스코가 들어왔다.

"돌아왔구나, 게이."

"걱정을 끼쳐 드려서 죄송합니다."

게이는 멋쩍은 얼굴로 꾸벅 고개를 숙였다.

"걱정은 안 했다. 그런데 네가 따라다니면서도 어머니의 행선지를 알리지 않은 게 이상하더구나. 도대체 자식 교육을 어떻게 시켰냐고, 아빠가 히토시 큰아버지한테 꾸중 듣는 게 보기 민망했을 뿐이야."

"나는 무슨 말을 들어도 상관없지만 어머니가 문제지. 아무 일도 없었으면 그냥 웃고 말 일인데 여러 가지 어려운 문제가 겹치니……"

"어머니는 아무것도 모르니까 한가하게 여행도 하셨겠지."

하스코의 말에 게이는 갑자기 목소리를 낮추어 두 사람에게 말했다.

"이건 말이에요, 히토시 큰아버지께는 말할 수 없지만, 할머니는 이미 모든 걸 알고 계셨어요. 알기 때문에 여행을 떠나셨던 거예요."

두 사람은 뜻밖의 말에 깜짝 놀랐다.

"뭐라고? 다노쿠라가 위기에 빠질 것을 알고 계셨다구?"

"네, 쓰러질 것도 각오하고 계셨어요."

"기가 막혀서…… 도대체 무슨 생각으로 그러셨을까?"

"그야말로 어머니답지 뭐야."

하스코와는 달리 노소미는 재미있다는 듯이 껄껄 웃었다. 그러자 하스코는 잔뜩 찌푸린 얼굴로 노소미에게 쏘아붙였다.

"농담이 아니야. 다노쿠라의 운명이 걸린 일이잖아. 그런데 무슨 연유인지 막판에 와서 나미키 쪽에서 최종 결정을 미룬다는 거야. 나미키가 땅을 팔지 않으면 대형 슈퍼가 들어오지 못하고 다노쿠라도 살아날 수 있을 텐데."

그 말에 게이는 눈을 동그랗게 떴다.

"그래요? 나미키라는 분이 아직도 할머니를 사랑하고 있는 모양이죠?"

"게이! 그게 무슨 말이냐?"

하스코는 게이의 짓궂은 표정에 어이없어했다.

"다노쿠라는 살아날지도 몰라요."

"게이, 할머니한테서 무슨 말씀을 들은 거냐?"

무언가 짚이는 게 있어 노소미가 계속 추궁했으나 게이는 그저 히죽히죽 웃기만 했다.

그날 오싱은 다시 고우타의 집을 찾았다. 그러나 선뜻 벨을 누를 수 없었고 발걸음은 주춤거렸다.

　집을 비운 동안 모든 일이 끝났으리라고 각오하고 돌아왔는데 나미키는 아직 땅을 팔지 않고 있었다. 오싱은 시간을 끌고 있는 나미키의 의도가 무엇인지 헤아릴 수 없었다.

　오싱이 그렇게 망설이는 동안 다노쿠라의 집에서는 히토시와 미치코, 데이와 다쓰노리가 모여 걱정스럽게 이야기를 나누고 있었다.

　오싱이 집으로 돌아온 날부터 다노쿠라가는 한가닥 희망을 얻은 듯 조용한 움직임이 일기 시작했고 가족들은 모이기만 하면 나미키가 땅을 팔지 못하도록 하는 방안을 논의했다.

　"어머님이 나미키한테 고개를 숙이면 나미키가 땅을 팔지 않기라도 한다는 말이에요?"

　"그건 모를 일이지. 하지만 어머니의 수고는 인정해야지. 여행에 지쳐 피곤하실 텐데 또 나가셨으니……"

　히토시의 말에 미치코는 입을 삐죽거렸다.

　"비록 지금은 부사장으로 물러나 계시지만 부사장으로서 그 정도의 수고는 해야지요. 그러나 어머님이 가셨다고 나미키가 생각을 바꾸리라고 기대하지는 않아요."

　다른 사람들은 모두 침묵을 지키고 있었지만 미치코만은 연신 지껄여 댔다.

　"만일 어머님이 성공시킨다면 나도 어머님이 하신 행동을 용서할 마음이 생길 거예요. 하지만 나는 믿지 않아요. 다노쿠라도 이젠 끝장이에요. 아무리 몸부림을 쳐도 안되는 일은 안되는 거 아니에요."

"아주머니, 그렇게까지 극단적으로 생각하지 마세요. 아직까지는 매상이 순조롭게 오르고 있으니까요. 만일 대형 슈퍼가 진출하더라도 영업은 일 년 뒤에나 시작될 거예요. 그동안 다노쿠라의 신용을 꾸준히 쌓아 나가면 그리 호락호락하지는 않을 거예요."

다쓰노리가 말했으나 미치코는 한마디로 일축해 버렸다.

"한가한 소릴 하시는군요. 대도시라면 모를까, 그 작은 도시에 큰 슈퍼가 둘이나 생긴다고 하면 결과는 뻔해요. 아무래도 1엔이라도 싸고, 매장이 넓고, 좋은 물건이 많은 쪽에 손님을 빼앗기고 말지요."

"그러니까 다노쿠라가 노력을 해야죠. 열심히 하면 그렇게 쉽게 당하지는 않을 겁니다."

말은 그렇게 하면서도 다쓰노리는 자신이 없었던지 슬그머니 말꼬리를 흐렸다.

"다쓰노리상은 언제나 그렇게 속 편한 소리만 하시지만 대형 슈퍼를 상대로 해서 다노쿠라 따위가 이길 거라고 생각해요? 벌써 그런 징조가 나타나고 있잖아요. 거래 업자나 은행마저도 냉정해지고 있어요."

"그건 당신이 그렇게 생각하니까 그렇게 보이는 거야. 다노쿠라는 아무것도 달라진 게 없어."

히토시가 벌컥 화를 냈으나 미치코는 더욱 기세등등하게 나왔다.

"그럼 아카네의 애인이라는 사람은 왜 결혼 약속을 파기한 거예요? 다노쿠라가 장래성이 없다는 걸 알았기 때문이잖아요? 그래도 다노쿠라가 태평하다고 할 수 있어요?"

"그만하지 못해! 당신이 웬 잔소리야. 나나 다쓰노리나 할 만큼 다 했어. 당신이 대체 뭘 안다는 거야. 이젠 지긋지긋해. 눈만 뜨면 투덜대기만 하니……"

"네, 그래요. 당신 어머님은 그렇게 훌륭하시군요. 다노쿠라가 어찌 되든, 아카네가 어찌 되든 유람이나 다니시고 말이에요. 아카네 일만 아니어도 이 따위 집을 나가 버리는 건데……"

앙칼지게 소리치던 미치코가 갑자기 훌쩍거리기 시작했다. 데이와 다쓰노리는 거북살스런 얼굴이 되었다.

"올케 언니, 어머니는 아무것도 모르고 여행을 떠나셨던 거예요. 그러니까 돌아와 보고 깜짝 놀라 나미키에게 뛰어가신 것 아니에요? 어머니는 어머니대로 애를 쓰고 계시다는 걸 알아야죠."

"그래요. 장모님이 하시는 일인데 잘되겠죠. 뭐니 뭐니 해도 경험과 연륜이 있으시니까요."

"언제나 어머니, 어머니…… 사내 대장부가 어머니를 의지하지 않고서는 아무것도 못한단 말이에요? 그러니까 어머님이 항상 도도한 얼굴을 하는 거예요."

"뭐라구?"

히토시의 얼굴은 금방이라도 폭발할 듯이 상기되었다. 그러자 다쓰노리가 황급히 그를 제지했다.

"사장님! 아주머니는 마음고생 때문에 지쳐 있어요."

"아무리 그래도 할 말 못할 말이 있는 거야."

미치코는 한 치의 양보도 없이 아득바득 대들었다.

"그렇게 잘난 척하려면 어머님 대신 당신이 직접 나미키한테 가지 그래요."

"당신이 뭔데 이래라 저래라야?"

미치코의 기세는 누구도 말릴 수 없을 정도였다. 그만큼 속을 태웠던 것이 한순간에 터져 버린 듯싶었다.

"세상일이 그리 쉬운 줄 알아요? 어머님께 의지하려는 생각, 이제 그만두세요. 이제부터는 어머님도 얌전하게 물러앉도록 해야겠어요. 두 번 다시 거들먹거리지 못하도록 할 테니까요."

미치코와 히토시의 대립은 극한 상황으로 치달았다. 분연히 히토시를 노려보던 미치코는 분을 이기지 못해 씩씩거리며 방을 뛰쳐나갔다.

불끈 쥔 히토시의 주먹이 부르르 떨렸다.

"오빠가 참으세요. 올케 언니는 지금 제정신이 아니에요."

데이가 말렸다.

"나는 괜찮아. 하지만 어머니까지 함부로 헐뜯다니 참을 수 없어. 이 다노쿠라를 누가 이끌어 왔다고! 어머니의 피땀 어린 고생을 제까짓 게 어떻게 알아!"

"올케 언니는 자기 친정의 도움으로 다노쿠라가 여기까지 왔다고 생각하는 사람이에요. 어쩔 수 없잖아요. 그런 여자 를 얻은 건 오빠 자신이니까요."

"정말 나미키 문제를 해결할 수 있는 분은 어머니밖에 없 어. 어머니한테 매달리는 수밖에 다른 방법은 없어!"

히토시는 피곤한 듯 의자에 몸을 기대고 눈을 감았다.

한편 그 시각에 오싱은 고우타의 다실에 그와 마주 앉아 조용히 뜰을 내려다보고 있었다.

"어느새 붓꽃이 활짝 폈군요."

한 달이 넘는 여행에서 돌아와 오싱은 새삼 그동안의 시간 을 되찾은 사람 같았다.

"어딜 갔었어요? 그렇게 오랫동안 소식도 없이 말이오."

여전히 정원의 만개한 꽃들에 시선을 꽂은 채 오싱은 잔잔 한 미소까지 지었다.

"여기저기를 다녔지요. 좋은 여행이었어요."

"태평하시군요. 꼭 의논하고 싶은 일이 있었는데…… 하지 만 돌아오는 길로 곧 찾아와 주리라고는 생각하고 있었지요."

"무슨 일이 있었습니까?"

그제야 오싱이 민감한 반응을 보이자 고우타는 너털웃음을 터뜨리더니 이내 담담한 어조로 말했다.

"오싱상도 그 일로 오셨겠죠? 실은 이번에 팔기로 한 땅 가운데 내 명의로 되어 있는 것도 있어서 말입니다. 막상 도장을 찍으려니까 마음이 꺼려지더군요."

오싱은 말없이 고우타의 다음 말을 기다렸다.

"내가 도장을 안 찍으면 다노쿠라가 살아날 수 있다. 오싱상한테 괴로움을 주지 않아도 된다. 그렇게 생각하니 아무래도 고민이 되지 않을 수 없더군요."

"그랬군요. 그래서 아직 땅 문제가 그대로 있군요."

"오싱상의 심정은 일전에 들어서 잘 알고 있지만, 역시 다노쿠라를 곤경에 몰아넣는 짓은 차마 못할 일이었습니다. 오싱상이 여기까지 키워 왔는데, 그 험난한 고생을 이 눈으로 지켜본 나로서는 도저히 그럴 수 없었소."

"고우타상, 저는 이미 오래 전에 체념을 했어요."

하고 오싱은 홀가분한 듯하면서도 허탈한 미소를 지었다.

"저 역시 아들 녀석 대가 되었으니 어쩔 수 없다고 했지만 막상 이렇게 되고 보니 망설이게 되는군요. 게다가 그런 소도시에 큰 슈퍼가 두 개나 생긴다는 게 우스은 일이기도 해요."

"고우타상의 마음은 정말 고맙게 생각하고 있어요. 고우타상을 배반하는 일을 저질렀는데도 다노쿠라의 일을 그렇게까지 신경 써 주시니 말입니다."

"다노쿠라를 위해서가 아니오. 나는 단지 오싱상이 걱정
되어서 하는 말이오."

"그러시다면 신경 쓰실 거 없어요. 제 마음은 조금도 달라
지지 않았어요. 벌써 가게 일은 각오하고 있어요. 그래서 여
행도 떠난 거지요. 아무쪼록 제 걱정은 마시고 그냥 아드님
이 하자는 대로 하세요."

"오싱상……"

"제가 오늘 찾아뵌 건, 짐작하셨겠지만 히토시가 제발 나
미키상한테 부탁을 드려 달라고 해서 온 겁니다."

고우타는 씁쓸하게 웃었다.

"그야 히토시군으로서는 필사적일 테죠."

"하지만 저는 그럴 생각이 추호도 없어요."

"나는 그렇게 해도 좋다고 생각합니다. 그래서 오싱상이
돌아오기를 기다리고 있었지요. 다시 한번 잘 상의해 보려
고요."

그러나 오싱은 정색을 하며 분명한 어조로 힘주어 말했다.

"그렇다면 새삼 사양하겠습니다. 일전에 말씀드린 대로
한번 밑바닥에 떨어져 보는 것도 다노쿠라에게는 필요한 일
입니다. 역경을 모르고 살아온 사람들에게는 이번 일이 아주
좋은 기회라고 생각합니다."

"하지만……"

고우타는 오싱의 고집에 부딪치면서도 자신이 어떻게 할
수 없는 것이 못내 아쉬웠다.

　"고우타상, 저는 야마가다나 사카다를 두루 돌아다녔어
요. 도쿄에도, 사가에도 가 보았어요. 지금은 까맣게 잊었던
옛날 일을 여러 가지 생각해 냈어요. 모두 고생스러운 일뿐
이었지만 지금 생각하면 그립기만 한 추억이었어요."

　고우타는 말없이 고개를 끄덕였다.

　"그러한 일을 견뎌 나가면서 저는 강해질 수가 있었어요.
그런데 지금은 부족함이 없는 생활을 고맙다는 생각조차 못
하고 살고 있어요. 그런 제가 무서워져요. 하지만 잘되었다
고 생각해요. 여행 덕분에 각오를 새로이 할 수 있었거든요.
저는 정말 아무렇지도 않아요."

　"오싱상……"

　"거기에 비해 히토시는 아직도 이 어미를 믿고 매달리려고
하고 있어요. 그 애는 아직 아무것도 모르는 철부지에 불과
해요."

　"오싱상, 내 귀에도 여러 말이 들려오곤 해요. 히토시군
부부의 일이나 딸애의 얘기까지도 말이오. 다노쿠라가 순조
롭지 못하면 가족 사이에 어떤 일이 일어날지 모릅니다."

　고우타는 진심으로 오싱이 염려스러웠다.

　"그래서 무너질 가족이라면 무너져도 하는 수 없지요. 이
정도의 일을 극복할 수 없다면 진정한 가족이라고 할 수 없

어요. 하지만 극복한다면 정말로 마음이 통하는 가족이 될 수도 있겠죠."

오싱은 잠깐 사이를 두었다가 말을 이었다.

"다노쿠라는 분수에 맞지 않게 너무 컸어요. 그것도 돈만 벌면 된다고 가르친 제 탓이었어요. 이쯤에서 히토시나 가족들에게 생활 방식을 반성할 기회를 주는 것도 어미로서의 마지막 의무가 아닐까 싶네요."

오싱의 말에 고우타는 쓸쓸하게 웃었다.

"여전히 엄격하시군요."

오싱도 따라 웃으며 기분을 돌려 짐짓 밝은 목소리로 말했다.

"마음이 정해지니 정말 개운합니다."

"하지만 오싱상에 대한 바람받이는 거세겠지요."

고우타가 끝까지 자신을 염려하자 오싱은 담담하게 창밖으로 시선을 돌린 채 중얼거렸다.

"히토시가 장가를 든 뒤부터 외톨이가 된 기분으로 살아왔어요. 새삼스럽게 누가 싸늘하게 대한다 해도 무서울 건 없어요."

고우타는 오싱의 말을 듣고 고개를 끄덕였다. 두 사람은 오랫동안 창 밖의 뜰에 시선을 두었다.

노소미의 집 거실에서도 노소미와 하스코, 게이가 오싱에

관해 이야기를 하고 있었다.

"전 할머니를 다시 보게 되었어요. 제가 철이 들었을 때는 벌써 예순이 넘으셨으니까 가게도 잘되어 가는 팔자 좋은 마나님이라고만 생각했었어요."

게이의 말에 하스코는 고개를 끄덕였다.

"나는 아홉 살에 다노쿠라에 들어왔으니까 그때부터의 일은 잘 알지만 옛날 얘기는 들은 적이 없었어. 다만 어머니가 나를 보고 어릴 때의 당신을 보는 것 같다며 귀여워해 주셨지. 그래서 어머니도 남의 집 더부살이를 하셨구나 정도는 짐작했었어."

"아무튼 메이지 시대란 지독했어요. 그런 생활이 불과 몇십 년 전에 일본에 있었다니 믿어지지 않아요. 그걸 알기만 한 것으로도 큰 충격을 받았어요."

"게이한테는 뜻깊은 여행이었구나."

노소미는 의자에 몸을 깊이 파묻고 대견하다는 눈으로 장성한 아들을 바라보았다.

"네. 아버지 얘기도, 가가야의 할머니 얘기도 들었어요. 하스코 고모님 얘기도, 그리고 돌아가신 어머니 얘기도 듣고요."

하스코와 노소미가 묵묵히 쳐다보자 게이는 겸연쩍은 듯 씩 웃고는 이야기를 계속했다.

"어머니가 돌아가시고 난 뒤 저는 할머니나 하스코 고모님 신세를 많이 졌더군요. 히토시 큰아버지한테도요."

노소미는 말없이 고개를 끄덕였다.

"나는 히토시 큰아버지가 왠지 싫었어요. 특히 어머니하고의 이야기를 들었을 때는 가슴이 뒤집히는 것 같았어요."

"게이……"

하스코가 얼른 말을 막았으나 게이는 여유를 주지 않고 말을 계속했다.

"하지만, 히토시 큰아버지는 저를 귀여워해 주셨다더군요."

"그렇단다. 우리 집에서 너를 맡아 기를 때 곧잘 너를 어깨에 무등 태우곤 했었지."

하스코의 말에 게이는 빙긋 웃었다.

"원망하거나 하면 벌받겠군요."

"암, 좋은 분이란다. 아버지하고 핏줄은 이어지지 않았지만 아버지에겐 누구보다도 소중한 형제란다. 게이, 너도 히토시 큰아버지와 하스코 고모님의 은혜만은 잊어서는 안된다."

노소미가 바로 앉으며 게이에게 말했다.

"하스코 고모님이야 엄마라고 생각하며 자랐는걸요."

"어머나, 이쁜 소릴 하는구나. 물론 색시를 얻을 때까지만 그렇겠지?"

게이와 하스코는 서로 마주 보며 활짝 웃었다.

"그런데 어머니의 첫사랑이 나미키상이라는 건 미처 몰랐는걸."

하스코가 문득 오싱의 이야기를 꺼내자 게이는 눈을 크게 뜨며 다짐을 했다.

"그 얘기 나한테 들었다고 할머니께 말하면 안돼요!"

"알고 있다. 하지만 안심했어. 그런 사이라면 할머니를 곤경에 빠뜨리는 일은 안 하실 테니까."

"그렇다면 좋겠지만……"

그러나 노소미는 왠지 걱정이 앞섰다.

"문제없어요. 고우타상은 아직 할머니를 사랑하고 계신걸요."

게이는 장난스럽게 이죽거렸다.

"세상엔 그런 사랑도 있구나. 그럼 다노쿠라에 가더라도 역겨운 생각을 안 해도 되겠군. 일이 잘 수습되면 미치코도 기분이 풀릴 테니까."

하스코의 말에 게이는 천연덕스럽게 물었다.

"이번 일이 그렇게 야단이었어요?"

"야단 정도가 아니란다. 아직 다노쿠라가 쓰러진 것도 아닌데 미치코는 히토시를 들들 볶고 있으니 정말 히토시가 불쌍할 지경이야."

하스코의 말투에는 미치코가 못마땅하다는 뜻이 역력했다. 게이가 고개를 끄덕이자 노소미가 변명하듯 말했다.

"그 형수는 워낙 귀엽게만 자랐으니까."

"이 상태로는 어머니가 돌아오셨어도 바늘방석에 앉은 꼴이야. 휴, 난 그만 가 봐야지."

하스코는 자리에서 일어섰다.

하스코를 배웅하고 나서 노소미가 게이에게 말했다.

"게이, 목욕을 하고 좀 쉬거라."

"네, 걱정을 끼쳐 드려 죄송해요."

노소미는 웃으며 아들의 어깨를 툭 치고는 문을 나가려
했다.

"아버지, 저 말이에요. 드디어 결심했어요."

"결심이라니?"

"저는 가가야의 큰방마님이나 가요 할머니가 좋아졌어요.
제 몸에 그분들의 피가 흐르고 있는걸요. 아버지, 멋지지 않
아요?"

게이는 홍조 띤 얼굴로 말을 계속했다.

"아버지가 할 수 없었던 일을 제가 할 거예요. 꼭 가가야
를 재건할 거예요."

"그래, 게이, 좋은 생각이다."

노소미는 아들의 어깨를 힘껏 감싸 안았다.

고우타를 찾아갔던 오싱이 집으로 돌아오자 안에서 히토
시와 다쓰노리, 데이가 뛰어나왔다.

"어머니!"

"어떻게 됐어요?"

히토시와 데이가 동시에 물었다.

"역시 도장은 아직 찍지 않았죠? 늦지 않았죠?"

히토시가 다그쳤다. 그러나 오싱은 잠자코 마루로 올라섰다.

"나미키상이 뭐라던가요?"

오싱이 뜸을 들이자 데이가 답답하다는 듯이 다시 물었다.

"일단 부탁은 하고 왔다."

"그랬더니요?"

"그런 게 그 자리에서 바로 결정될 수가 있겠니. 조만간 무슨 얘기가 있을 테지."

"어머니!"

탐탁찮은 오싱의 말투가 히토시는 불만스러웠다.

"내 역할은 틀림없이 수행했다. 이젠 좀 쉬어야겠다."

오싱은 더 이상 망설이지 않고 방으로 들어가 버렸다.

데이가 황급히 뒤쫓으려 하는 걸 히토시가 붙들었다. 그러고는 스스로에게 다짐하듯이 중얼거렸다.

"어머니는 할 만큼 하셨어. 틀림없이 잘될 거야."

오싱은 방에 들어와 말없이 생각에 잠겼다.

내일이면 모든 것이 결판나리라. 오싱은 그렇게 생각하고 있었다. 앞으로 다노쿠라나 자신의 입장이 어떻게 되리라는 것도 어렵지 않게 짐작할 수 있었다.

산산조각

한 달 남짓한 여행을 끝내고 돌아온 오싱을 기다리던 것은 다노쿠라의 위기였다.

히토시는 아직 단념하지 않고 마지막 희망을 어머니에게 건 채, 오싱과 고우타와의 대화로 위기를 잘 극복할 수 있으리라 믿고 있었다.

그러나 집안 분위기는 이미 옛날과 같지 않았다.

조반 준비를 하는 미치코의 손길은 불만이 가득했다.

"어머니는?"

히토시가 식탁 앞에 앉으며 물었지만 미치코는 들은 척도 하지 않았다.

"오시라고 했어?"

"드시고 싶으면 오시겠죠."

"그런 말버릇이 어디 있어! 가서 오시라고 해!"

"흥, 어머니는 혼자 멋대로 하시는 분이에요. 구태여 걱정할 필요가 없잖아요."

히토시는 애써 감정을 누그러뜨리며 타이르듯 말했다.

"그야 어머니 멋대로 집을 비우기는 하셨지. 하지만 돌아오셔서는 할 일을 해 주셨어."

"나미키에게 가셨다고 해서 아직 어떻게 결정난 건 아니에요. 어떤 이야길 하고 왔는지 알 게 뭐예요. 내가 지금까지 순순히 어머님을 모셔온 건 어머님이 다노쿠라의 중요한 사람이라고 생각했기 때문이었어요. 하지만 이젠 달라요."

"이봐!"

"당신은 억울한 내 입장을 몰라서 그래요. 행선지도, 이유도 밝히지 않고 집을 뛰쳐나가셨으니, 사람들은 마치 내가 학대라도 한 것처럼 생각하고 있어요. 비난은 비난대로 받고, 걱정은 걱정대로 해야 했어요. 뿐만 아니라 다노쿠라가 몰락할지도 모르는 사태에 이르러도 연락할 수조차 없었어요. 당신과 둘이서 신경을 곤두세우고 있는데 어머니는 게이와 둘이서 아무렇지도 않다는 표정으로 돌아오셨어요. 그런데 내가 뭐가 좋다고 반기겠어요."

미치코는 숨도 쉬지 않고 불만을 토해 냈다. 히토시는 어이없다는 듯이 쳐다보며 말했다.

"어머니는 그런 분이 아니야!"

"당신이 아무리 두둔해도 소용없어요. 어머니는 이제 자기 일만 생각하는 노인네예요. 나미키 문제만 하더라도 어머니가 나서서 해결할 수 있다고 생각하면 그건 오산이에요. 어머님한테 그럴 능력이 있을 리 없잖아요. 당신도 정신차리세요."

미치코의 앞뒤 분별없는 말에 히토시는 더 이상 못 참겠다는 듯이 불끈했다.

바로 그때 다쓰노리가 급한 걸음으로 뛰어들어왔다.

"실례합니다."

히토시와 미치코는 놀라 다쓰노리를 쳐다보았다.

"미안합니다. 급히 전해야 할 것이 있어 양해도 없이 불쑥 들어왔습니다."

미치코는 찬바람이 도는 냉랭한 얼굴을 한 채였다.

"어제 나미키가 마침내 토지 양도 계약에 응했다는군요."

순간 히토시의 얼굴에서 핏기가 사라졌다.

"사장님, 드디어 대결을 벌여야 하게 되었습니다."

"그것 보세요. 내가 뭐랬어요. 어머님은 이제 아무 쓸모도 없어요. 당신도 이제 눈을 떴죠?"

미치코는 기다렸다는 듯이 쏘아붙였으나 히토시는 말없이 밖으로 뛰쳐나갔다. 다쓰노리도 허겁지겁 그 뒤를 따랐다.

한달음에 별채로 달려간 히토시는 거칠게 오싱의 방문을

열어제쳤다. 류조와 맏아들의 사진 앞에서 굳은 듯 앉아 있는 오싱의 모습이 한눈에 들어왔다.

"어머니! 어머니는 도대체 나미키에게 무슨 얘기를 하고 오신 겁니까?"

오싱은 굳어진 표정으로 그대로 앉아만 있었다.

"무엇 때문에 일부러 나미키를 만나러 간 겁니까?"

그제야 오싱은 히토시에게 시선을 돌렸다.

"근 한 달이 다 되도록 나미키상은 매도 계약서에 도장 찍는 것을 미뤄왔어요. 그런데 어머니를 만나자마자 계약서에 도장을 찍었어요. 그게 무슨 뜻이겠어요? 도대체 어머니가 뭐라고 하셨기에……"

"나하곤 상관없는 일이다."

"나미키는 어머니를 배신한 거예요!"

"나미키상이 자기의 땅을 어떻게 하든 그건 그분의 재량에 달린 일이다. 나한테는 아무런 권한도 없다."

"어머니와 나미키상은 특별한 친분이 있잖아요."

"장사와는 별개의 문제다!"

오싱은 단호하게 말했다.

"그럼 다노쿠라가 어떻게 되든 좋다는 겁니까?"

히토시의 목소리가 떨려 나왔다.

"하는 수 없겠지."

오싱은 담담하게 말하고 다시 돌아앉았다.

"그런 무책임한 말씀이 어딨어요! 나미키만 땅을 팔지 않았더라면 대형 슈퍼와 경쟁을 해야 하는 사태는 생기지 않았을 거예요. 그래서 어머니께 어떻게든 설득을 해 달라고 말씀드린 거예요. 그게 어머니의 임무가 아니에요? 어머니 힘으로 다노쿠라를 지켜 줘야 하잖아요."

그래도 한가닥 기대를 어머니에게 걸어왔던 히토시는 마지막 희망이 무너지자 좀처럼 감정을 가누지 못했다.

히토시가 그렇게까지 흥분하는 모습을 처음 대하며 다쓰노리는 방문 근처에서 안절부절못했다. 그러나 오싱은 부동의 꼿꼿한 자세를 지켰다.

"어머니는 이번 일이 다노쿠라에게 얼마나 중대한 일인지 알기나 하세요? 17호 점포의 용지 매입과 건축비는 열여섯 개 점포 모두와 이 집까지 몽땅 담보로 쓸어 넣어서 막대한 돈을 융자받은 거예요. 매달 내야 할 이자만 하더라도 16개 점포의 이윤을 대부분 집어넣어야 할 정도예요. 게다가 원금까지 있으니, 만약 17호 점포의 매상이 예상을 밑돌게 되면 벌기는커녕 차입금 상환도 못하게 되는 거예요."

히토시는 어느새 흥분이 지나쳐 비탄에 젖어 있었다.

"그래서 내가 17호 점포는 내지 말라고 했잖느냐. 이 불경기에 그런 무리를 하지 않았으면 좋았잖아. 게다가 나미키상한테 은혜를 원수로 갚는 짓까지 해 가면서 말이다."

"불경기이기 때문에 무리를 해야 했던 거예요. 지금 새로운 곳을 개척해서 비약을 도모하지 않으면 다노쿠라는 더 이상 뻗을 수가 없어요. 지금 나고야의 위성도시는 자꾸 외곽으로 뻗어나 그곳은 급속히 개발되고 있어요. 비록 빚을 지더라도 지금 진출하는 것이 좋다고 판단했던 거예요."

히토시는 전신의 맥이 다 빠져 버린 듯 어느새 목소리는 가물거리며 수그러들었다. 히토시의 표정을 살피던 다쓰노리가 신중하게 입을 떼었다.

"맞습니다. 사장님의 판단은 정확했습니다. 저 역시 같은 생각이었습니다. 되도록 큰 슈퍼를 세운 것도 앞으로의 전망을 생각해서였습니다. 우리 계획에 착오는 없었다고 자부하고 있습니다. 이대로만 나간다면 17호 점포는 다노쿠라의 구세주가 되어 줄 것입니다. 사장님이나 부사장님의 오랜 꿈도 이루어질 수 있습니다. 다만 대형 슈퍼의 진출만 없다면 말입니다."

"그만 해. 이제 모두 끝났어. 우리는 내기에 졌어. 운이 나빴던 거야."

열을 올리는 다쓰노리에게 히토시는 찬물을 끼얹었다.

잠자코 있던 오싱이 비로소 날카로운 눈길로 바라보며 힐책을 했다.

"무슨 한심한 소리들을 하고 있는 거냐. 사내 대장부가 둘이나 모여서…… 그만한 자신을 가지고 시작한 일이었다면 설사 대형 슈퍼가 진출을 하더라도 끝까지 해 나가야 할 것 아니냐? 끙끙 앓고 있을 때가 아니란 말이다."

"어머니는 아무것도 몰라요. 우리가 아무리 노력해도 대형 슈퍼를 당해낼 재간이 없어요."

히토시는 탄식했다.

"노력해도 안될 때는 빈털터리로 돌아가 처음부터 다시 시작하면 될 것 아니냐. 이 어미도 몇 번이나 가게를 망쳤지만 다시 일어나곤 했어. 그때마다 용기도 생기고 배짱도 생겼다. 너희들은 이제 쉰을 갓 넘었을 뿐이야. 이 어미도 오십부터 다시 시작했어. 꼴사납게 허둥대지 마라."

"지금은 옛날과 달라요. 한번 휘청거리면 좀처럼 재기할 수 없어요. 가정만 해도 무너지지 않는다는 보장이 없어요."

오싱은 한심스럽다는 표정으로 아들을 바라보며 혀를 찼다.

"그래, 사업이 실패한다고 처자식까지 돌아선단 말이냐. 그런 처자식이라면 차라리 헤어지는 게 낫지. 아니 헤어지기 전에 달아나 버릴지도 모르겠군."

"어머니!"

오싱이 괜한 소리를 하지 않은 것은 분명했다. 그러나 그런 어머니의 태도가 히토시로서는 이해할 수 없을 정도로 냉정하고 야속했다.

"빈털터리가 되어 보는 것도 좋을 거야. 한번 가난의 맛을 알고 나면 지금까지 깨닫지 못했던 사람의 정이 얼마나 고마운 건지도 알게 된다. 지금까지 당연하다고 생각되던 것이 행복으로 느껴지기도 할 테니 오히려 좋은 일이지 뭐냐."

"이래 가지고는 얘기가 안돼. 어머니도 연세가 드셨어. 이런 생각을 가지고 계시니 미치코가 화를 내는 것도 무리가 아냐."

"형님, 이제 와서 물러설 수도 없는 일입니다. 하는 데까지 해 보는 수밖에 다른 도리가 없어요."

다쓰노리의 어줍잖은 충고를 흘려들으며 히토시는 결연한 표정을 지었다.

"어머니, 한동안 하스코 누나나 데이한테 가 계시는 게 어때요?"

"뭐라고?"

"노소미한테라도 가시면 기쁘게 모실 텐데요."

다쓰노리가 눈을 크게 뜨고 히토시를 바라보았다.

"형님?"

"다쓰노리, 어머니가 미치코와 틀어져 있어서는 집에 계시는 것이 괴로울 거야."

"나는 아무렇지도 않다."

"어머니, 내가 사이에 끼여서 참을 수 없어서 그래요. 미치코만 해도 슈퍼가 잘 안되면 어머니께 좋은 얼굴을 보일 수가 없을 거예요. 아카네 일도 있고 해서, 나로서도 어쩔 수가 없어요. 그러니 거처를 옮기는 게 편하실 것 같아요."

히토시는 이젠 지친 듯 거의 울상을 지었다. 그러나 고집스런 오싱의 태도에는 변함이 없었다.

"어미의 집은 여기다. 다른 데로 갈 생각은 없다."

"어머니!"

"너희들 조반은 먹었느냐?"

오싱은 태연했다. 히토시는 속이 타는 듯 가쁜 숨을 한꺼번에 몰아쉬었다.

"그럼 나도 먹어야겠다."

하고 오싱은 총총히 방을 나갔다.

오싱이 식당에 들어섰을 때 미치코는 요란스런 소리를 내며 설거지를 하고 있었다.

"잘 잤느냐?"

미치코는 시어머니와 시선을 마주치지 않으려는 듯 외면하고 설거지하던 것을 아무렇게나 내팽개친 채, 횡하니 부엌을 나가 버렸다.

오싱은 아무 일도 없었다는 표정으로 식탁에 반찬 그릇들을 차리기 시작했다.

식당을 뛰쳐나간 미치코는 아카네의 방 앞에서 한차례 한숨을 몰아쉬었다. 그리고 조용히 방문을 열고 들어섰다. 아카네는 이불을 뒤집어쓰고 누워 있었다.

"아카네, 기분은 어떠냐?"

미치코는 살며시 이불자락을 걷었다. 천장을 바라보는 아카네의 시선은 모든 것이 빠져 달아난 것처럼 공허했다.

"회사에는 사직서를 보냈다. 나갈 수 있더라도 그 사람하고 얼굴을 대하는 게 싫을 테지. 하지만 가끔씩은 바깥바람도 쐬고 음식도 먹어야지. 언제까지나 그런 사내 일로 끙끙거려서야 되겠니?"

아카네는 아무런 대꾸도 하지 않았다.

"네 마음은 괴롭겠지만 다노쿠라가 위태롭다는 걸 알고 돌아서 버린 그런 사내 따위를 어떻게 믿겠니? 아빠 말씀대로 결혼 전에 정체를 알게 되어서 오히려 다행이다."

위로하는 엄마도 위로받는 딸의 모습도 똑같이 지치고 희망을 잃은 사람 같았다.

"아, 이젠 엄마도 지쳤다. 할머니처럼 모든 걸 떨쳐 버리고 여행이나 떠났으면 좋겠구나."

"엄마, 슈퍼는 역시 가망이 없어요?"

"네 아버지한테도 이제 정나미가 떨어졌다. 그 나이가 되도록 아직 할머니에게 기대를 걸고 있다니 한심해. 엄마는 이제 모든 게 싫어졌어. 며느리다, 시어머니다 하고 지금까지 묶여 왔지만 이젠 지겨워. 아무 쓸모도 없는 사람에게 그토록 봉사할 이유는 없는데 말이다."

아카네가 아무런 반응을 보이지 않자 미치코는 정색을 하고 화제를 바꾸었다.

"얘야, 다노쿠라가 망하면 엄마하고 미도리하고 셋이서

살자. 아버지와는 헤어지겠다."

"엄마?"

아카네는 한순간 움찔했다가 전혀 예상 밖의 말이 아니었던지 이내 담담함을 되찾았다. 미치코는 한가닥 지푸라기라도 잡듯 딸아이에게 넋두리를 늘어놓았다.

"젊었을 때 너희 아버지는 사업욕에 불타는 사람이었다. 장차 뭔가 크게 할 사람이라고 생각되었지. 그래서 결혼을 한 거야. 돌아가신 나고야의 외할아버지도 장래가 촉망된다며 뒤를 꽤 밀어주셨어. 그런데 끝내 쓰러지게 만들다니…… 더 이상 함께 있어 봤자 앞날이 뻔해. 미련일랑 없다."

여전히 무표정한 아카네의 머리맡에 미치코의 넋두리는 쉴 새 없이 쏟아졌다.

별채로 돌아온 오싱이 세탁물을 꺼내어 다림질을 하고 있을 때 하스코가 찾아왔다.

"어머니."

"그래, 어서 오너라."

오싱이 반갑게 맞았다.

"지금 뭐하시는 거예요? 다리미질 같은 건 후미코에게 시켜요. 어머니가 손수 하실 필요는 없잖아요."

"이 정도 일쯤은 아직 할 수 있단다."

하스코는 오싱에게서 다리미를 빼앗고는 다리기 시작했다.

"괜찮다는데도 그러는구나."

"보기에 좋지 않아요. 그리고 지금 당장 우리 집으로 가세요. 모시러 왔어요."

하스코의 말에 오싱은 뜻밖이라는 듯이 눈을 크게 떴다. 그러더니 이내 미소를 지으며 말했다.

"괜찮다. 이 집도 저당 잡히기는 했지만 아직 내쫓기지는 않았으니까."

"지금은 그렇지만 언제 무슨 일이 일어날지 모르잖아요. 대형 슈퍼 건축이 급속도로 진척이 되는 모양이던데 완공되면 아무래도 다노쿠라는 그 영향을 피할 수 없겠죠."

하스코는 초조함을 감추지 못한 채 말을 이었다.

"오늘 히토시가 왔었는데, 물론 반농담이겠지만, 그땐 어머니를 모셔 줬으면 좋겠다고 하더군요. 일부러 그 부탁을 하러 온 거예요."

"일부러 갔다고?"

"미치코가 어머니하고 말도 안 하고 아무 일도 도와주지 않는다면서요? 히토시는 어머니가 불쌍하다고 하더군요."

"장사가 잘 안되니까 모두들 마음이 메말라진 거야. 쓸모없는 늙은이를 돌볼 생각이 안 나겠지. 나는 아무렇지도 않으니까 걱정 말아라."

태연하게 말하는 오싱을 하스코는 이해할 수 없었다.

"그런 대접을 받으면서까지 구태여 여기 계실 필요가 뭐

있어요? 저도 그런 이야기를 듣고는 가만히 있을 수가 없는
걸요."

"나는 괜찮다. 아직 밥도 해 먹을 수 있고, 청소도, 빨래
도, 내 일은 뭐든지 할 수 있다."

"어머니, 굳이 그렇게까지 하면서 여기서 쓸쓸히 지내시
지 않아도 되잖아요."

"이곳에는 아버지도 유도, 야마가다의 어머니도 모두 다
계신다. 내가 쓸쓸할 까닭이 없잖니."

"어머니……"

"이것도 시대 탓인 모양이구나. 우리가 젊었을 때 시어머
니란 절대적인 존재였는데 말이다."

겉으로는 짐짓 아무렇지도 않은 듯했으나 하스코는 어머
니에게서 진한 외로움을 느꼈다.

"어머니, 짐 같은 것 싸지 않으셔도 돼요. 이대로 괜찮으
니까 어서 저하고 함께 가요."

"난 말이다, 누구의 짐도 되고 싶지 않아. 미치코가 모르
는 척해 줘서 오히려 마음이 편할 정도야. 여기서 히토시와
다노쿠라 집안을 지켜보는 것이 다노쿠라 사람으로서 내 임
무이니까."

오싱은 잠시 침묵하고 나서 불쑥 화제를 바꾸었다.

"하스코, 너는 오로지 네 가게의 일에만 충실하거라. 그러
면 되는 거야."

하스코는 말없이 오싱을 쳐다보았다. 오싱의 얼굴에는 어느새 한 점 그늘도 드리우지 않은 청아한 맑음이 언뜻 스쳤다. 그러나 하스코는 마지막까지 꿋꿋함을 잃지 않으려는 오싱의 마음을 누구보다도 잘 알고 있기에 더욱 죄송스럽기만 했다.

일생 동안 오직 일만 하다가 맞은 오싱의 말년치고는 너무나 쓸쓸한 나날이었다. 그러나 오싱은 잠자코 참았다. 다만 다노쿠라의 위기가 가족들의 마음을 냉각시키고 있는 것을 보면 자기가 내린 결단이 잘못된 것이었을까 하고 후회스러울 때도 있었다.

그러나 후회를 한다고 해서 다시 돌이킬 수 있는 것도 아니었다. 오싱은 오직 기도하는 마음으로 다노쿠라의 귀추를 지켜볼 뿐이었다. 다노쿠라의 장래를 확인할 때까지는 죽을 수도 없다고 생각했다.

대형 슈퍼가 같은 도시의 역전에서 성대하게 문을 연 것은 그해 연말이었다.

다노쿠라 따위는 발밑에도 미치지 못할 대형 슈퍼의 요란한 개점식을 보며 오싱은 히토시들이 어떻게든 헤쳐 나가기를 간절히 바랄 뿐이었다.

오싱이 다노쿠라슈퍼 사무실에 들어섰을 때 히토시와 다쓰노리가 다케시와 그 밖의 간부사원들을 불러모아 놓고 뭔가 중대한 의논을 하고 있었다.

"아, 어머니!"

히토시는 초조한 얼굴을 들고 오싱을 맞았다.

"응, 지금 보고 오는 길이다."

"다녀오셨어요?"

"우리 가게는 파리만 날리고 있더구나."

오싱이 아무렇지도 않은 듯 건성으로 얘기하자 다쓰노리는 괜스레 목에 힘을 주었다.

"지금은 개점 세일이니까 아무래도 붐빌 수밖에 없지요."

"그건 자기 위안일 뿐이야. 역시 저쪽은 하나에서 열까지 우리보다 한수 위예요, 어머니. 어떻게 해 볼 도리가 없어요."

히토시는 자탄의 늪에 빠져 버린 듯했다. 그 자리에 있는 누구도 선뜻 그 말을 부정할 사람은 없었다.

"혹시나 했지만 단념했습니다. 지금의 다노쿠라로서는 대적할 재간이 없어요."

"………"

"어머니, 용서하세요. 저의 안일한 계산 때문에 어머니가 지금까지 키워 온 다노쿠라를 쓰러뜨리게 되었습니다."

그런 아들의 모습을 보기란 그 어떤 일보다도 괴로운 것이었다. 그러나 오싱은 결코 흔들리지 않는 시선으로 고개를 떨군 히토시를 뚫어지게 응시했다.

"죄송합니다, 어머니……"

히토시의 어깨가 들먹거림과 동시에 그 얼굴이 온통 눈물로 얼룩진 것을 모두들 알아챘다.

오싱은 괴로운 듯 눈을 감았다. 그러자 눈시울이 이내 뜨겁게 달아올랐다.

오싱이 우여곡절 끝에 다노쿠라 1호 슈퍼를 세운 지 30년 만의 일이었다. 그동안 히토시의 강행군식 경영과 오싱의 꾸준한 노력으로 날로 번창해 가던 다노쿠라슈퍼에 쐐기가 박힌 것이다.

그렇게 다노쿠라 일가는 어둡고 우울한 1984년의 새해를 맞았다.

히토시와 다쓰노리는 어머니 앞에 장부를 펼쳐 보였다. 자세한 내용을 알고 싶다는 오싱의 요청대로 두 사람은 장부를 들고 온 것이다.

그러나 오싱은 들여다볼 생각도 않고 장부를 밀쳐 놓았다.

"장부 같은 걸 보자는게 아니다. 히토시가 하도 쓰러진다고 하길래 자세한 내용이나 알자고 한 것뿐이다."

"그래서 일단 설명을 드리려고요."

다쓰노리가 머쓱해 하자, 오싱은 절레절레 고개를 가로저었다.

"자잘한 숫자야 어찌 되었든 지금 어떤 상태인지, 장래 전망이 어떤지를 이야기해 봐."

"어머니, 해가 바뀌어도 전혀 매상이 오르지 않아요. 비록 규모는 커졌지만 우리는 결국 지방 소규모 슈퍼일 뿐이에요. 유통구조의 합리화로 원가를 절감한 대형 슈퍼를 따를 수가 없어요."

"그럼 우리도 상품을 선별하여 대항할 수 있는 물건을 가져다 놓으면 될 게 아니냐."

"소용없어요. 손님은 가게의 이름을 보고 오는 거예요. 같은 값으로 판다고 해도 대형 슈퍼의 물건이 더 좋아 보이는 게 손님들의 심리예요."

풀이 죽은 아들의 목소리가 오싱의 마음도 무겁게 했다.

"그런 말만 하고 있어서는 안돼."

"도리가 없어요. 지금은 옛날과는 달라서 싸기만 해서 좋다는 시대가 아니에요."

"그걸 알면서 왜 진작 대처하지 못했어?"

"설마 대형 슈퍼가 진출해 오리라고는 예측을 못했어요. 게다가 우리로서는 분에 넘치는 투자를 한 거예요. 물론 당초 목표했던 계산으로 뛰어든 것이었어요. 하지만 지금과 같은 상태로는 이자조차 지불할 가망이 없습니다. 게다가 인건비, 운영비 등은 손님이 있건 없건 매월 지출됩니다. 또, 거래처의 불신까지 겹치니 더 이상 버틸 수가 없어요."

"하는 수 없지. 당분간은 다른 열여섯 개 점포의 이윤으로 충당하는 수밖에 없겠구나."

"그야 17호 점포가 언젠가 일어설 수 있다는 전망이라도 있으면 그래도 괜찮겠지만 지금으로서는 무모한 일이에요."

"일어설 수 있도록 방법을 강구해 봐야지."

"그게, 가능할지 모르겠습니다."

다쓰노리는 장부를 만지작거리며 우물쭈물했다.

"아무 대책도 강구해 보지 않고 미리 체념부터 하는 바보가 어디 있느냐."

오싱은 아들과 사위에게 핀잔을 주었지만 그것은 그들에게 용기를 주기 위한 부모의 사려 깊은 마음에서였다.

"어머니, 우리도 할 만큼 했어요. 경영 고문에게 진단도 받아 보고 지도를 의뢰해 보기도 했어요. 하지만 특별 조치를 취하려면 또 막대한 자금이 들 텐데 그 전에 부도가 날 판이에요. 다른 가게의 이윤도 빤하니 큰 도움이 안돼요."

오싱의 얼굴이 점점 어두워졌다.

"어머니 말씀대로 17호 점포는 내지 말았어야 했어요. 하지만 종전의 소규모 경영에서 탈피하지 않으면 발전을 기대할 수 없는 형편이었어요. 다노쿠라에 운이 없었다고밖에 말할 수 없어요."

"………"

"단념해야 한다는 각오는 되어 있어요. 좌우간 하는 데까지는 해 보겠어요. 하지만 부도가 날지 모르니 어머니도 준비를 하셔야 할 거예요."

"알겠다. 그럼 17호 점포는 팔아 버리는 게 좋겠구나."

"그야 팔 수만 있다면 팔아야죠. 하지만 대형 슈퍼를 상대로 애를 먹고 있는 가게에 누가 제값을 주겠어요."

다쓰노리의 말에 히토시는 한층 더 괴로운 표정으로 허탈하게 웃었다.

"차입금을 정리하면 결국 얼마가 남을지 모르지만 우선 17호 점포를 처분하고 다음에는 이 집과 땅을 내놓아야 할 일만 남겨 놓고 있죠."

"하지만 종업원들로부터 이런저런 보상을 요구받을 거고, 도산을 하게 되면 은행에 의지할 수도 없게 되어 생각보다 더 지독한 꼴을 당하게 될지 몰라요."

다쓰노리의 말에 오싱은 씁쓸하게 웃었다.

"그럴 테지. 그리고 보니 그동안 남의 돈으로 꽤 돈벌이를 한 셈이로구나. 그러나 일단 신용이 없어지면 그것도 끝장이지."

"어머니, 정말 죄송합니다. 어머니가 30년 동안 이루어온 다노쿠라상점을……"

히토시가 비통한 목소리로 말했다. 오싱은 히토시를 가만히 바라보았다.

"난 아무렇지도 않다. 돌아가신 아버지의 꿈이었던 가게도 여러 개 가져 보았고 네 형이 미련을 남긴 하스코에게 가게를 차려 주었고, 히토시나 다쓰노리의 노력으로 다노쿠라의 전성기도 보았다. 그것으로 충분해. 언제 눈을 감더라도 후회될 건 하나도 없다.”

“어머니……”

“지금의 다노쿠라는 네 것이다. 네가 하고 싶은 대로 하다가 네가 쓰러뜨리기도 하는 거야. 어미는 아무렇지도 않다.”

히토시는 고개를 들지 못했다.

“히토시, 이 어미는 몇 번이나 빈털터리가 되곤 했었어. 그때마다 이를 악물고 다시 시작하곤 했지. 너희들은 쓴맛을 보는 게 처음 아니냐. 얼마든지 재기할 수 있다. 나에게 죄송하다고 사과하는 일보다 다시 다노쿠라를 일으켜 세울 궁리를 하는 게 더 급할 것이다.”

“어머니!”

“다만 지금까지 다노쿠라를 믿고 봉사해 온 종업원들에게만은 가능한 한 모든 일을 해 다오. 어미의 바람은 그것뿐이다.”

오싱은 말을 마치고 창밖으로 시선을 돌렸다. 거기엔 황량한 겨울 풍경이 펼쳐져 있었다.

그 무렵 미치코는 안방에서 짐을 꾸리고 있었다. 옷이나 자질구레한 짐을 정리하고 있는 곁에서 아카네와 미도리, 두 딸들이 멀뚱히 지켜보고만 있었다.

“아빠와 엄마, 정말 이혼하는 거예요?”

“더 이상 함께 살 이유가 없으니까.”

미치코의 대답은 간단하고 결연했다.

"어째서요?"

"다노쿠라는 망하고 만다."

"그런 게 이유가 되나요? 집안이 어려울수록 아빠에게는 엄마가 필요하잖아요."

"미도리, 엄마는 말이다, 아빠가 반드시 큰일을 할 사람이라고 믿고 시집을 왔었다. 너희 외할아버지도 뒤를 밀어주셨고 나도 할 만큼은 했어. 그런데 이 지경이 되다니 기가 막히는구나."

"다노쿠라는 정말 가망이 없는 거예요?"

"분명히 아버지한테 선고를 받았다. 각오하라고…… 이 집도 담보로 잡혀 있어서 도산을 하게 되면 맨 먼저 남의 손에 넘어갈 모양이야. 할머니와 아빠는 이런 집은 사치스럽다고 생각하는 분들이니까."

"여기서도 쫓겨나요?"

미도리가 눈을 동그랗게 뜨며 울상을 지었다.

"그럼 어디로 가죠?"

"알게 뭐니! 어차피 허술한 셋집이겠지. 엄마는 그런 데서 살 생각은 없다."

"하지만 엄마……"

"엄마는 말이다, 너희 아빠를 믿고 따라왔고, 아빠도 노력해 주었기 때문에 할머니와 함께 살면서 시어머니 모시는 고생도 참아 왔어. 그런데 그걸 배신한 거야. 이렇게 되면 엄마의 행복을 빌며 돌아가신 너희 외할아버지한테도 면목이 없어. 모두가 끝장이야."

미치코는 다시 훌쩍거리기 시작했다. 아카네와 미도리는 무덤덤한 표정으로 그런 엄마를 바라보았다.

아카네는 모든 걸 체념한 듯 고개를 떨구었고, 미치코는 결론을 내리듯 말했다.

"뭐, 어차피 다 끝났으니까 너희들도 이 집에서 언제라도 나갈 수 있도록 준비를 해라. 나고야에 집이 물색되는 대로 나가기로 했으니까."

"나고야에요?"

"그래. 나고야에는 너희 외삼촌도 계시고 미도리도 집에서 대학엘 다닐 수 있으니까. 아는 사람들과 얼굴을 마주치는 일도 없을 테니 편할 거야."

그때 복도를 지나가는 히토시와 다쓰노리의 목소리가 들리자 아카네는 급히 복도로 나갔다. 그리고 막 현관을 나가려는 히토시와 다쓰노리를 불렀다.

"아빠!"

히토시는 멀뚱한 얼굴로 뒤돌아보았다. 아카네가 가까이 다가와서 물었다.

"이혼 문제에 아빠도 동의한 거예요?"

히토시는 무표정한 얼굴로 대답했다.

"나와 함께 있으면서 고생하는 것보다야 낫겠지."

"아빠는 혼자서도 괜찮아요?"

"나도 너희 엄마 찡그린 얼굴을 보느니 혼자 사는 게 편하다. 듣기 싫은 넋두리도 안 들어도 되고……"

아카네는 아버지의 말에 절망감에 빠져 버렸다.

"게다가 지금이면 위자료를 줄 수 있거든. 도산해 버리면 그것마저 불가능해."

"그럼 애정은 남아 있는 건가요?"

아카네가 쏘아붙였다.

"너나 미도리가 먹고살기에 부족하지 않을 만큼은 해 줄 생각이다. 그게 아빠의 마지막 정성이다."

히토시는 딸의 눈을 똑바로 바라보지 못한 채 짧게 당부의 말을 했다.

"엄마에게 잘해야 한다. 엄마에게는 너희들밖에 없으니까."

말없이 아버지를 바라보는 아카네의 눈에 묘한 감정이 뒤엉켜 내비쳤다.

다쓰노리가 괴로운 듯 엉거주춤 시선을 돌렸을 때 현관문을 들어서는 게이를 발견했다.

"안녕하세요?"

게이는 히토시에게 꾸벅 인사를 했다.

"오, 게이. 아직 겨울방학이냐?"

히토시는 착잡한 기분을 얼른 털어 내며 게이를 맞았다.

"네, 하지만 이제 도쿄로 돌아가야겠기에 할머니께 인사 드리려구요."

"그래, 천천히 놀다 가거라. 게이, 네가 이 집에 오는 것도 이번이 마지막일 게다. 봄방학에는 우리가 이 집에서 살고 있지 않을 테니까."

히토시는 이렇게 불쑥 던져 놓고 급히 문을 빠져나갔다.

게이는 두 사람을 멍한 얼굴로 전송했다. 그러다가 문득 아카네를 보고는,

"하스코 고모님이 걱정을 하시던데, 설마 집까지 날리게 된 걸까?"

하고 근심스럽게 그녀의 얼굴을 살폈다.

"다노쿠라는 이제 다 틀렸어."

"그런 소문은 들었어. 하지만 다노쿠라 정도의 슈퍼가 그렇게 쉽게 쓰러질 수가 있을까?"

게이는 반은 믿어지지 않는다는 듯, 또한 반은 아카네를 위로하듯 말했다.

"한번 휘청거리면 아차 하는 순간인가 봐. 가게뿐만 아냐. 집안까지 무너지게 됐어."

"뭐야?"

"게이, 할머니는 게이네가 보살펴 드려. 다노쿠라가 쓰러지면 데이 고모네도 어려워질 거야. 하지만 노소미 삼촌은 다노쿠라와 관계가 없으니 괜찮을 거 아냐."

아카네는 맥없이 지껄였다.

"우리 집은 아빠와 엄마가 이혼을 하니까……"

"이혼?"

"그래…… 아니, 하스코 고모댁이 좋을까? 게이네도 여자가 없으니까."

"아카네 누나와 미도리는 어떻게 하고? 미치코 큰엄마하고 함께 살 거야?"

"글쎄, 어떻게 해야 할지 아직 모르겠어."

별다른 동요를 보이지 않는 아카네의 태도에 게이는 한 가정이 뿔뿔이 흩어질 위기를 맞고도 덤덤하게 받아들이는 정서를 이해할 수가 없었다.

그 길로 게이는 별채의 할머니에게 달려갔다. 허겁지겁 안으로 들어오는 손자를 제대로 맞을 여유도 없이 오싱은 게이로부터 히토시 부부에 관한 소식을 듣게 되었다.

"허어, 이혼을 한다고 말하던?"

"그럼, 할머니도 모르고 계셨어요?"

"미치코나 아카네들과는 별로 얘기할 기회가 없단다."

"그런 일이 세상에 어디 있담."

"나는 되도록 그 애들에게 간섭하지 않고 짐이 되지 않으려고 신경을 쓰고 있단다. 이 할미가 다노쿠라를 구제하는 데 힘이 되지 못한 이후로 더 사이가 벌어졌어. 근래에는 식사를 함께 하는 일도 없었단다."

"그럼 할머닌 줄곧 외톨박이였단 말이에요?"

게이가 놀라는 것도 무리는 아니었다. 팔순이 넘은 노인 혼자, 시중 드는 사람도 없이 외롭게 지냈다는 사실에 게이는 분통이 터질 지경이었다. 오싱은 아무렇지도 않다는 듯 빙그레 웃었지만 그 미소는 허탈해 보였다.

"늙은이란 젊은 사람들한테는 골칫거리일 뿐이야. 그 애들에게 각자의 사고방식과 생활 방식이 있으니까 내가 개입하지 않는 것이 현명해."

"그런 쓸쓸한 얘기가 어디 있어요? 이상해요, 할머니."

"외톨이가 될 것을 각오하지 않는다면 늙은이는 동거할 자격이 없는 거야. 하지만 히토시와 미치코가 헤어진다는 말은 금시초문이다. 히토시도 아무 얘기를 안 해 주니까."

"저도 아카네 누나한테 들었지만 그렇게까지 가족들의 마음이 제각기 갈라져 있을 줄은 몰랐어요. 부부라는 것도 참 냉정한 거군요."

손자로부터 그런 얘기를 듣는 것은 심장을 바늘로 찔리는 고통과 같았다. 다노쿠라를 오늘날까지 이끌어 온 오싱으로서는 견딜 수 없는 괴로움이었다.

"할머니, 나 당분간 도쿄에 돌아가지 않겠어요. 할머니가 안정되실 때까지는 돌아갈 수가 없어요."

게이는 불안한 듯이 할머니를 바라보았다. 팔십 평생 꿋꿋하게 버텨 온 할머니였지만 그래도 나이만은 어쩔 수 없으리란 생각이 마음을 편치 않게 했다.

게이가 돌아가고 난 뒤에 오싱은 남편과 큰아들 유의 위패 앞에 앉았다. 오싱의 표정이 차츰 평온해졌다.

밤이 깊도록 히토시가 돌아오지 않자, 오싱은 일부러 다노쿠라슈퍼 사무실을 찾아갔다. 불쑥 들어서는 오싱을 보고 히토시와 다쓰노리는 깜짝 놀랐다.

"어머니, 이 시각에 무슨 일이십니까?"

"네가 하도 오지 않길래 기다리다가 와 봤다."

"여러 가지 정리할 게 많아서요. 당분간 여기서 묵을 생각이었어요."

"히토시, 너 미치코와 이혼을 하려는 게 사실이냐?"

오싱이 거두절미하고 다짜고짜 물었다. 히토시는 이미 예상이나 한 듯 별로 놀라는 기색도 없었다.

"네, 미치코가 바라고 있어요. 미치코는 가난한 생활을 견딜 수 없는 여자예요. 저도 그러는 편이 낫겠다고 생각하고 있구요."

"너 그래도 되는 거냐? 헤어지자고 하면 냉큼 헤어져도 괜찮을 여자와 결혼한 거냔 말이다."

"어머니, 하는 수 없잖아요. 싫다는 사람에게 머리를 숙여 가면서까지 붙들 생각은 없어요."

"미치코에게 정나미가 떨어졌다는 거야? 가정이 산산조각이 나도 어쩔 수 없단 말이냐?"

"미치코는 그 정도의 여자였어요. 어머니는 걱정할 것 없어요. 어머니는 제가 모시겠어요."

"내 문제 따위는 아무래도 좋아. 너의 솔직한 마음을 묻고 있는 거다."

"그야 가족이 머리를 맞대고 도란도란 사는 것이 좋겠지요. 하지만 그럴 수 없는 걸 어떡해요!"

"그럴 수 없는 게 아니겠지. 풍족한 생활을 할 때는 가족이 있든 없든 상관없을지도 몰라. 하지만 지금부터는 가족이 가장 소중할 때야. 너 혼자서는 할 수 없는 일도 곁에서 지켜보고 도와주는 가족이 있다면 가능한 거다. 그것을 자기 손으로 내동댕이친다는 것은 정말 바보 같은 짓이야."

"가정을 버리려는 것은 미치코예요. 그럼 저더러 엎드려서 미치코를 붙잡으라는 말입니까? 절대로 그럴 수는 없어요."

"정말로 미치코가 옆에 있기를 바란다면 엎드려서라도 붙잡아야지. 오기다, 체면이다, 따지고 있을 때가 아니야."

"어머니!"

"지금에 와서 헤어진다는 거, 이 어미는 절대로 반대다!"

오싱은 단호하게 말했다.

근래 들어 좀처럼 고집을 내세우지 않던 오싱의 강경한 태도에 히토시와 다쓰노리는 할 말을 잃었다.

동병상련

다노쿠라슈퍼의 위기에 수반하여 다노쿠라 가정도 그야말
로 붕괴 직전에 놓였다. 미치코의 이혼 제의를 히토시가 선
뜻 받아들였던 사실을 누구보다도 걱정한 사람은 오싱이었
다. 엎드려서라도 미치코를 붙잡으라는 어머니의 말이 히토
시로서는 뜻밖이었다. 미치코는 오싱에게 결코 마음에 드는
며느리가 아니었음을 잘 알고 있었기 때문이다.

늦은 밤 사무실까지 찾아와 자신을 설득하는 어머니를 대
하고 보니 히토시는 그동안의 잘못이 한꺼번에 뉘우쳐지면
서 불효를 엎드려 용서받고 싶은 심정이었다.

"어머니, 어머니는 미치코한테 어떤 혹독한 대접을 받고
있는지 아세요? 어머니가 나미키와의 교섭에 실패한 뒤로

미치코는 어머니 시중을 외면해 왔어요. 저도 미치코를 용서할 수가 없는데 어머니는 되려 미치코를 감싸다니…… 도무지 알 수가 없습니다."

"장모님, 이런 말씀드리기는 뭣하지만 저 역시 아주머니에게 실망했어요. 다노쿠라가 위태롭다는 것을 뻔히 알면서도 이혼을 제기하다니요. 사실 저는 형님이나 장모님을 위해서라도 헤어지는 편이 낫겠다고 생각합니다."

"그렇게 말하면 미치코가 불쌍해. 물론 미치코는 처음에 우리 집 분위기에 익숙치 못해서 꽤 버릇없이 굴기도 했지. 하지만 나 같은 시어머니가 있고 게다가 하스코 같은 작은시어머니까지 있고 장사 일도 고되다는 것을 알면서 히토시와 결혼을 한 거다. 용단을 내린 거라고 생각해. 어미 같으면 단념했을지도 모른다. 그것도 히토시, 너를 의지할 수 있다고 믿었기 때문이야."

두 사람은 숙연한 표정으로 오싱의 말에 귀를 기울였다.

"한동안 나하고는 따로 살았지만 그래도 맏며느리라는 중압감에서 벗어나지 못했을 거다. 그러다가 한 지붕 밑에서 살게 됐고 이 어미는 되도록 폐가 안되도록 애를 써 왔지만 미치코로서는 언제나 머리 위에 무거운 돌을 얹은 기분이었을 거야. 나도 시어머니를 모시느라 고생을 해 봤기 때문에 잘 안다. 그러면서도 그간 풍파를 일으키지 않으려고 잘 참아 주었다. 이 어미는 지금도 고맙게 생각하고 있다."

히토시는 엄하고 고집스러운 어머니가 그처럼 자상하고 사려 깊은 줄 미처 몰랐다.

"다노쿠라가 이런 꼴이 된 마당에 시어머니까지 모셔 가면서 가난하게 살 수 없다는 주장도 무리는 아니야. 다만 너와 사이가 원만해지면 함께 극복해 보겠다는 마음도 생길 거라고 믿는다."

히토시는 한참만에야 무겁게 입을 뗐다.

"어머니, 나하고 미치코 사이에는 아무런 문제도 없어요. 다만 이번 일로 주변머리 없는 남자로 내 위치가 땅바닥에 떨어졌을 뿐이죠."

"미치코만을 탓할 수도 없겠지. 너만 해도 진심으로 미치코를 놓치고 싶지 않았다면 그렇게 선뜻 이혼에 동의할 수는 없었을 게 아니냐."

"오히려 잘됐지 뭐예요? 저도 마음이 편해졌어요. 궁색한 살림을 시킨다고 잔소리나 푸념을 들어야 한다면 참을 수 없을 거예요."

"사내 대장부가 마누라 마음 하나 사로잡지 못하는데 큰 사업을 제대로 할 수 있겠니? 너는 말이다, 걸핏하면 이 어미에게 매달리는데 난 이제 딱 질색이다. 의지하려거든 미치코에게 의지해라. 그게 부부라는 거다."

히토시의 표정은 점점 누그러들기 시작했다.

"어려울 때일수록 부부라는 것이 소중한 거야. 어미 말을 반드시 명심해라."

잠자코 듣고만 있던 히토시가 갑자기 시선을 들어 어머니를 바라보았다. 미소를 지으며 고개를 끄덕이는 오싱을 보며 히토시는 자신의 몸속에 갑자기 어머니의 깊은 마음이 전달되어 흐르는 것을 느꼈다.

늦은 밤 벨 소리에 미치코가 현관문을 열자 하스코와 노소미가 서 있었다.

"두 분이 함께 웬일이세요?"

"오랜만입니다. 언제나 게이가 폐만 끼치지요?"

"아니에요, 노소미상. 그런데 모처럼 오셨는데 공교롭게도 어머님은 출타하시고 그이도 아직 사무실에 있는 모양이에요."

"아니에요. 오늘은 올케한테 할 얘기가 있어서 왔어."

미치코는 덤덤히 두 사람을 안으로 안내했다. 하지만 차를 끓여 들여갈 때까지도 할 얘기가 있어서 왔다는 하스코의 느닷없는 말이 못내 마음에 걸렸다.

함께 자리를 하고 다노쿠라의 위기에 관해 염려의 이야기가 오가던 중 하스코는 더 이상 기다릴 수 없다는 듯 불쑥 물었다.

"히토시와 이혼한다는 게 사실인가?"

노소미가 당황해서 얼른 눈짓을 보냈으나 의외로 미치코

는 아무렇지도 않은 듯 차가운 미소까지 곁들였다.

"그런 얘기까지 벌써 알고 있어요? 네, 그래요. 마침내 저도 결심했어요. 더 이상 함께 살아 보았자 그이나 저나 비참할 뿐이에요. 서로 상처만 안겨 줄 뿐이고요. 그렇다면 차라리 이 기회에 빨리 정리하는 게 좋을 것 같아요. 사업이 잘되고 있을 때도 사실 그이하고 저는 마음이 통하지 않았어요. 그이는 늘상 사업에만 열을 올렸으니까요."

"하는 수 없잖아? 히토시는 한창 일할 나이인데."

"그랬던 만큼 사업이 휘청거리면 그 사람도 괴로우리라고 생각해요. 그런 모습을 보는 것보다 차라리 헤어지는 편이 낫죠."

"그렇게 되면 히토시가 불쌍해. 사업이 어려운 때일수록 곁에서 위로해 주고 격려해 줄 사람이 필요해."

"그이에게는 어머님이 계시잖아요? 지금까지도 그랬어요. 저 같은 게 없더라도 어머님만 계시면 충분해요."

미치코의 마음을 돌려 보려던 두 사람은 미련조차 남지 않은 듯한 미치코의 냉담한 태도에 그만 머쓱해졌다.

"그이도 이제는 내가 귀찮아진 거예요. 그런 지경이니 나도 매일 퉁퉁 부은 얼굴로 푸념이나 늘어놓게 되고요. 나 같은 여자가 곁에 있다는 것도 그이에게는 고역일 테죠."

석고처럼 싸늘하게 굳은 미치코의 모습을 지켜보다가 노소미는 갖고 온 서류 봉투를 테이블 위에 내놓았다.

"이건 제 집의 문서예요. 이것을 담보로 융자를 받거나 팔 거나 해서 슈퍼를 재건하는데 보탬이 되도록 했으면 합니다."

뜻밖의 말에 미치코는 크게 당황한 듯했다.

"그 일대의 땅값이 지금 꽤 많이 올랐어요. 조금이라도 도움이 된다면 다행이겠습니다. 가마나 작업장 같은 것은 남의 것을 빌려 써도 돼요. 살림집이야 농가의 사랑채라도 무방하니까 내 문제는 걱정하지 마시고요."

하스코도 미치코 앞에 역시 서류 봉투를 내밀었다.

"이건 우리 집 문서야. 땅도 가게도 어머님이 사 주신 거니까 작자가 나서면 처분해. 보잘것없는 것이지만 이걸로 조금이나마 시간을 벌 수 있다면 그동안에 무슨 수가 생길지도 모르잖아? 우리 둘 다 다노쿠라 덕분으로 독립을 할 수가 있었어. 이 정도의 일을 하는 것은 당연한 거야."

"성의는 정말로 감사합니다. 하지만 저는 아무것도 몰라요. 그이와 어머님이 돌아오시면 두 분께 말씀드리세요."

미치코는 남의 일을 대하듯 냉담한 반응을 보였다. 하스코와 노소미는 자신들의 진심이라며 받아 줄 것을 간곡히 부탁했지만 미치코의 반응은 변함이 없었다.

하스코는 히토시와의 이혼 문제도 마음을 돌리라고 간청했다. 시어머니 때문이라면 자신이 어머니를 모시겠다며 히토시 곁에 있어 달라고 당부했다. 한참 동안 묵묵히 듣기만 하던 미치코는 결연한 표정으로 입을 열었다.

"여러분께 심려를 끼쳐 드려서 죄송해요. 하지만 이미 늦었어요."

"미치코상!"

"다노쿠라가 이런 지경이 되니까 미련 없이 단념한다고 저를 냉정한 여자라고 생각하시겠지요. 솔직히 말해서 다노쿠라가 순조롭기만 하다면 설령 마음이 통하지 않는 부부라 할지라도 이럭저럭 참고 견뎠을 거예요. 그렇지만 앞으로 참혹한 생활이 뻔한데 애정이 없는 부부가 함께 산다는 것은 서로에게 지옥이에요. 이런 때가 왔기 때문에 헤어질 결단도 내릴 수 있는 거예요."

"미치코, 다시 한번 히토시와 잘 의논을 해 봐."

"이미 그이와는 대화를 하지 않은 지 오래예요. 사업 얘기라면 어머님하고만 나누고 나는 집보기에 지나지 않아요. 이 일은 두 번 다시 거론하지 말아 주세요."

하스코와 노소미는 더 나아갈 수 없는 단단한 벽에 머리를 부딪치는 것 같았다. 얼음보다 차가운 미치코의 마음을 보았기 때문이다.

더 이상 거기에 머물 이유가 없어서 터덜터덜 하스코의 가게로 돌아와서도 그들의 마음은 좀처럼 가벼워지지 않았다.

그 시각에 다노쿠라가의 공기는 더욱 무겁고 차가운 바람만이 감돌았다. 이미 모두의 마음이 메말라 다시는 화사한 웃음소리가 되살아날 것 같지 않은 분위기였다.

저녁나절부터 아카네와 미도리는 저희들 방 안에 틀어박혀 꼼짝도 하지 않았다.

넋 나간 사람처럼 멍하니 앉아 있던 미치코는 인기척에 퍼뜩 제정신으로 돌아왔다. 곁에는 어느새 두 딸들이 다가와 있었다.

"너희들 아직 안 자고 있었니?"

"할머니 어디 가셨어요? 아직 돌아오시지 않았죠?"

"데이 고모네라도 가서 주무실 모양이지. 앞으로 어떻게 하실지 의논할 것도 있을 테니까."

"아빠도 내내 사무실에만 계신대요?"

"당분간은 집에 오시지 않는다는구나. 엄마 얼굴을 보기가 싫어서겠지. 엄마도 빨리 이 집에서 나가고 싶다. 헤어지기로 작정한 이상 아빠나 할머니하고 얼굴을 대하기가 영 거북하니까."

아카네는 엄마의 얼굴을 살피며 머뭇거리다가 겨우 조그만 소리로 입을 열었다.

"엄마, 나 아빠와 함께 살기로 했어요."

"나도요, 엄마. 대학은 그만두겠어요. 나고야의 하숙도 옮겨 오겠어요."

"뭐라고? 아카네, 미도리, 너희들 그게 무슨 소리냐?"

미치코는 흔들리는 시선으로 두 딸들의 얼굴을 더듬었다.

"언니하고 저녁 내내 의논한 끝에 결정을 내렸어요."

"아빠 옆에 있겠다니, 도대체 아빠가 어떻게 될지 알고 그래?"

"그러니까 우리가 곁에 있어 주지 않으면 아빠가 너무 불쌍하잖아요?"

"그럼 엄마는 불쌍하지 않고? 엄마 혼자서 어떻게 살란 말이니?"

"엄마는 여자예요. 스스로 요리도 빨래도 할 수가 있어요. 하지만 아빠는 그런 걸 못해요."

"엄마, 나 다시 직장에 나갈 거예요. 엄마에게 생활비 정도는 보낼 수 있어요."

"나도 일을 하기로 했어요. 여기라면 친구도 많으니까 취직을 하는데도 연줄이 있고 쓸쓸하지도 않을 테니까요."

"바보 같은 소리들 마라. 너희들이 아빠 옆에서 뭘 할 수 있다는 거야?"

"엄마, 마음만 먹으면 충분히 해 나갈 수가 있어요. 지금까지는 직장도 심심해서 다니는 정도였어요. 하지만 이제 월급이 아빠나 엄마에게 도움이 된다고 생각하면 마음가짐도 달라질 거예요. 기를 쓰고 열심히 일하게 될 거예요."

"얘들아, 일하는 게 그렇게 만만하지가 않아."

미치코는 안타까워서 가슴이라도 치고 싶은 심정이었다. 하지만 딸들은 태연하게 웃는 여유까지 보였다.

"알고 있어요. 그렇지만 일을 하지 않고는 먹고살 수 없다면 아무리 고된 일도 버텨낼 거예요. 그런 긴장감으로 일하는 건 멋진 거예요. 두고 보세요. 잘 해낼 테니까요."

마치 원대한 포부를 발표하는 사람처럼 의기양양한 아카네의 태도에 미치코는 어이가 없었다. 고생이라고는 털끝만큼도 모르고 자라 온 아이들이라 저러려니 하는 생각이 들자 더욱 기가 막힐 뿐이었다. 그때 현관의 벨이 울렸다.

"이 시간에 누굴까?"

현관으로 뛰어나간 아카네와 함께 들어선 사람은 오싱과 히토시였다.

"아빠도 할머니도 오늘 밤은 안 오실 줄 알았는데……"

"할머니는 다른 데 갈 곳이 없단다."

아카네와 오싱이 거실로 들어서자 미치코는 마지못해 자리에서 일어서면서,

"어서 오세요."

하고는 그들에게서 시선을 피하듯 그대로 나가려 했다.

"여보! 할 얘기가 있어. 차를 끓여 줘요."

히토시의 말을 못 들은 척하고 미치코는 거실 한구석에 시선을 고정시킨 채 서 있었다. 그러자 자기가 차를 끓여 오겠다며 부엌으로 들어가는 아카네에게 히토시가 말했다.

"아카네, 너희들은 그만 가서 자거라. 엄마하고 둘이서 할 얘기가 있다."

그러나 미치코는 히토시를 무시하고 나가려 했다.

"여보!"

그제야 미치코는 주춤 자리에 멈추고 히토시에게 어색한 시선을 돌렸다. 한쪽 곁에서 지켜보고 있던 오싱은 미도리와 아카네를 눈짓으로 재촉하여 데리고 나갔다.

"미치코, 차를 끓여 주지 않겠어?"

재차 차를 끓여 달라는 히토시의 당부에 미치코는 차가운 눈길로 남편을 응시하다가 말없이 다기를 준비하기 시작했다.

물을 끓이고 차를 넣는 미치코의 모습을 물끄러미 지켜보며 히토시의 얼굴에는 얼마 전까지도 찾을 수 없었던 새로운 용기와 안온함이 여리게 스쳤다.

찻잔에 차를 따르고 말없이 히토시 앞에 밀어 놓더니 미치코는 다시 나가려 했다. 그러자 히토시가 미치코의 팔을 살짝 붙잡고,

"여보, 이리로 앉아요."

하고 소파로 끌어당겼다.

미치코는 남편의 손을 뿌리쳤다.

"새삼스럽게 얘기할 것도 없잖아요."

"우리는 아직 아무런 얘기도 안 했잖소?"

"내가 헤어지자고 했을 때 당신은 기다렸다는 듯이 선뜻 응했어요. 그런데 더 이상 무슨 얘기를 한단 말이에요? 서로

그렇게 하는 편이 좋겠다고 생각했기 때문에 결정한 일 아니에요?"

"내가 이혼 제의에 응한 것은 다노쿠라가 쓰러져 가는 판에 당신을 붙잡을 자격이 없다고 생각했기 때문이오. 당신을 고생시킬 것을 뻔히 알면서 이혼에 응하지 않는 것은 사나이로서 비겁하다고 생각했소."

히토시는 다소 격앙된 어조로 말을 이었다.

"아니, 마누라한테서 헤어지자는 말을 듣고 허둥대는 연약한 모습만은 보이고 싶지 않았기 때문인지도 모르지."

미치코는 앞에 놓인 찻잔에 시선을 박은 채 꼼짝도 하지 않았다. 어느덧 히토시의 목소리는 누군가에게 말하기보다 자기 스스로에게 속마음을 털어놓는 사람처럼 숙연했다.

"당신이 헤어지자고 하는 심정도 충분히 이해하오. 사업이 잘될 때면 모를까, 가난에 찌들면서까지 따라갈 만한 사내인지 어떨지 확신이 안 섰을 거요. 그 정도는 나 자신도 잘 알고 있소."

"………"

"사업에 실패한 사내의 꼴이란 한심한 거요. 여자에게는 아무런 매력도 없겠지. 그것을 알면서도 이혼에 반대할 만큼 나는 뻔뻔스런 사람이 아니오. 그래서 아무 소리도 않고 당신의 기분대로 맡겨 둔 거요."

"고맙군요. 하지만 당신도 나같이 못된 여자가 옆에 있는 것보다 홀가분해지는 게 낫잖아요? 함께 살면 푸념이나 잔소리만 나오게 돼요. 어머니께도 좋은 며느리가 되지 못했고…… 나도 괴로워요. 서로가 결심할 좋은 기회예요."

미치코의 목소리는 찬바람이 휑하니 느껴지도록 싸늘했고 그 말 속에는 히토시의 마음을 따끔하게 찌르는 가시가 박혀 있었다.

"나도 그렇게 생각했어. 아니, 나보다도 당신을 위해서 그렇게 하는 것이 내 책임일 것 같은 느낌이 들었소. 하지만 여보, 난 당신과 헤어지지 않을 거요."

순간 미치코는 흰자위를 드러내며 히토시를 쏘아보았다.

"미치코, 앞으로도 나를 따라와 주길 바라오."

"이제 와서 그런 말이 어디 있어요? 난 사양하겠어요!"

미치코는 그 자리를 박차듯 벌떡 일어나서는 안방으로 들어가 버렸다.

"여보!"

허공을 더듬듯 히토시는 손을 뻗어 보았으나 이미 미치코의 모습은 사라진 뒤였다. 전신의 맥이 쭉 빠져 버린 사람처럼 히토시는 소파에 깊이 주저앉아 괴로운 얼굴로 눈을 감았다.

짧은 시간이었지만 미치코에게도 역시 충격적인 순간이었다. 방문을 닫고 벽에 기대어선 미치코는 왠지 자신의 가슴이 두근거리고 있다는 걸 느꼈다.

그녀는 조심스럽게 가슴 위로 두 손을 얹어 보았다. 조금 전 남편이 들려 준 이야기와, 그 진솔한 표정이 다시금 생생히 떠올랐다.

그렇게도 응어리져 있던 마음이 스르르 녹아 버리는 것을 느끼며 미치코는 울컥 쏟아지려는 눈물을 가까스로 억눌렀다. 그리고 조용히 문을 열고 거실로 나갔다.

그때까지도 히토시는 소파에 아무렇게나 몸을 맡기고는 눈을 감은 채였다. 미치코는 조용히 다가가 히토시 곁에 앉았다.

"여보……"

문득 히토시의 눈이 떠지고 미치코의 얼굴을 마주한 그의 얼굴에는 다시 엷은 미소가 언뜻 스쳤다. 그는 다짐하듯 말했다.

"미치코, 부탁이야. 다시 한번 나와 새로 시작해 줘. 나 역시 이대로 끝낼 수는 없어. 반드시 재기할 거야. 그러기 위해서도 당신이 옆에서 지켜 줘야 해. 남자란 속 좁은 허세가야. 마누라가 이혼장을 들이대면 그걸 제지할 용기 같은 것은 없어. 자기에게 약점이 있으면 더욱 그렇지. 잠자코 받아들이는 것이 진짜 남자의 애정이라고 착각하고 있었어. 바보 같은 얘기지……"

그러고는 얼른 미치코의 손을 잡고 투정을 부리듯 말했다.

"좋아서 결혼을 했고, 그 마누라하고 자식들을 위해서 그저 일만 해 왔어. 그런데 한두 번 휘청거렸다고 이혼을 강요당하다니 그런 불합리한 일이 어디 있어. 이렇게 마누라와 자식들을 사랑해 왔는데, 꼭 옆에 있어 줘야 할 때 배신당하고 울상을 지어야 할 까닭이 어디 있어? 안 그래?"

미치코는 아무런 대꾸도 하지 않았다. 지금 무슨 말인가를 꺼낸다면 모처럼 진솔하게 자신의 속마음을 털어놓는 히토시의 말문을 막아 버리는 것 같아서였다.

"우리는 당신 어머니나 우리 어머니의 반대를 무릅쓰고 결혼했어. 그때의 애정을 믿었기 때문에 나는 자유롭게 사업에 전념할 수도 있었어. 그야 그동안에 위기도 있었지. 하지만 여기까지 둘이 살아올 수 있었던 것은 그때의 애정을 서로 간직하고 있었기 때문이 아닐까? 늘상 사업에 쫓기느라 당신과는 느긋하게 얘기를 나눌 시간조차 없었지. 그래도 내가 불안하지 않았던 것은 새삼스럽게 애정을 확인하지 않더라도 부부의 마음이란 서로 통하고 있다고 믿었기 때문이야."

히토시의 고백은 미치코에게 얘기한다기보다 그동안의 자신의 모습을 되돌아보는 것에 가까웠다.

"당신에게는 역시 연약한 남자로밖에 보이지 않겠지. 나 역시 이러고 싶지는 않지만 이혼에 불응하는 이유만은 분명히 밝혀 둬야 할 테니까."

미치코는 가늘게 떨리는 목소리로 겨우 입을 열었다.

"연약하다니요. 그런 말씀 마세요. 당신에게 이런 얘기를 들을 줄은 정말 생각조차 못했어요. 하지만 이젠 분명히 당신의 마음을 알았어요. 사실은 당신이 이혼에 반대해 주기를 바라고 있었어요. 그건 나도 잘 몰랐던 사실이에요. 지금에야 깨달았어요."

"여보, 고맙소."

"여자란 바보예요. 내버려 두면 점점 불안해져요. 남자는 사업이라도 있으니까 괜찮지만 여자는 자식을 키우고 나면 이미 자신의 역할이 없어진 것 같은 서글픈 느낌이 들어요."

"그런 건 너무 사치스런 생각이야."

히토시는 씁쓸하게 웃으며 미치코의 손을 꼭 잡았다.

"아마 그런가 봐요. 생활에 쫓기면 그런 생각을 할 여유조차 없을 테죠."

"미치코, 이제부터는 당신에게도 그런 여유가 없게 돼. 어떤 고생을 시킬지는 모르지만 그래도 따라와 주기를 바래."

"제가 옆에 있어도 아무 도움이 안될지도 몰라요."

"내가 바라는 건 없어. 그저 집에서 나를 기다리고 있기만 하면 돼. 그것만으로도 당신을 위해서 일할 마음이 생겨. 중요한 것은 그런 거야."

히토시는 미치코의 손을 잡은 채 부드러운 어조로 말했다.

"자, 그만 자야지. 내일은 또 바쁠 테니까."

히토시는 오랜만에 한 점 그늘 없는 밝은 웃음을 보였다. 미치코는 갑자기 콧날이 시큰거리는 것을 느끼며 얼른 고개를 떨구었다. 그러나 이미 가슴 벅찬 기쁨이 미치코의 시야를 뿌옇게 어른거리게 했다.

다음 날 아침, 오싱이 별채에서 류조와 유의 사진 앞에 향을 피우고 있을 때 미치코가 나왔다.

"어머님, 안녕히 주무셨어요?"

"오냐, 너도 잘 잤느냐?"

"식사 준비가 다 되었어요."

미치코의 말에 오싱은 순간 놀랐다.

"어려운 때인 만큼 후미코는 시골로 돌려보냈어요. 앞으로 여러 가지로 불편하시겠지만 하는 수 없겠습니다."

"나는 신경 쓰지 마라. 아직 내 일은 나 스스로 할 수 있으니까."

그러자 미치코가 새삼 자세를 바르게 하고 말했다.

"어머님, 그동안 죄송했습니다. 제가 버릇이 없어서 어머님 시중도 안 들었습니다."

그 말에 오싱은 웃으며 고개를 저었다.

"새삼스럽게 무슨 말을 하는 거냐. 사람이 오랫동안 함께 살다 보면 화나는 일도 마음에 안 드는 일도 있게 마련이란다. 너만 하더라도, 가게는 잘 안되고, 히토시는 히토시대로 장사하기에 바빠서 가족을 돌보는 것은 고사하고, 때로는 누구에게도 나타낼 수 없는 초조감을 너한테 폭발시키는 경우도 있었겠지. 네가 별 재미를 느끼지 못했을 게 당연하다. 헤어지고 싶은 생각이 드는 것도 무리가 아니지."

"어머님……"

미치코는 말을 잇지 못했다.

"네가 나에게 다소 쌀쌀하게 대했던 것도 나는 이해한다. 히토시와 사이가 벌어지면, 어미인 나까지 원망스러워지는 게 당연하지. 또 나는 정작 위급할 때에는 다노쿠라의 힘이 되지 못했어. 나라도 못마땅했을 거다."

미치코는 고개를 숙인 채 오싱의 말에 다소곳이 귀 기울였다.

"내가 너한테 화가 났다면 벌써 이 집을 나갔을 거다. 그러나 그럴 마음이 없었기 때문에 아무 데도 가지 않고 여기에 눌러 있었던 거다."

"그렇게 말씀하시니 더욱 죄송스럽습니다."

"애야, 나 같은 건 아무래도 좋다. 그보다도 히토시를 잘 위로해라. 그 애가 너한테는 헤어져도 좋다고 말했는지 모르지만, 사실은 어미인 나보다도, 아들이나 딸보다도 역시 아내인 너를 더 많이 의지하고 있단다. 그야 남자로서의 체면 때문에 그런 말을 입 밖에 내지는 못하겠지만, 그 마음을 조금은 헤아려 줘야 되지 않겠느냐?"

"역시 어머님이 그이한테 무슨 말씀을 하셨군요?"

말없이 듣고 있던 미치코가 비로소 알겠다며 고개를 끄덕였으나 정작 오싱은 무슨 말인지 얼떨떨해 했다.

"갑자기 어젯밤에 안 하던 말을 하길래 이상하다고 생각했어요."

"무슨 일이 있었는지 모르겠다만, 난 별말 하지 않았다. 다만 히토시에게 남자의 체면이나 오기 따위에 구애되지 말고 자기 마음에 정직해지라고 말했지. 그렇지 않으면 평생 돌이킬 수 없는 일을 저지르게 된다고 말이다."

"고맙습니다, 어머님. 저는 그이를 따르기로 결심했어요. 다 어머님 덕분이에요. 어젯밤, 그이와 여러 가지 얘기를 했어요. 그이의 진심을 들은 것은 아마 결혼 후 처음일 거예요. 설사 빈털터리가 되더라도, 부부가 합심해서 재출발하자고 말한 그 마음만 변치 않는다면, 저도 아내로서 할 수 있는 일을 다할 생각이에요."

"나는 더 이상 할 말이 없다. 히토시를 부탁한다. 히토시는 지금까지 별로 실패한 일이 없어서, 때론 너무 우쭐해진 적도 있었지. 그것이 나로서도 큰 걱정이었는데, 이번 일로 생각이 많이 달라졌을 거다. 이제 이 집도 내줘야 하지만, 가게가 하나라도 남으면 그것을 발판으로 해서 분발하면 된다. 나는 몇 차례나 장사에 실패도 해 보았지만 이 나이까지 주저앉지 않고 꿋꿋이 살아오고 있잖느냐."

오싱이 밝게 웃으며 말하자, 미치코도 마주 웃었다.

"아카네와 미도리도 아빠와 함께 일을 한다고 했어요. 그 말을 들으니 더욱 힘이 나는 것 같아요. 만일 그대로 그이와 이혼을 했더라면 저는 외톨이가 될 뻔했어요.”

“아카네와 미도리가 그런 말을 했단 말이지?”

오싱이 대견하다는 듯 물었다.

“그 애들은 저보다도 훨씬 아빠의 고생이나 고마움을 잘 알고 있었어요. 지나칠 정도로 사치스럽게 키워서 어떡하나 걱정하기도 했지만, 뜻밖에도 대견한 면을 보여 주어서 마음을 놓았어요.”

시어머니와 며느리는 다시 마주 보며 미소를 지었다.

다노쿠라슈퍼의 본사 사무실에서 다쓰노리와 다케시가 남아서 서류를 정리하고 있을 때, 히토시가 들어섰다.

“어서 오십시오.”

다쓰노리가 인사를 했다. 다케시는 기다렸다는 듯이 물었다.

“어떻던가요?”

“어디나 매상이 급격히 떨어지고 있어.”

“정월 한 달은 어쩔 수가 없어요. 언제나 그러니까요.”

다쓰노리가 말했다.

“17호 점포가 다른 가게까지 끌어내리고 있어. 신용 문제니까. 손님들의 심리에 꽤 영향을 미친 것 같아. 이런 식으로 나가다가는 16개 점포의 순익을 모두 합쳐도 이달 은행 금리도 못 채우는 사태가 일어날지도 몰라.”

히토시는 절망적인 표정으로 굳게 입을 다물었다.

"17호 점포에 잔뜩 기대하고 있었는데, 이익은커녕 계속 적자만 내고 있으니 어떻게 하면 좋지요? 특히 생선이나 야채 따위 식료품은 팔리지 않으면 매입금 그대로 시궁창에 버리는 꼴이에요. 그럴 바엔 차라리 한시바삐 폐쇄하는 쪽이 손해를 줄이게 될 것 같아요."

"그럴 수는 없다. 가뜩이나 이미지가 안 좋은 판인데 그랬다가는 다노쿠라슈퍼의 신용이 완전히 땅에 떨어져 버리고 만다. 하루라도 문을 닫는다는 건 다노쿠라슈퍼의 파산 선고나 같은 얘기가 돼. 단돈 1엔 매상이라도 문을 열어 놓고 버텨야 돼."

"아버지는 은행 일만 걱정하고 계시지만 17호 점포의 상품 대금만 하더라도 월말 결제를 하지 않으면 부도가 날 판국이에요."

"이대로 나가다간 부도를 낼 수밖에 없다."

다쓰노리가 침통한 목소리로 말했다.

"어찌 됐든 최대한 끌고 나가야 합니다. 한 달 이상은 별일 있어도 버텨야 합니다."

"고리채라도 끌어들이자는 얘긴가? 이 판국에 너무 무리를 하면 그야말로 알거지가 되고 말아. 상처가 커지기 전에 정리하는 것이 조금이라도 손해를 줄이는 방법일 거야. 오늘도 벌써 10여 명 가량 퇴직자가 나섰어. 다른 종업원들도 죄다 들떠 있어. 이래 가지고는 팔릴 물건도 안 팔려."

"그렇지만 지금 정리한다 해도 아무것도 남지 않기는 마찬 가지입니다."

"청산하고 나서 빚만 없으면 다행이지. 급전 끌어다가 버 텨 봐야 근본적인 대책이 서지 않으면 빚만 늘어날 뿐이야."

아버지와 고모부의 심각한 대화를 귀담아듣고 있던 다케 시가 절망적인 목소리로 물었다.

"그럼 다노쿠라슈퍼는 1월로 끝나는 겁니까? 아버지는 그 렇게 생각을 굳히신 겁니까?"

히토시는 가만히 고개를 끄덕였다.

"네 엄마도 이미 각오하고 있다. 아카네도 미도리도, 그리 고 할머니까지도 말이다."

히토시는 다케시의 어깨를 토닥거리며 나직이 말을 이 었다.

"다행히, 너희 집하고 다쓰노리의 집은 남겨 놓았다. 그것 만으로도 큰 다행으로 여기고 일단 유사시에는 각자 일자리 를 찾도록 궁리를 해라."

이때 하스코가 들어오더니, 퇴근해 버렸을까 봐 조마조마 하며 뛰어왔다면서 히토시에게 두툼한 서류가 들어 있는 봉 투 두 장을 내밀었다.

"히토시짱, 땅과 집문서를 가지고 왔어. 하나는 노소미짱 의 것이야. 미치코상에게 주었더니 사양하며 받지 않더군."

히토시는 쓰디쓰게 웃으며 말했다.

"미치코에게 얘기는 들었어요. 미치코도 사양하면서도 무척 고마웠다더군."

"그렇다면 받아서 긴요하게 쓰도록 해. 노소미나 나는 어떻게든 살아나갈 수 있으니까."

"성의는 고맙지만 지금 우리에겐 별 도움이 안돼요. 여러 가지로 검토해 보았지만 도저히 만회할 길이 없는 상황인데 이 시점에서 하스코 누나나 노소미의 재산까지 날려 버렸다간 평생 후회하게 될 거야. 일단 1월 말로 모든 걸 정리하기로 생각을 굳혔어."

"히토시짱, 그렇다면……"

"앞으로 하스코 누나와 노소미한테 어머니를 부탁해야겠어. 우리 부부야 어떻게든지 참고 살아야겠지만 어머니는 연세가 너무 많으셔. 한평생 고생만 하신 분인데 여생이나마 편안히 모셔야 할 텐데 걱정이군."

분위기는 매우 숙연해졌다. 히토시는 침착하면서도 결연한 어조로 말을 이었다.

"우리가 일본 초유의 셀프서비스 시스템으로 슈퍼를 시작한 지도 벌써 30년, 그동안 그야말로 앞만 보면서 정진해 왔어. 이쯤에서 원점으로 돌아가서 다시 시작하는 것도 괜찮은 일이잖아? 애써 쌓아 올린 것을 스스로 무너뜨린 셈이지만 후회는 없어."

하스코는 히토시의 입가에 여린 미소까지 번지고 있음을 놓치지 않았다. 그의 태도가 의외로 침착해서 하스코는 다소 마음을 놓았다.

화합

    그날 밤 히토시는 비교적 이른 시간에 집에 들어갔다. 기다리고 있었다는 듯이 미치코가 현관문을 열고 맞이했다.

    "어서 오세요. 피곤하시죠?"

    "모두들 아직 안 자고 있어?"

    "네, 저녁 식사는 어떻게 하셨어요?"

    "가게에서 우동을 먹었어."

    "그럼 목욕부터 하세요. 밤참을 준비할게요."

    "그보다도 식구들 모두에게 할 얘기가 있어. 어머니도 좀 오시라고 해."

    미치코는 곧 아카네와 미도리를 거실로 불러들이고 오싱이 기거하는 별채로 갔다.

자질구레한 물건들을 정리하고 있던 오싱은 조그마한 상자에서 나온 낡은 하모니카와 목각 인형을 그리운 듯이 바라보고 있었다.

하모니카에는 준사쿠 오빠의 채취가, 목각 인형에는 어머니의 숨결이 아직도 물씬 배어 있는 것만 같았다.

"어머님, 그이가 드릴 말씀이 있답니다. 거실로 좀 와 주십사 하네요."

오싱은 마치 장난을 하다 들킨 어린아이처럼 하모니카와 목각 인형을 얼른 치우고 미치코의 뒤를 따라 거실로 갔다.

히토시는 두 딸과 함께 일어서서 오싱을 맞이했고 미치코는 차를 준비했다.

"날마다 늦게까지 고생이 많구나."

오싱은 새삼스럽게 히토시의 안색을 살피며 자리에 앉았다.

"제가 가서 말씀드려야 하는 건데 나오시게 해서 죄송합니다. 꼭 오늘 밤이 아니더라도 상관없긴 하지만 마침내 중대한 결정을 내렸으니까 어머니도 알고 계셔야 할 것 같아서요."

"무슨 결정인데 그러느냐?"

"1월 말일자로 다노쿠라슈퍼를 정리하기로 했습니다."

미도리가 불쑥 말을 가로챘다.

"정리란 망한다는 뜻인가요?"

히토시는 그 말에는 대꾸하지 않고 오싱에게 말을 이었다.

"아무리 몸부림을 쳐도 1월 말이 지불 날짜로 되어 있는 어음 결제가 불가능합니다. 부도와 동시에 파산 선고를 하는 도리밖에 없습니다."

아카네가 애써 아무렇지도 않은 표정으로 말했다.

"드디어 올 것이 오고 말았군요. 이 집도 담보로 들어가 있죠? 벌써부터 각오는 되어 있지만 1월 말이라면 너무 촉박하군요."

이번에도 히토시는 미도리의 말을 못 들은 척하고 하던 말을 계속했다.

"정말 부끄럽습니다. 여러 가지로 연구해 보았으나 지금 단계에서 포기하는 게 가장 현명하다는 판단이 섰습니다. 그래도 지금 포기하면 빚은 더 짊어지지 않아도 될 테니 그나마 다행으로 여겨야 할 처지입니다. 적자 경영을 더 끌고 갔다가는 빚더미에서 헤어나지 못할 것 같습니다."

비로소 오싱이 입을 열었다.

"잘 생각했다. 빚만 없으면 언제든지 다시 시작할 수도 있으니까."

"어머니께는 어떻게 용서를 빌어야 좋을지 모르겠습니다. 돌아가신 아버지께도, 유 형에게도, 또 가와무라상에게도 정말 면목이 없습니다. 특히 가와무라상은 형을 대신해서 땅까지 넘겨주었는데 끝내 그분의 성의까지 짓밟아 버렸으니."

"어쩔 수 없는 일이다. 그동안 너는 너대로 최선을 다했다. 그러나 결과가 이렇게 되었으니 어쩌겠느냐. 모든 걸 운명이라고 생각해라. 지하에 있는 네 형이나 가와무라상도 다 이해할 거다."

"17호 점포를 낼 때 어머니는 극구 반대하셨어요. 그때 어머니 말씀에 따랐더라면 이렇게까지 되지는 않았을 텐데, 정말 후회막급입니다."

"다 지나간 일이지 않느냐. 새삼 들출 필요는 없다. 어쨌든 너는 네가 하고 싶은 일을 했고 누가 뭐라 하든 전력투구를 해 왔음은 사실이다. 후회는 없을 테니 그러면 됐다."

오싱은 잠시 사이를 두었다가 미치코에게 고개를 돌렸다.

"그리고 어멈아."

"네, 어머님."

"이제야 얘기다만 사실은 너희 친정아버님한테도 음으로 양으로 많은 도움을 받았다. 그런데 일이 이렇게 되었으니 정말 면목이 없구나. 하지만 다들 알다시피 히토시가 여자나 도박에 빠져 구멍이 생긴 것도 아니고 제 나름대로 최선을 다한 결과 이렇게 되고 말았으니 이해해 주리라 믿는다."

"어머님, 마음 쓰시지 마세요. 이 집도 언제든 비울 각오가 되어 있습니다."

그러자 아카네가 어머니의 말을 가로챘다.

"저도 곧 광고 대리점에 취직될 것 같아요. 앞으로는 아빠의 수입이 없어지더라도 최소한 우리 가족의 생활비 정도는 벌어 올 거예요."

히토시가 씁쓸하게 웃으며 말했다.

"농담 마라. 비록 아빠가 사업에 실패했다만 너희들에게 의지해서 얻어먹고 앉아 있을 만큼 무능하지는 않다. 당장이라도 취직할 수 있고 때가 되면 반드시 가게를 다시 시작할 테니 두고 봐라."

"너무 체면 차리실 거 없어요, 아빠. 여태껏 고생해서 대학까지 보낸 딸인데 이번에는 딸이 벌어 온 돈으로 좀 느긋하게 지내시는 것도 괜찮잖아요? 저도 제 힘으로 번 돈을 가족을 위해 쓴다고 생각하면 훨씬 일하는 보람도 느끼게 될 거예요. 지금까지는 부모님 덕분에 돈의 고마움도 모르고 지내 왔으니 말이에요."

막내딸 미도리도 지지 않겠다는 듯이 나섰다.

"저도 대학을 그만두고 직장을 찾겠어요."

딸들의 고마운 마음 씀씀이에 만족스런 표정을 짓고 미치코가 말을 받았다.

"너희들 뜻은 잘 알겠다만, 엄마나 아빠는 너희들에게까지 기대고 싶지는 않다. 아빠가 재기해서 장사를 시작하게 된다면 무슨 일이든 최선을 다해 내조할 결심이다."

히토시가 정색을 하고 맏딸 아카네에게 말했다.

"너희들은 딴생각하지 말고 각자 자신의 일에만 충실해

라. 다만 아빠는 아카네가 벌써 스물셋인데 아직 결혼을 시키지 못한 게 마음에 걸린다."

"아빠, 신경 쓰지 마세요."

아카네는 흘끔 아버지의 안색을 살피며 말을 이었다.

"다노쿠라슈퍼의 유능한 엘리트라면서 아빠가 사위 삼으려고 점찍어 놓은 사람은 어떻게 됐죠?"

아카네의 말투에는 약간 장난기가 섞여 있었다.

"그 녀석 말이냐. 지난 연말에 잽싸게 그만뒀어. 대형 슈퍼의 간부사원으로 스카웃되었다는구나."

"휴…… 살았다! 다노쿠라가 부도내지 않고 건재했더라면 지금쯤 그런 사내와 불가분의 관계가 됐을 거 아니에요. 다노쿠라가 쓰러진 건 내 개인으로는 큰 다행이네요."

히토시는 벌레라도 씹은 듯한 표정으로 뇌까렸다.

"그놈만은 정말 이 아빠가 잘못 봤다."

아버지의 기분을 알아차리고 아카네가 슬그머니 화제를 바꾸었다.

"이사할 집은 정했나요?"

"아직 거기까지는 신경 쓸 겨를이 없었구나."

"기왕 이사할 바엔 서두르도록 해요. 어차피 남의 집이 되어 버린 곳에 더 있어 봐야 안정이 안되니까요."

"그래. 네 말대로 일단 임시 거처라도 물색을 해야겠지."

히토시는 잠시 말을 멈추고 머뭇거리더니 오싱에게,

"어머니는 하스코 누나와 노소미에게 잘 부탁해 놓았습니다. 우리와 함께 기거하려면 불편한 점이 많으실 테고 데이와 다쓰노리도 지금 경황이 없는 터라 아무래도 그쪽이 가장 좋을 것 같습니다."

하고 말하자 미치코가 불쑥 나섰다.

"불편하시더라도 우리가 모셔야지 어떻게 딴 데로 옮기세요."

"어머님을 위해서요."

그러자 오싱이 손을 저어 보이며 아들 내외의 대화를 저지시켰다.

"알았다, 알았어. 가라고 하면 어느 집에라도 가겠다."

하고 오싱은 약간 공허하게 웃으며 농담조로 말을 이었다.

"나도 드디어 귀찮은 늙은이가 되고 말았구나."

그러자 미치코가 고개를 숙이고 숙연한 어조로 말했다.

"불원간 어머님을 다시 모시러 갈 수 있도록 그이와 합심해서 열심히 일하겠습니다. 그때까지만 참아 주세요."

"내 걱정은 할 것 없다. 비록 우리가 가난해진 건 사실이다만, 너희들 네 식구가 각기 흩어져 살지 않게 된 것만도 다행 아니냐. 온 가족이 한마음으로 뭉치기만 하면 매사 겁날 일이 없느니라. 가장 중요한 건 바로 그거야."

"명심하겠습니다."

히토시 부부는 입을 모아 팔순 노모의 당부에 답했다.

하스코의 가게에는 노소미와 데이, 그리고 게이가 모처럼 모여 앉아 얘기를 나누고 있었다.

노소미가 데이의 일을 걱정하며 말했다.

"다쓰노리상도, 두 아이들도 오로지 다노쿠라슈퍼를 위해 열심히 뛰어왔는데 가게가 도산하게 되었으니…… 앞으로 살아갈 일이 큰일이구나."

"모든 걸 체념하고 나니까 오히려 홀가분해요. 모든 걸 타고난 운명이라고 여겨야지요."

하스코가 데이를 위로하는 마음으로 웃음 띤 얼굴로 말했다.

"히토시가 하나뿐인 누이동생을 얼마나 아끼고 사랑하는지 몰랐어? 어렸을 때부터 함께 고생도 많이 해 왔잖아. 어쨌든 데이, 너무 기죽을 것 없어. 어려울 때일수록 서로 의지하고 도우면 막힐 일 하나도 없을 거야."

"고마워요, 언니. 나도 이제부터 빈둥빈둥 놀 수만은 없으니 언니한테 편물 기술이라도 배워야겠어요."

"잘 생각했어. 반드시 돈벌이가 아니더라도 데이 나이쯤 되면 아이들도 다 키웠겠다, 뭔가 할 일을 갖는 건 아주 바람직한 일이야."

데이는 여기서 잠시 생각에 잠기더니 어머니 문제로 화제를 바꾸었다.

"사실 오늘 밤에 언니에게 온 건 어머니 일 때문이에요."

"어머니는 내가 모실 생각이야. 노소미는 자기가 모시겠다고 하지만 그 집에는 여자가 없잖아. 심부름할 사람을 구해서라도 자기가 모시겠다고 우기지만 아무래도 내가 모셔야 가장 편안해 하실 것 같아."

그러자 노소미가 약간 볼멘소리로 항의했다.

"누나는 장사하기도 바쁘잖아요. 가게 일을 보면서 어머니를 느긋하게 모실 수 있을 것 같아?"

"난 어머니를 가만히 누워 계시게만 하지는 않을 작정이야. 아직 정정하신데다 워낙 붙임성이 좋으시니까 가게에 나와서 손님 상대라도 하게 할 거야. 젊은 사람 못지 않게 잘하실걸."

"아무리 정정하시다고 해도 벌써 여든넷이잖아요. 어려서부터 고생만 하셨고 장성하신 뒤에도 우리 자식들 때문에 그저 일밖에 모르고 평생을 지내 오셨구요. 여생을 편안하게 보내게 해 드려야죠."

"흔히들 노인을 공경한답시고 안방에 들여앉히려고만 하는데 그게 오히려 불효야. 노인네들에게 자꾸 일거리를 만들어 드려야 해요. 그래야만 삶의 보람을 느끼고 건강도 좋아지는 법이야."

두 사람의 열띤 대화에 귀를 기울이고 있던 데이가 갑자기 손수건을 꺼내 눈물을 훔치며 흐느끼기 시작했다.

"데이, 갑자기 왜?"

하스코가 당황해 하며 물었다.

"어머니는 정말 행복하신 분이군요. 친자식인 히토시 오빠나 나는 어머니에게 아무것도 해 드릴 수가 없는데 노소미 오빠와 하스코 언니는 친자식 이상으로 어머니를 위해 드리잖아요. 어머니는 정말 훌륭한 아들딸을 두셨어요."

감동과 회한이 뒤범벅이 되어 데이의 음성이 고르지 못했다. 노소미가 그런 데이를 빤히 바라보며 말했다.

"하스코 누나도 나도 어머니에게서 친자식 이상의 사랑을 받고 이만큼 성장해 온 거야. 하지만 난 아직 이 나이 먹도록 단 한번도 은혜를 갚지 못했어. 이 기회에 어머니를 소중하게 모시고 싶은 게 간절한 심정이야. 누나는 그래도 오랫동안 어머니와 함께 생활해 왔지만 난 그러지를 못했어."

노소미는 좀처럼 양보할 기세가 아니었다. 그러자 그때까지 침묵을 지키고 있던 게이가 비로소 입을 열었다.

"아버지, 할머니는 역시 고모가 모시는 게 좋을 것 같아요. 고모는 할머니 성격도 잘 아시니까 손발처럼 시중도 잘 드실 거예요. 그렇죠, 고모님?"

"그렇고 말고! 결코 어머니를 무료하게 해 드리지도 않겠어."

게이가 또 맞장구를 치고 나섰다.

"옳은 말씀이에요. 우리 집은 너무 적적해요. 말벗이라도 될 사람이 없잖아요."

노소미가 그런 아들을 못마땅해 하며 약간 언성을 높였다.

"우리 집에는 자연이 있잖아, 자연이! 그렇게 와자지껄, 시끌시끌한 환경은 노인들의 건강에 독이야."

"아버지, 할머니는 평생을 수많은 사람들과 접촉하면서 살아온 분이에요. 그렇게 동적이고 사람 냄새가 물씬 풍기는 곳이 할머니에게 어울려요."

노소미는 결국 지고 말았다. 여러 가지 조건으로 보아 아무래도 하스코에게 양보하는 수밖에 없다고 생각한 것이다.

하스코가 즐거워하며 노소미에게 감사의 뜻을 표하고 나서 게이의 손을 잡았다.

"고맙다, 게이. 이제 마음 놓고 도쿄에 돌아가도 되겠지? 할머니는 이 고모가 성심성의껏 편안히 잘 모실게. 오래오래 사실 거야."

"고모님, 잘 부탁합니다. 아버지, 고맙습니다."

게이는 벌떡 일어나서 하스코와 노소미에게 꾸벅 절을 했다. 게이의 그런 과잉 제스처에 한바탕 웃음이 터졌다.

다음 날, 게이는 작별 인사를 겸해 할머니를 만나러 다노쿠라의 별채로 갔다. 오싱은 몹시 반가워하며 게이를 맞았다.

할머니와 손자는 거실의 탁자에 마주 앉아서 창 밖의 잘 다듬어진 정원수를 바라보며 여러 가지 얘기를 나누었다.

"내일 도쿄로 간다면 봄방학까지는 또 만날 수 없겠구나."

“할머니한테 무슨 일이 생기면 금방 돌아올게요. 신칸센을 타면 잠깐이에요.”

“다음에 네가 여기 올 때는 이미 할미가 이 집을 떠난 후일 거다. 이사가더라도 뜰의 나무들은 옮겨다 심었으면 좋겠다만 새로 이사갈 집엔 뜰도 없더구나.”

“그럼 우리 집에다 옮겨 심으면 되잖아요. 아버지한테 말씀드려 볼게요. 할머니가 보고 싶을 땐 언제라도 보실 수 있도록 말이에요.”

오싱은 쓸쓸하게 웃으며 가만히 고개를 가로저었다.

“그럴 필요 없다. 내가 살면 얼마나 더 살겠느냐. 일부러 그렇게까지 할 필요 없다.”

“할머니는 정말 오래오래 사셔야 해요. 난 말이에요……”

게이는 잠시 생각에 잠기더니 심각한 표정으로 또박또박 말을 이었다.

“할머니, 전 대학을 졸업하면 반드시 사업가가 될 거예요. 할머니의 소원대로 반드시 장사를 시작해서 가가야라는 상호를 내걸 거예요. 제가 그렇게 성공하는 모습을 할머니만은 꼭 봐 주셔야 해요.”

“게이!”

오싱의 주름진 눈언저리에 경이와 감격의 무엇이 광채처럼 번뜩였다.

“할머니를 뒤쫓아 다닌 이번 여행이 얼마나 뜻깊었는지 몰

라요. 제게는 가가야 조상들의 피가 흐르고 있어요. 앞으로
는 가가야의 후손이라는 자부심을 갖고 살아갈 거예요. 할머
니로부터 가가야의 얘기를 듣지 못했다면 난 그저 평범한 샐
러리맨의 삶을 택했을지도 몰라요. 하지만 이젠 결코 장래
문제를 놓고 방황할 일은 없겠죠. 목표가 뚜렷하니까요."

"게이, 기특하구나. 정말 고맙다."

어느덧 오싱의 눈시울이 붉어졌다. 가가야를 떠난 지 60
여 년. 바로 오늘 바로 이 순간을 얼마나 애태우며 기다렸던
가? 이제야 비로소 지하에 계신 가가야의 어른들과 가요 아
가씨의 영혼을 달랠 수 있다고 생각하니 오싱은 감격에 목이
메었다.

"할머닌 이제 당장 죽어도 여한이 없겠다. 게이에게 그 말
을 들은 것만으로도 난 저승에 가서 가요 아가씨를 떳떳하게
만날 수 있어. 아아! 큰소리로, 아주 큰소리로 우리 게이를
자랑할 거다!"

"할머니!"

게이는 할머니의 거칠어진 손을 힘주어 붙잡았다.

"요즘 이 할미는 너무 오래 살았단 생각이 들곤 한단다.
하지만 지금은 이렇게 살아 있기 때문에 이런 기쁜 소식도
다 듣는구나 싶구나. 우리 게이가 가가야를 재건할 생각을
다 하다니 정말 고마운 일이다. 할머닌 비로소 살아 있는 보
람을 느낄 수 있구나."

오싱이 흥분을 억누르지 못하며 게이의 등을 두드리고 있을 때 마침 전화가 걸려 왔다고 미치코가 알려 왔다.

뜻밖에도 그 전화는 고우타가 건 것이었다.

실내 장식이 오밀조밀한 어느 요정의 작은 방에서 고우타는 깔끔한 화복 차림으로 오싱을 맞았다. 오싱 역시 모처럼 화사한 기모노 차림이었다.

"갑자기 나오시게 해서 죄송합니다."

"원 별말씀을 다하십니다. 진작 찾아뵙고 인사드렸어야 하는데 이것저것 일이 많아서 격조했습니다. 죄송합니다."

"다노쿠라 댁의 형편을 전해 들을 때마다 요즘 어떻게들 지내시는가 하고 몹시 신경이 쓰였습니다."

"걱정을 끼쳐 드려서 죄송합니다. 사실은 금명간 가게 문제가 결말이 날 것 같아서 끝나는 대로 보고를 드릴 참이었습니다."

"심상치 않은 소문이 자꾸 들리길래 설마 하면서도 영 마음에 걸리더군요."

"이달 말로 모든 걸 마무리짓기로 아들아이도 결정을 했습니다. 17호 점포를 오픈한 게 과욕이었음을 이제야 비로소 뼈저리게 깨달은 것 같습니다."

고우타는 오싱의 은발을 지그시 응시하며 고개를 가로저었다.

"히토시군의 사업 안목이 잘못된 것은 아니었습니다. 내 명의로 된 땅을 팔지만 않았더라면 이런 일이 일어나지 않았을 텐데 이상하게 뒷맛이 찜찜하군요."

오싱은 쓸쓸하게 웃으며 손을 내저었다.

"별말씀을 다하십니다. 땅을 파시라고 제가 부탁을 드렸지요."

"나 역시 오싱상의 심중을 헤아렸기 때문에 양도를 했지만, 설마 이렇게까지 다노쿠라가 궁지에 몰릴 줄은 미처 상상도 못했습니다."

"이미 다 끝난 일이니 조금도 괘념치 마세요. 고우타상께서도 아시다시피 여든네 살이 되도록 전 평생을 앞만 보고 살아왔습니다. 말하자면 조금도 후회 없이 살아온 셈이지요. 앞으로 히토시가 재기할 것이냐, 이대로 끝나 버릴 것이냐 하는 건 어디까지나 자신에게 달려 있습니다. 아마 평생을 통해 이번 일이 뼈에 사무치는 교훈이 되었으리라 생각됩니다. 살아가는 동안에 한 번쯤 이런 시련을 겪는 것도 그런대로 의의가 있다고 봅니다. 명색이 사업가인데 이 정도의 시련쯤 극복해 내지 못하고 휘청거린다면 그 이상 대성할 재목은 못될 테니까요."

고우타의 입언저리에 미소가 번졌다.

"오싱상의 그 옹골찬 근성은 조금도 변함이 없군요. 사람이 나이가 들면 좀 눅신눅신해져야지 원……"

"글쎄요…… 고우타상은 젊어서 한때 방황하셨지만 만년
에는 이렇게 느긋한 생활을 하시는데 아무래도 저는 타고나
기를 팔자가 센가 봅니다."

오싱은 약간 수줍어하면서도 모처럼 밝게 웃어 보였다.
그런 오싱의 모습이 고우타로서는 한없이 정겹고 따스하게
느껴지며 마음 한구석에 자리하고 있던 애틋한 심정을 되살
렸다.

어려운 시대를 함께 살아왔고, 서로 사랑하면서도 결합되
지 못한 채 각자의 길을 걸어온 두 사람. 인생의 숱한 애환과
곡절을 나누어 온 두 사람은 그야말로 남녀간의 사랑을 초월
한 동지였다.

그런 오싱이, 말년에 아들의 도산이라는 치명적 상처를 함
께 받아야 하는 것이 고우타로서도 견딜 수 없는 아픔인 것
이다. 비록 아무런 내색 없이, 오히려 아들과 집안의 장래를
위해 좋은 시련이라고 오싱은 강변하고 있지만.

이때 마침 주문했던 요리가 들어왔다. 오싱은 모처럼 고우
타와 단둘이 마주 앉아 하는 식사이므로 즐거운 마음으로 음
식을 들었다.

이런저런 얘기 끝에 고우타가 역시 다노쿠라슈퍼의 일을
걱정하며 넌지시 물었다.

"종업원들 퇴직금도 상당하겠군요."

"그렇지 않아도 히토시에게 단단히 일러 놓았습니다. 여

태까지 다노쿠라를 믿고 따라 준 사람들인 만큼 종업원들 퇴직금만은 해결하라구요."

"정말 큰일이군요. 내가 어떻게 힘이 되어 드렸으면 좋겠는데 이미 은퇴한 처지라서 아이들한테 구차한 소릴 하기도 뭣하고, 또 액수도 적잖으니……"

"당치도 않은 말씀입니다. 고우타상에게는 언제나 신세만 져 왔어요. 조금이라도 은혜에 보답하기는커녕 끝까지 걱정만 끼쳐 드리게 되어 면목이 없습니다."

고우타는 나직이 한숨을 내뱉고 나서 탄식처럼 말했다.

"처음 오싱상을 만났을 때…… 이 사람만은 행복해져야 한다고 생각했고, 그 염원은 지금까지 변함이 없습니다. 그런데 그 행복을 지켜 주긴 고사하고 농촌운동입네 뭐네 하고 몇 차례나 오싱상에게 폐만 끼쳤습니다. 또 오싱상의 인생을 다소곳하게 인도하기는커녕 온통 휘저어 놓고 말았습니다. 언젠가는 반드시 보상을 해 드려야겠다고 마음을 다져 먹고 있었는데 가장 중요한 시기에 아무런 도움도 되지 못해서 죄송할 따름입니다."

오싱은 빙그레 웃으며 손을 내저었다.

"별말씀을 다하십니다. 이렇게 훌륭한 요릿집에서 맛있는 음식을 대접받고 따뜻한 위로까지 받았으니 얼마나 고마운지 모르겠습니다."

"난 지금까지 살아오는 동안, 어렵고 괴로울 때마다 항상 오싱상의 따뜻한 마음 씀씀이에 힘입어 고비를 넘겨 오곤 했지요. 그런데 피차 머리가 허옇게 늙어 가지고 이런 일에 부닥쳐서 내 입으로 어쭙잖게 위로의 말이나 하다니, 정말 안타깝기 그지없소. 실로 애석하고 통탄해 마지않을 일이구려."

"저는 오히려 잘된 일이라고 생각하는데 왜 그런 말씀을 하시는지요. 요즘 젊은 아이들은 우리와 전혀 다른 세상을 살고 있어요. 사업이 좀 괜찮다 싶을 때는 사치 부릴 생각들이나 하고 피를 나눈 가족들끼리도 정을 나눌 줄 모르더니만, 역시 제 소견대로 다노쿠라가 이 지경에 이르자 비로소 정신을 차리더라니까요."

오싱은 공허한 웃음을 흘리며 차분차분 말을 이었다.

"뒤늦게 이제 철이 나서 서로 위로하고 이해하며 재기할 결심을 다지더군요. 가난이 뭔지 모르고 자란 손녀들까지도 요즘은 꽤 진지해져서 직장을 구해 부모를 봉양하겠노라고 큰소리칠 정도라니까요."

"허허…… 참 기특한 손녀들이군요."

"어디 그뿐입니까. 히토시 부부도 하마터면 위태로울 뻔했는데 어찌어찌 우여곡절 끝에 요즘은 다시 마음이 통하게 된 것 같아요. 역시 사람은 극한 상황에 이르러야 지혜로워지는 건가 봐요. 어쨌든 이번의 시련은 다노쿠라가에 아주 명약이 되었어요. 하스코와 노소미가 전 재산을 털어서라도 다노쿠라를 돕고 싶다고 나섰는데 며느리는 그게 그렇게도 고마웠던가 봐요. 그 애도 이제야 비로소 하스코와 노소미의 성품을 알게 된 셈이죠."

고우타는 묵묵히 고개를 끄덕이고만 있었다.

"히토시만 해도 이번에 많은 걸 깨달았을 거예요. 뼈저린 가난을 겪어 보지 않고는 돈의 참된 값어치나 가족의 고마움을 모른다는 천리를 배운 거죠. 자기가 살기 위해서 남을 짓밟아 버리는 일쯤 다반사로 여기는 그 이기주의가 얼마나 허망한가를 절감했을 겁니다. 상처를 입어 본 사람만이 남의 아픔을 알 수 있다는 그 지극히 평범한 진리를 뒤늦게 터득한 거죠. 인생에서 가장 중요한 건 결코 돈이 아님을 깨달았다면 그보다 더한 재산을 잃었다 해도 조금도 아까울 게 없지 않겠어요?"

"정말 오싱상다운 논리입니다."

"치료비가 좀 비싸게 먹히긴 했지만 이번 일이 아니었다면 다노쿠라 사람들은 참된 행복이나 인생의 보람은 전혀 모르고 한평생을 허송할 뻔했지 뭡니까."

"하지만 요즘은 세상이 달라져서 한번 실패하고 나면 다시 일어서기가 무척 어려워요. 비록 온 가족이 한마음 한뜻으로 똘똘 뭉친다 하더라도 결과가 좋지 않을 경우에는 또 어떻게 될지 걱정입니다."

"책에서 읽은 얘기지만 눈물 젖은 빵을 먹어 보기 전에는 인생을 논하지 말랬지 않습니까. 밑바닥에 굴러 떨어졌을 때

다시 기어오를 저력이 없는 인간이라면 그걸로 끝장이 나야
지요."

오싱은 여기서 잠시 숨을 돌리고는 문득 화제를 바꿨다.

"참, 가요 아가씨의 손자되는 게이라는 애가 말입니다. 가
가야를 부흥시킬 결심을 했답니다. 고우타상, 역시 오래 살
다 보니 더러는 기쁜 일도 있지 뭡니까. 안 그렇습니까?"

두 사람은 환하게 웃었다. 그야말로 어린아이들처럼 티없
고 꾸밈없는 그런 화기애애한 웃음이었다.

영원한 친구

또 한번 묘연해진 오싱의 행방으로 다노쿠라 집안은 다시 발칵 뒤집혔다.

미치코가 몹시 초조해 하며 히토시와 통화를 하고 있었다.

"네, 아무 말씀 없이 나가셨다니까요. 데이상, 하스코상, 노소미상네 어느 집에도 안 가셨어요. 참, 그 전에 웬 남자분한테서 전화가 오기는 했어요. 저 역시 누가 전화한 걸까 궁금했지만 어머님을 찾는 전화니까 캐묻기도 난처해서 묻질 않았죠…… 벌써 8시가 지났는데 자꾸만 불길한 생각이 들어요. 요즘 슈퍼 일로 해서 어머님도 심기가 안 좋으시잖아요. 연세도 연세인 만큼 자꾸만 신경이 쓰여서……"

"쓸데없는 걱정은 마. 교통사고가 났거나 어디서 쓰러지기라도 하셨다면 금방 연락이 왔을 거야. 그런 일로까지 일일이 사무실에 전화를 걸진 말아 줘. 지금 무척 바빠."

히토시가 수화기를 내려놓자 다쓰노리가 걱정스런 눈길로 바라보았다.

"장모님께 무슨 일이라도 있습니까?"

"3시쯤 나가셨는데 아직 아무 연락이 없으시대. 미치코는 지금 때가 때인 만큼 혹시 자살이라도 하신 게 아닐까 신경을 곤두세우는군. 바보같이 말이야. 어머니가 그렇게 약한 분인 줄 아는 모양이지."

"어떻게 걱정이 안될 수 있겠습니까."

"누구보다도 어머닌 내가 잘 알아. 이 정도 일로 자살을 하실 분이라면 지금까지 수십 번은 자살하셨을 거야. 자네나 미치코는 모르겠지만 어머니의 어린 시절은 말할 나위도 없고 전쟁 중과 전후에 겪은 고생은 말로 표현할 수 없을 정도야. 장남인 형은 전사하고 아버지는 자결하셨어. 집도 없고 돈 한 푼 없고 식량도 없고 가진 거라곤 아무것도 없는, 흔히들 밑바닥 인생이라고 하지만 그렇듯 처참한 고생은 요즘 젊은이들은 상상도 못할 거야."

히토시는 갑자기 책상에 손을 짚고 선 채로 고개를 떨어뜨리더니 탄식했다.

"그런 어머니에게 난 너무 큰 불효를 저지르고 말았어. 어려서부터 어머니의 고생을 줄곧 지켜봐 왔기에 어머니의 꿈을 실현시켜 드리고 싶었어. 일본에서 제일 큰 슈퍼로 다노 쿠라를 성장시켜 어머니가 기뻐하시는 모습을 보고 싶었어. 호강시켜 드리고 싶었단 말이야. 맹세하지만 다른 누굴 위해서도 아니야. 오로지 어머니를 위해서였어. 때에 따라서는 수단과 방법을 가리지 않으면서까지 하나라도 더 가게를 늘리고 키우는 일에만 몰두했던 거야."

"형님……"

히토시는 번쩍 고개를 들더니 이번에도 역시 혼잣말처럼 뇌까렸다.

"난 어머니를 믿어. 무슨 일을 저지를 분은 아니야. 마음이 울적해서 어딘가 배회하고 계실 거야. 조금만 더 기다리면 아무 일 없이 불쑥 나타나실 거야."

이때 다케시가 들어왔다.

"어서 오너라. 늦게까지 수고가 많구나."

다쓰노리가 위로의 말을 건네자 다케시는 답례도 하는 둥 마는 둥 긴박한 투로 가게의 일을 말했다.

"또 20명 가까이 퇴직 희망자가 생겼습니다. 점포들마다 파급되고 있어요."

다쓰노리는 두 사람을 번갈아 바라보며 고개를 갸우뚱거렸다.

"정리한다는 걸 극비로 했는데 어떻게 된 일일까요?"

"최근의 영업 실적을 보고 눈치 빠른 녀석들이 일찌감치

안정된 곳을 찾아 떠나려 하겠지. 그나저나 퇴직금 문제가 골치로군. 어떤 일이 있어도 퇴직금만은 해결해 주라고 어머니가 당부하셨으니까 말이야.”

히토시들에게 이제 남은 일은 퇴직금을 어떻게 해결하느냐 하는 것뿐이었다.

밤이 깊어서야 오싱이 집으로 돌아왔다.

현관을 들어서자 미치코가 두 딸과 함께 쪼르르 달려 나와서 반가움과 원망이 섞인 눈으로 오싱의 위아래를 조심스레 살폈다.

“어머님, 어디 가셨길래 그렇게 전화도 없으셨어요?”

오싱은 멋쩍게 웃으며 그냥 짤막하게 대답했다.

“좀 늦었다.”

아카네가 할머니의 안색을 살피며,

“할머니! 엄만 말예요, 할머니가 혹시 자살이라도 하신 게 아닌가 해서 저녁 식사도 못하고 좌불안석이었어요. 무슨 일이 있으셨어요?”

하고 호들갑을 떨자 미도리도 응석을 부리듯 말했다.

“전화라도 해 주셨으면 쓸데없는 걱정은 안 하잖아요. 지금 언니하고 경찰에 신고하러 갈 참이었어요.”

오싱은 머쓱해져서 며느리와 두 손녀에게 사과했다.

“미안하게 됐구나. 이 할미야 어디를 가든 아무도 아랑곳하지 않을 줄로만 생각했지 뭐냐.”

미치코가 말을 받았다.

"어머님, 이젠 연세가 있으시니 외출을 하더라도 각별히 신경을 쓰셔야 해요. 옛날과는 다르잖아요. 혼자 다니시다가 만일 무슨 일이라도 생기면 큰일이에요."

"오냐, 잘 알았다. 앞으로 조심하마."

"네, 피곤하실 텐데 목욕부터 하세요."

"오냐, 고맙다."

오싱은 곧 별채로 들어가서 불단 앞에 다소곳이 앉았다. 류조와 유의 사진을 물끄러미 바라보며 이런저런 상념들로 밤이 깊어 가는 줄도 몰랐다.

낮에 있었던 일들이 파노라마처럼 떠올랐다. 게이를 만나 가가야를 부흥시키겠다는 감격적인 말을 들었고, 오랜만에 고우타를 만나 회포도 풀었다. 밤늦게 집에 돌아와서는 미치코와 두 손녀로부터 몹시 걱정했다는 말을 들었다.

이제 겨우 한마음으로 뭉쳐진 가족인데, 그 가족들과 떨어져서 생활해야 한다는 아쉬움이 오싱을 씁쓸하게 만들었다.

드디어 1월 말이 되었다. 다노쿠라의 가족들은 마침 적당한 셋집을 구해서 곧 이사하기로 결정하고 서둘러 짐을 꾸리기 시작했다.

본채에서는 이삿짐 센터에서 나온 차에 가재 도구들을 옮겨 싣느라고 분주했고, 별채를 쓰는 오싱은 하스코의 도움으로 이것저것 짐을 꾸리고 있었다.

하스코가 어수선한 방 안을 둘러보며 말을 꺼냈다.

"아직 도산을 한 것도 아닌데 이렇게 서둘러 이사할 필요는 없지 않나요? 어머니도 이 집에 정이 들어서 하루라도 더 머물고 싶으실 텐데 말이에요."

"어차피 조만간 떠나게 될 텐데 며칠 더 있어 봐야 뭐하겠느냐. 바짝 코앞에 닥쳐 가지고 허둥대는 것보다야 미리 떠나는 게 낫다."

이때 히토시가 들어와 두 사람의 대화는 중단되었다.

"어머니 짐도 대강 정리가 되었나요?"

하스코가 대답했다.

"언제라도 실어 낼 수 있도록 준비는 다 됐어. 그런데 히토시네도 오늘 여길 떠날 참인가?"

"오늘 하루에 끝날 것 같지는 않군. 남은 것은 내일 마저 옮겨야지. 오늘 밤엔 전 가족이 모여서 이 집에서의 마지막 저녁 식사나 했으면 좋겠는데 어머니도 하스코 누나도 꼭 함께 하시도록 해요."

"그렇겠군. 오늘 밤은 모두 모여 식사하는 게 좋겠어. 어머니도 일단은 식구들과 헤어져야 할 테니까."

오싱이 불쑥 끼어들었다.

"헤어지다니, 무슨 표현이 그러냐? 죽으러 가는 것도 아니고 그렇다고 외국에 가는 것도 아니잖느냐? 만나려고 마음만 먹으면 언제든지 만날 수도 있고 말이야."

하스코는 약간 멋쩍어하며 웃었다.

"하긴 그렇군요. 식사를 함께 하고 싶을 때는 히토시네 집으로 몰려가면 되고 또 우리 집으로 초대를 해도 되고 말이에요."

모녀간의 대화를 듣던 히토시가 갑자기 고개를 숙였다.

"어머니, 편안히 모시지 못하고 번거롭게 해 드려 정말 죄송합니다. 용서하세요."

"또 그런 나약한 소리를 하는구나. 어미는 아무렇지도 않으니 신경 쓰지 말아라. 사람이 살아가는 동안 부침(浮沈)이란 당연한 것이다. 밑바닥에 떨어지면 다시 기어올라야 돼. 돌이켜 보면 밑바닥에서 기어오르려고 이를 악물고 일에만 몰두할 때가 가장 신바람 나는 순간이었던 것 같다."

하스코가 말을 받았다.

"옳으신 말씀이에요. 처음 가게를 시작했을 때, 받아다 놓은 생선이나 야채가 팔릴지 어떨지 가슴 졸이다가 한 마리의 생선을 팔았을 때의 기쁨은 지금도 잊을 수가 없어요. 그런 기쁨 때문에 고달픔도 잊고 그 힘든 장사를 계속해 온 거죠."

히토시는 고개를 끄덕이며 힘주어 말했다.

"하스코 누나, 언젠가 누나로부터 들은 얘기가 생각나요. 시시한 생선 장사는 못하겠다고 집을 나가 도쿄의 백화점에 취직했다가 그만둔 이후 집에도 못 가고 어떤 여자에게 얹혀 살 때였죠."

"아, 그래. 그런 일이 있었지. 그때 내가 히토시짱을 데리러 도쿄에 갔었지."

"맞아요. 그때 누나는 이런 말을 했어요. 오늘 한 마리의 생선을 팔면 내일은 두 마리를 팔려고 분발한다. 그리고 모레는 세 마리, 그 다음 네 마리…… 그게 장사의 묘미라고 했어. 난 그 말에 깨달은 바 있어서 집으로 돌아왔었죠."

히토시는 잠시 말을 꿀꺽 삼키고는 어머니를 향해 고개를 숙여 보였다.

"어머니, 저 다시 한번 한 마리의 생선을 파는 일부터 시작하겠습니다. 어머니 밑에서 장사를 배울 때 생선 한 마리를 팔기 위해 얼마나 손님에게 머리를 숙였습니까. 이제 생각하니 정말 그때가 그립습니다."

오싱은 그런 말을 하는 아들이 측은해서 견딜 수가 없었다. 또 한편으로는 뒤늦게나마 그렇게 깨달았다는 데서 안도감이 들기도 했다.

"히토시, 넌 거기서부터 시작해서 열일곱 개의 점포를 갖게 될 만큼 성장했던 거야. 너에겐 그런 저력이 있어. 자신감을 가지고 다시 시작하면 반드시 성공할 거다."

"고맙습니다. 어머니, 기필코 다시 일어서겠습니다."

히토시의 얼굴에 굳은 결의와 함께 건강한 웃음이 활짝 피어났다.

이날 저녁 다노쿠라 집에서의 마지막 잔치를 위하여 미치코를 비롯하여 두 딸과 하스코, 데이 등 이 집의 모든 여자들이 부엌에서 음식을 장만하느라고 부산을 떨었다.

"와, 진수성찬인데요?"

데이의 말에 미치코가 앞치마에 손을 닦으며 대꾸했다.

"온갖 애환이 서린 이 집에서의 마지막 저녁 식사예요. 모두들 한자리에 모여 맘껏 음식을 들며 추억담도 나누면서 멋진 이별의 밤을 갖도록 해요."

하스코가 말을 받았다.

"이별이 아니에요. 다노쿠라가의 새 출발을 축하하는 뜻깊은 날이에요."

그때 오싱이 부엌으로 들어왔다.

"수고가 많다. 나도 좀 도울까."

"어머님, 이 국물 맛 좀 봐주세요."

미치코가 국물 한 숟갈을 떠서 내밀자 오싱은 입맛을 다셔보고 나서 소금을 조금만 더 치라고 일렀다.

그때 히토시가 뛰어들어왔다.

"어머니, 나미키의 큰어른이 오셨어요."

"그래?"

"무슨 일인지는 모르지만 우리 집 문지방을 넘어오다니 정말 염치도 없군요."

오싱은 히토시의 투덜거림을 못 들은 척하고 현관으로 가서 고우타를 맞이했다.

"긴히 할 얘기가 있어서 직접 뛰어왔소. 하지만 설마 오늘 당장 이사를 할 줄은 몰랐소. 오싱상은 너무 빨리 체념하는 것 같아요. 성급하긴 예나 지금이나 마찬가지군요."

고우타는 소년처럼 밝게 웃으며 말끝을 흐렸다.

오싱은 그를 빤히 바라보기만 할 뿐, 갑작스런 그의 내방이 무슨 영문인지 짐작할 수가 없었다.

"여하튼 안으로 들어가시지요."

오싱은 고우타를 자신이 기거하던 별채로 안내했다.

"이사하느라고 짐을 다 내갔더니 이렇게 살풍경합니다. 이를 어쩐담. 방석도 내놓을 수가 없으니……"

"괜찮습니다. 신경 쓸 것 없어요."

하고 고우타는 여전히 밝게 웃으며 잘 다듬어진 정원을 바라보았다.

"처음 와 보았지만 아주 좋은 정원이군요."

"정원을 통째로 옮겨갈 수 없는 일이라 아끼는 나무 몇 그루만이라도 파 가지고 갈까 궁리도 해 보았지요. 그런데 저런 나무는 역시 이 정원에 있어야만 살아 보일 거라는 생각이 들어 안타깝지만 단념했습니다."

오싱은 흘끗 고우타의 눈치를 살피며 말을 이었다.

"그런데 공교롭게도 처음 찾아오신 날이 이 정원을 마지막으로 보시는 날이 되어 버렸군요. 사실은 진작 여기에 앉아서 차라도 대접하고 싶었답니다."

고우타는 갑자기 정색을 하고는 화제를 바꾸었다.

"오싱상, 사실 오늘 갑자기 찾아온 건 사업에 관한 일 때문이오. 히토시군과 직접 얘기를 나누고 싶소만……"

"그러시다면 곧 불러오지요."

하고 오싱은 본채의 거실로 건너갔다.

거실에서는 차를 준비하고 있는 미치코에게 히토시가 아까부터 투덜거리고 있었다.

"차 한잔도 대접할 필요가 없는 손님이라구. 누구 때문에 오늘날 다노쿠라슈퍼가 이 지경이 된 줄이나 알아? 이건 모두 피도 눈물도 없는 나미키 때문이야. 저 영감이 바로 장본인이야."

노소미가 듣기 거북하다는 듯 미간을 찌푸리고 있는데 하스코가 부엌에서 나와서 히토시에게 말했다.

"나미키상은 어머니의 소중한 친구분이셔."

그러자 히토시는 더욱 격앙된 어조로 대꾸했다.

"친구는 무슨 친구! 친구라면 다노쿠라를 도와주지는 못할망정 쓰러뜨리게 해?"

"이런 말 하기 안됐지만 애초에 히토시가 나미키상을 외면한 채 그곳에 17호 가게를 냈던 게 화근이 된 거지 뭐야."

히토시가 무슨 말인가를 또 꺼내려고 할 때 오싱이 들어왔다.

"히토시, 잠깐 별채로 건너오너라. 나미키상이 너에게 할 얘기가 있다고 일부러 오셨구나."

"이제 와서 무슨 할 얘기가 있다고 그래요? 궁색한 변명 따위는 듣고 싶지도 않아요."

노소미가 불쑥 나섰다.

"그렇다면 내가 대신 가서 인사를 할게. 내게는 은혜를 베푼 분이야. 히토시에 관해서는 적당히 얼버무리면 될 테니까."

하고 일어서려 하자 히토시가 급히 저지했다.

"좋아! 나도 할 말이 있어. 그렇잖아도 기회가 있으면 한마디 할 생각이었는데 마침 잘됐군."

하고 히토시는 황망히 일어섰다.

히토시와 오싱이 별채로 건너오자 고우타는 여전히 웃는 얼굴로 히토시를 맞이했다.

"기다리시게 해서 죄송합니다."

오싱의 예의 바른 인사와는 대조적으로 히토시는 잔뜩 굳어진 표정으로 건성으로 인사를 하고 자리에 앉았다.

고우타는 그런 히토시를 일별하고 나서 단도직입으로 용건을 꺼냈다.

"히토시군, 17호 점포를 인수하겠다는 작자가 나타났네."

뜻밖의 말에 히토시는 어안이 벙벙해서 눈을 크게 뜨고 고우타를 주시했다.

고우타는 차분한 음성으로 말을 이었다.

"예의 그 대형 슈퍼에서 현재 기존 점포의 자매점으로서 충분한 가치가 있다고 판단한 모양이야."

오싱이 얼른 물었다.

"인수하겠다는 건 무슨 뜻인가요?"

"은행에 진 빚을 안은 채 매수하겠단 얘기지요."

"그럼 17호 점포를 그대로 사들이겠다는 거네요?"

"바로 그렇습니다. 현재 다노쿠라슈퍼가 경영 압박해서 허덕이는 건 17호 점포 때문이지요. 다른 16개 점포의 발목을 잡아당기는 건 바로 그 17호 점포인데 그걸 팔아 버리면 금방 숨통이 트이겠지요."

히토시는 꿀 먹은 벙어리처럼 할 말을 찾지 못했다.

"이거 주제넘게 사전에 오싱상이나 히토시군과 의논도 하기 전에 멋대로 얘기를 추진해서 미안합니다. 뭐니 뭐니 해도 히토시군이 큰 꿈을 갖고 일대 모험을 한 17호 점포인데 그걸 말하자면 라이벌의 손에 넘겨준다는 건 역시 괴로운 일일 거요. 비록 깨끗이 도산을 할지언정 적에게 항복을 못하겠다면 할 수 없는 일이니까 말이오."

고우타는 히토시의 경직된 표정을 바라보며 말을 이었다.

"쓸데없는 참견은 그만두라고 한다면 없었던 얘기로 치고 당장 손을 뗄 테니 최종 결정은 히토시군이 내리도록 하게."

히토시가 비로소 더듬더듬 말문을 열었다.

"하지만 그 점포를 설마……"

"재벌 회사에서는 그들 나름대로의 경영 방침이 있다네. 결코 손해 볼 흥정은 걸어오지 않을 걸세. 오싱상과 히토시 군이 승낙만 한다면 즉각 적극적으로 교섭해 보겠네. 따로 중개인은 필요 없네. 미흡하지만 내가 힘써 보겠네. 자네가 모든 걸 걸고 일으켜 세운 점포인 만큼 그걸 빨리 처분하라고 종용하기는 괴로운 일이네. 하지만 그런 용단만 내린다면 다노쿠라는 건재할 수 있는 일 아닌가. 과감한 결단을 내리도록 하게."

히토시는 그 자리에 넙죽 엎드려 절을 하며 떨리는 목소리로 말했다.

"감사합니다! 방금 말씀하신 대로 17호 점포가 진 빚만 없어진다면 다른 16개 점포는 얼마든지 꾸려 나갈 수 있습니다. 사실 17호 점포를 인수할 사람이 없을까 하고 무척 애를 써 보았습니다. 금액의 절반이라도 건지려 했으나 선뜻 원매자가 나서질 않더군요. 어르신께서 말씀하신 대로 성사만 된다면 이런 큰 은혜가 없겠습니다."

"그럼 승낙한다는 얘기인가?"

"여부가 있겠습니까. 정말 꿈만 같습니다. 이 은혜는 영영 잊지 않겠습니다."

오싱이 길게 한숨을 내쉬며 말했다.

"결국 이번에도 고우타상의 신세를 지는군요."

"신세라니오. 당치도 않습니다. 만일 이대로 다노쿠라가 쓰러져 버리면 나는 영원히 지울 수 없는 후회를 안은 채 저승으로 가야 할 거요. 오싱상과의 60여 년에 걸친 그 아름다운 교제가 이런 식으로 남의 가슴에 상처를 남긴 채 끝난다면 죽어도 눈을 감을 수가 없지요."

고우타는 그때까지 이마를 바닥에 대고 엎드려 있는 히토시를 일으켜 세우고는 차분히 말을 이었다.

"다행히 이 늙은이를 편히 눈감게 해 주려고 하늘이 도왔던지 마침 그 대형 슈퍼의 중역 가운데 친한 사람이 있었다네. 그 친구와는 젊었을 때 함께 농촌운동을 하던 동지였지. 결국 그런 인연으로 해서 그 슈퍼가 우리 쪽으로 진출도 하게 되었던 거야. 어쨌든 모든 일이 잘 풀릴 거야."

오싱이 인자한 눈길로 히토시를 바라보며 손을 잡았다.

"히토시, 앞으로 열심히 뛰어 이 어르신의 은혜에 보답토록 해라."

"고맙습니다, 어머니. 이제 다노쿠라는 구제되었습니다."

고우타가 모자간의 대화에 끼어들었다.

"좀 더 빨리 결론이 났더라면 이사다 뭐다 해서 공연한 헛수고를 안 해도 될걸 그랬군."

고우타의 말에 히토시가 고개를 가로저었다.

"당치 않은 말씀입니다. 부도를 내는 게 오늘 내일의 일이었는데 이 정도의 헛수고가 무슨 상관이겠습니까."

"그럼 당장 서둘러야겠군. 은행에도 사전에 알려서 부도를 막도록 해야겠네."

"뒷일은 걱정 마십시오. 아무쪼록 앞으로 많은 지도 편달을 바라겠습니다."

히토시가 다시 고개를 숙여 절을 하고 있을 때 미치코가 다과를 가지고 와서, 다쓰노리로부터 빨리 가게로 나와 달라는 전화가 왔었다고 일러 주었다.

"오늘은 모두 이만 철수하라고 해요."

히토시는 자신감 넘치는 목소리로 잘라 말했다.

"하지만……"

영문을 몰라서 어리둥절해 하는 미치코에게,

"괜찮아! 그리고 이사 준비는 당장 중단해요."

하고 못 박자 미치코는 더욱 갈피를 못 잡았다.

"여보, 갑자기 무슨 말이세요?"

"그렇게만 알고 있으면 돼요."

흥분을 감추지 못하고 기뻐하는 히토시를 보며 고우타와 오싱도 웃기만 했다.

고우타가 돌아가고 다노쿠라의 모든 식구들이 음식상을 가운데 놓고 빙 둘러앉아 막 음식을 들기 시작할 때였다.

이때 아무것도 모르는 다쓰노리가 씩씩거리며 들어서더니 방 안의 화기애애한 분위기와 훌륭한 요리 냄새에 기가 질린다는 듯 눈을 크게 떴다.

"아니, 지금 때가 어느 때인데 이렇게들 유유자적하십니까? 다노쿠라의 도산을 눈치챈 업자들이 몰려들어 어음은 휴지나 마찬가지니 현금 지불을 하라고 아우성을 치고 있습니다. 다케시와 단둘이서 대응할 수가 없어서 형님더러 빨리 나와 달라고 했는데, 도대체 어떻게 된 일입니까?"

히토시가 다쓰노리를 잡아 앉히며 말했다.

"우선 앉아서 자네도 한잔 들게."

그러자 오싱이 보충 설명을 했다.

"다쓰노리, 미안하게 됐다. 너와 다케시에게는 들어온 다음에 얘기해도 된다고 히토시가 그러길래 아직 못 알렸구나."

더 자세한 설명은 데이가 해 주었다. 데이가 자초지종 설명을 끝내자 히토시가 다쓰노리에게 잔을 권했다.

"이제부터 홀가분하게 새 출발하여 언젠가는 반드시 지금보다 더 크고 멋진 17호 점포를 개설하자구!"

다쓰노리는 아직도 믿어지지 않는 듯한 표정이었다. 그런 다쓰노리에게 오싱이 진심으로 치하를 했다.

"그동안 히토시의 그늘에서 얼마나 고생이 많았느냐. 괴로운 일을 다 참고 견디어 내니까 결국 좋은 일도 생기지 않느냐. 이게 다 인생살이란다."

히토시도 감격에 겨운 목소리로 다쓰노리에게 말했다.

"정말 자네의 공이 컸어. 자네가 아니었다면 진작 다노쿠라슈퍼를 포기해 버렸을지도 몰라."

다쓰노리는 만감이 교차하는 표정으로 지그시 눈을 감았다.

히토시는 하스코와 노소미도 번갈아 바라보며 말했다.

"노소미와 하스코 누나에게도 진심으로 감사하고 있어. 내가 궁지에 몰려 쩔쩔매고 있을 때 각자 집문서를 내주던 그 우애는 평생 잊지 못할 거야. 어려서부터 함께 고생하며 자라 온 형제가 얼마나 좋은가를 절실하게 느꼈어."

히토시는 다시 오싱에게 머리를 숙였다.

"어머니, 정말 고맙습니다. 인생의 밑바닥에 떨어져 보고서야 비로소 여러 가지 고마움을 뼈에 사무치도록 느꼈습니다. 모두가 어머니 덕분이에요."

그러자 다쓰노리가 갑자기 울음을 터뜨렸다.

"난 여태까지 아무리 괴로운 일이 닥쳐도 울어 본 적이 없었어요. 하지만 오늘은 실컷 울어 보고 싶어. 제발 맘껏 울게 내버려 둬요!"

하고 다쓰노리는 정말 어린아이처럼 엉엉 소리를 내어 울어 버렸다.

분위기가 이처럼 술렁거리자 조용히 있던 노소미가 슬그머니 화제를 바꾸었다.

"자, 모두들 건배합시다. 우리 어머니의 만수무강과 다노쿠라슈퍼의 번영을 위하여!"

그러자 일제히 술을 높이 들고 건배했다.

밤이 깊었다.

오싱이 류조와 유의 사진 앞에 앉아서 넋이 나간 듯 골똘히 생각에 잠긴 채 사진에 시선을 못 박고 있을 때 살며시 문이 열리더니 히토시가 들어왔다.

"아직까지 안 주무셨군요."

"이렇게 늦은 시각에 무슨 일이냐. 아까는 꽤 취한 것 같던데."

"어머니, 저도 많이 약해진 것 같아요. 나이 탓일까요?"

"나이 탓이라니, 무슨 소리냐. 넌 올해 겨우 쉰넷 아니냐. 이 어미는 쉰다섯 때 다노쿠라슈퍼를 일본 최초의 셀프서비스 시스템으로 시작하지 않았더냐. 넌 지금부터가 황금기다."

"어머니한테는 정말 당할 수가 없어요."

오싱의 입언저리에 잔잔한 미소가 감돌았다.

"그런데 갑자기 뭐 할 말이라도 있느냐?"

"아뇨…… 눈을 떴더니 아무도 안 보이기에……"

"그야 당연하지. 벌써 12시가 지났잖느냐. 빨리 가서 자거라. 내일부터 또 바빠질 테니까."

히토시는 문득 유의 사진을 바라보다가 풀 죽은 목소리로 뇌까렸다.

"형에 비하면 난 틀려먹었어요. 이 나이를 먹도록 아직도 어머니에게 의존하지 않고는 장사도 제대로 못 하니까요."

"무슨 나약한 소리냐. 네 형도 살아 있었다면 어떻게 됐을

지 모를 일 아니냐. 꽃다운 나이에 일찍 세상을 떴기 때문에 당연히 모든 게 좋게만 생각되는 것이지. 살아남아서 비교가 되는 너는 그만큼 모든 면에서 힘들게 마련이란다."

"그렇든 저렇든 난 원래가 덜된 사람이에요."

"히토시, 너무 자학을 하는구나."

"자학이 아니에요. 전 유리도 울렸어요. 새로운 슈퍼를 열 때마다 여러 사람들을 울렸고요. 힘이 있는 자만이 살아남을 수 있다고 믿어왔어요. 살아남기 위해서는 힘으로 밀어붙이는 수밖에 없다고 생각한 거죠."

오싱은 그윽한 눈길로 아들을 바라보았다.

"다노쿠라가 위태로워졌을 때 전 그런 식으로 살아온 데 대한 벌을 받고 있다고 생각했어요."

"허…… 네가 그런 생각까지 했단 말이냐?"

"제게도 양심은 있거든요."

"그래, 그러면 되었다."

"그런데 이번에도 결국은 어머니 때문에 살아났어요. 어렸을 때부터 이래 왔지만 전 평생 어머니 앞에서 머리를 못 들 거예요. 앞으로도 잘 부탁드립니다, 어머니."

"무슨 소리냐. 난 이제 모른다. 다노쿠라는 벌써부터 네 소유였다. 자기 일은 자기가 알아서 해라. 이 늙은 어미한테 무엇을 의지하겠다는 거냐."

"알겠습니다, 어머니! 이제부턴 정말 열심히 뛰겠습니다.

그동안의 경험을 살려 반드시 다시 한번 17호 점포에 도전하겠어요. 그땐, 어머니! 제발 개점식 날 불참하지 말아 주세요. 틀림없이, 맹세코, 어머니 맘에 드실 점포를 낼 테니까요."

"오냐, 알았다. 어서 가서 일찍 자거라."

"어머니, 그날이 올 때까지 건강하셔야 합니다. 오래오래 사셔야 해요, 네? 나 오늘 밤엔 어머니 옆에서 자겠어요. 문득 어렸을 때 생각이 나는군요. 괜찮죠?"

이렇게 말하고 히토시는 벌렁 드러눕더니 순식간에 잠들어 버렸다.

"히토시! 너 아직도 술이 덜 깼구나. 어서 일어나거라!"

그러나 히토시는 드르렁드르렁 코를 골며 곯아떨어졌다.

쉰을 넘은 아들의 그 천진스런 모습이 흐뭇해 못 견디겠다는 듯 오싱은 사랑이 듬뿍 담긴 눈길로 아들의 자는 모습을 오래오래 지켜보았다.

고우타의 노력으로 다노쿠라슈퍼의 17호 점포 매도가 착착 진행되어 3월초에는 모든 절차가 다 끝났고 다노쿠라슈퍼는 남은 16개 점포를 재정비하여 새 출발을 하게 되었다.

다노쿠라 일가는 날씨 좋은 춘분 날을 택하여 이세의 묘지로 성묘를 하러 갔다.

오싱을 필두로 히토시, 노소미, 하스코, 데이, 그리고 게이가 차례로 분향을 했다.

오싱은 가요의 무덤과 가와무라의 무덤에 정성스럽게 꽃을 바치고 주변을 손수 정돈하며 히토시에게 당부했다.

"다노쿠라의 오늘이 있기까지는 가와무라상의 공이 크다. 내가 죽더라도 가와무라상에게 공양을 잊어서는 안 된다."

그리고 오싱은 게이에게 고개를 돌렸다.

"가요 아가씨 무덤은 특히 잘 보살펴야 한다. 게이, 알았지?"

"아, 네…… 가가야의 상호를 재건할 수 있도록 해 달라고 열심히 와서 빌게요."

약간 능청을 섞어 가며 게이가 대답하자 노소미가 말했다.

"꿈 같은 소릴 하는구나."

그런 노소미의 자신 없는 말에 오싱이 가만 있을 리 없었다.

"젊은 사람이 꿈이 없으면 끝장이다. 이 어미도 어렸을 때부터 장사꾼이 되는 꿈이 있었기에 몇 번씩이나 쓰러졌다가도 끝내 버티고 일어섰던 거야. 요즘 젊은이들은 너무 꿈이 없어서 불쌍한 생각이 다 들더구나."

그러고 나서 오싱은 한마디를 덧붙였다.

"게이야, 꿈은 클수록 좋은 거다. 알았느냐?"

"네."

"반드시 가가야를 부흥시키겠다고 이 할미 앞에서, 아니 가요 할머니 무덤 앞에서 다시 한번 맹세해 봐!"

"넷! 기필코 가가야를 재건할 테니, 지하의 가요 할머니! 안심하세요. 그리고 할머닌 오래오래 사셔야 해요."

순간, 오싱의 두 눈에 눈물이 가득 고였다.

"오냐, 오래 사니까 이렇게 기쁜 일도 있구나. 이제 더 이상 여한이 없다. 아가씨와의 약속을 지켰으니 말이다."

오싱은 미처 말을 끝맺지 못한 채 가요의 무덤 앞에 엎드려 눈물을 떨구었다.

이때 고우타가 묘지에 나타났기에 모두의 시선이 일제히 그에게 집중되었다. 오싱도 눈물을 훔치며 일어서서 고우타에게 인사를 했다.

"오늘 춘분을 맞이해서 모처럼 가요상의 무덤에 성묘나 할까 해서 나왔더니 다노쿠라 일가도 다들 모이셨군요."

그리고 고우타는 히토시에게 손을 내밀었다.

"일전에는 일부러 인사를 하러 와 줘서 고맙네."

"어르신 덕분에 슈퍼 일은 그럭저럭 자리가 잡혀갑니다. 앞으로도 잘 부탁드리겠습니다."

고우타는 옆에 서 있는 게이에게 말을 걸었다.

"게이군도 할머니께 성묘하러 왔군."

그러자 게이는 정중히 허리를 굽혀 인사를 했다.

고우타는 감회에 젖은 눈으로 무덤 주위를 둘러보았다.

"바로 여기에서 고등계 형사에게 붙잡혀 간 일이 있었지. 그때는 히토시군도 노소미군도 유모차에 타고 있었는데……

정말 세월이 유수 같다는 말이 실감이 나는군."

한동안 정담을 나누다가 모두들 산을 내려가고 난 뒤 고우타와 오싱은 바다가 보이는 언덕을 따라 꾸불꾸불 이어지는 오솔길을 단둘이 거닐었다.

"히토시군이나 노소미군을 보고 있노라면 새삼스럽게 오래 살았다는 생각이 드는군요. 용케도 오래 살아남았다는……"

"정말 우리는 어려웠던 시대를 살아왔어요. 죽을 고비도 많았고, 숱한 어려움의 연속이었지요. 그러나 돌이켜 보면 그저 평범한 인생보다는 훨씬 값진 삶을 누려온 것 같아요."

"우리가 죽고 나면 요즘 세대들은 더부살이의 고됨도 전쟁의 참혹함도 무엇인지 모를 거예요."

"그렇겠죠. 언젠가 오싱상은 이제 아무런 여한도 없다고 말한 적이 있었죠?"

"정말 그렇습니다. 그때그때 최선을 다해서 살아왔고, 자식과 손자들에게 내 생각을 남겨 주었으니 더 이상 바랄 게 뭐 있겠어요. 히토시도 이번 일을 계기로 개과천선하여 앞으로 틀림없이 잘해 나갈 걸로 믿어요. 그러니 이젠 나도 할 일이 없는 쓸모없는 늙은이가 되어 버렸지 뭡니까. 하지만 인생의 무거운 짐을 다 벗어 버렸으니 홀가분하게 저승에 가서 류조와 유, 그리고 가요 아가씨를 떳떳이 대할 수 있을 것 같아요."

고우타는 잠시 걸음을 멈추고 아득한 수평선을 바라보

았다.

"오싱상, 나는 말이에요, 가끔 오싱상과 결혼을 했더라면 좀 더 다른 인생을 살아오지 않았을까 하고 후회할 때가 있어요."

순간 오싱의 주름진 눈가에 마치 소녀와 같은 수줍은 미소가 번졌다.

"저는 항상 고우타상과의 관계가 이것으로 가장 좋았다고 생각해 왔어요. 같은 시대를 서로 다른 길을 걸어왔기에 언제까지나 좋은 친구가 될 수 있었던 거예요."

"………"

"앞으로도 종종 놀러 와 주세요. 여러 추억을 함께 회상할 수 있는 분은 고우타상뿐이니까요."

"그럽시다. 이젠 힘겹게 살아온 우리 시대의 증인은 아무도 없어요, 오싱상과 나 이외에는……"

싱그러운 봄바람이 저 아래 굽어 보이는 바다 내음을 안고 불어왔다.

두 사람은 누가 먼저랄 것도 없이 슬그머니 손을 붙잡았다. 그 옛날 사카다의 해변에서 처음 만나 서로 가슴을 졸이며 조심스럽게 붙잡아 본 그 손의 감촉과 어쩌면 그렇게도 똑같을까.

오싱은 마디가 굵고 까칠해진 자신의 한쪽 손을 들여다보며 금방 터지려는 웃음을 참느라고 한참 애를 먹었다.

그때 지나가던 한 중년 여인이 두 사람에게 곱게 절을 하며 말을 건넸다.

"산책을 나오셨군요."

머쓱해져서 붙잡았던 손을 놓고 껌벅이는 오싱과 고우타에게 여인은 공손한 말로 치하를 했다.

"그 연세에 지금까지 두 분이 해로하시다니 무척 부러워 보여서 한 말씀 여쭈었습니다. 방해가 됐다면 용서하시고 아무쪼록 오래오래 건강하세요."

다정한 웃음을 남기고 멀어져 가는 여인의 뒷모습을 바라보다가 오싱과 고우타는 서로 얼굴을 마주 보며 함빡 웃음을 터뜨렸다.

〈끝〉